10|18
12, avenue d'Italie — Paris XIIIe

Sur l'auteur

Pelham Grenville Wodehouse est né en Angleterre en 1881. Il produit très jeune des romans légers et des contes pour enfants qu'il publie en feuilleton et, grâce au succès naissant, décide de se rendre aux États-Unis. Séduit par l'Amérique, il ne cessera plus, sa vie durant, d'aller et venir entre l'Ancien et le Nouveau monde. Il vend plusieurs nouvelles au prestigieux *Saturday Evening Post* et rencontre le grand Ziegfeld pour lequel il compose plusieurs chansons qui deviennent rapidement des succès à Broadway. Il travaille successivement avec Irving Berlin, Cole Porter, George Gershwin et Jerome Kern, et écrit les chansons de trente-trois comédies musicales. En 1909, il publie la première aventure du fameux Bertram Wooster et de son fidèle valet Jeeves, une série au succès formidable qu'il adapte pour la télévision en 1965. Écrivain prolixe, Wodehouse a publié près de cent romans et vingt pièces de théâtre, a écrit des centaines de nouvelles et articles pour de grands magazines tels que *Vanity Fair, Harper's Bazaar* ou *Cosmopolitan.* Reconnu comme l'un des plus brillants humoristes anglais, Wodehouse est anobli par la reine d'Angleterre un an avant sa mort en 1974.

JEEVES DANS LA COULISSE

PAR

P. G. WODEHOUSE

Traduit de l'anglais
par Claude ALENGRY

10|18

« Domaine étranger »
dirigé par Jean-Claude Zylberstein

Titre original :
Jeeves In The Offing

ISBN 2-264-03586-2

CHAPITRE PREMIER

Réginald Hareng (dit « le Hareng Saur »), et moi-même, bien calés sur notre chaise, attaquâmes avec ardeur, après les avoir un instant contemplés en nous pourléchant les babines, les œufs au bacon que Jeeves venait de déposer, encore tout grésillants, sur la table du petit déjeuner. Des copains de toujours, le Hareng et Moi, liés par ce qui s'appelle « des souvenirs impérissables » ! Il y a longtemps de cela, quand nous étions encore deux bambins, nous avions purgé quelques années de galère ensemble à l'école préparatoire de Malvern House, Bramley-sur-Mer, sous la direction de ce prince des putois, Aubrey Upjohn, licencié ès lettres. Nous nous étions souvent trouvés côte à côte dans le bureau d'Upjohn, nous préparant l'un et l'autre à la réception de six bons coups de canne bien appliqués — laquelle était, comme l'a dit quelqu'un, du genre qui a « le piquant du serpent et le mordant de la vipère » —, aussi étions-nous pratiquement pareils à deux vieux troupiers qui auraient combattu épaule contre épaule à la bataille de Crispin — si tel est bien le nom exact.

Je venais donc de faire disparaître le « plat du jour », accompagné de quelques onces liquides de café vivifiant, et m'apprêtais à faire main basse sur la marmelade d'orange, lorsque le téléphone fit entendre sa petite ritournelle dans le vestibule. Je me levai pour y répondre.

— Ici la demeure de Bertram Wooster, dis-je, en collant comme il convient l'oreille à l'instrument. Monsieur Wooster en personne au bout du fil. Ah ! Salut à toi !, ajoutai-je, car la voix tonitruante qui faisait vibrer la ligne n'était autre que celle de Mme Thomas Portarlington Travers, de Brinkley Court, Market Snodsbury, près de Droitwich — ou encore, en d'autres termes, ma bonne et vénérable tante Dahlia.

« Je te dédie mon plus cordial hip ! hip ! hip matinal, vieille ancêtre !, fis-je, tout joyeux, car c'est une femme avec qui l'on a toujours plaisir à faire un brin de causette.

— Et moi, mon plus chaleureux hourra !, espèce de jeune facteur de pollution !, répondit-elle jovialement. Je suis surprise de te trouver debout de si bonne heure. Ou alors peut-être viens-tu juste de rentrer après avoir encore fait la java toute la nuit ?

Je me hâtai de réfuter cette accusation calomniatrice.

— Absolument pas ! Il ne s'est rien produit de tel ! Je me lève au chant du coq depuis une semaine, pour tenir compagnie au Hareng Saur. Il habite chez moi en attendant de pouvoir entrer dans son nouvel appartement. Tu te souviens du vieil Hareng Saur ? Je l'ai amené une fois à Brinkley pour les vacances d'été. Un type qui a les oreilles en chou-fleur !

— Je vois qui tu veux dire. Celui qui ressemble à Jack Dempsey.

— C'est ça ! En fait, il ressemble plus à Jack Dempsey que Jack Dempsey lui-même. Il travaille pour *la Revue du Jeudi* — un hebdomadaire que tu lis peut-être, ou que tu ne lis pas — et il faut qu'il pointe au bureau dès les premières lueurs de l'aube. Quand il saura que c'est toi qui as téléphoné, il voudra sans doute te transmettre rétrospectivement son meilleur souvenir, car je sais qu'il te tient en très haute estime. « Le Modèle de la parfaite hôtesse ! », dit-il souvent en parlant de toi. Eh bien, je suis heureux d'entendre à nouveau ta voix, vieille parente consanguine. Quoi de neuf du côté de Market Snodsbury ?

— Oh, nous survivons ! Mais je ne t'appelle pas de Brinkley. Je suis à Londres.

— Jusqu'à quand ?

— Je rentre en voiture cet après-midi.

— Je t'invite à déjeuner.

— Désolée, mais ce n'est pas possible. Je dois partager le picotin avec Sir Roderick Glossop.

Cela me surprit passablement. L'éminent psychiatre auquel elle faisait allusion n'était pas un individu avec qui j'aurais personnellement choisi de déjeuner, le ton de nos relations étant resté plutôt du style glacial depuis une certaine nuit chez Lady Wickham, dans le Hertfordshire, où, agissant sur l'injonction de la jeune fille de la maison, Roberta, j'avais crevé sa bouillotte à l'aide d'une aiguille à repriser au beau milieu de la nuit... un acte tout à fait involontaire, bien sûr. Mon intention avait été en réalité de crever la b. de son neveu, Tuppy Glossop, avec qui j'avais un petit différend, mais ils avaient changé de chambre à mon insu. Un de ces regrettables malentendus...

— Pourquoi diable fais-tu une chose pareille ?

— Pourquoi pas ? C'est toi qui payes.

Je comprenais son point de vue, bien sûr, — un sou économisé est un sou de gagné, et tout ce qui s'ensuit — mais je continuai néanmoins d'être surpris. Ce qui m'éberluait, c'est que Tante Dahlia, apparemment de son plein gré, eût pu choisir ce redoutable soigneur de dingues pour masticoter en sa compagnie la côtelette de midi. Toutefois, l'une des premières leçons que la vie nous enseigne est qu'on doit prendre sa tante comme elle est... Aussi me contentai-je de hausser une épaule ou deux.

— Enfin, c'est à toi de juger, bien sûr, mais cela me paraît un acte assez inconsidéré de ta part. Est-ce que tu es venue à Londres uniquement dans le but de faire ripaille avec Glossop ?

— Non. Je suis ici pour prendre livraison de mon nouveau Maître d'hôtel et l'emporter avec moi à la maison.

— Nouveau Maître d'hôtel ? Qu'est-il advenu de Seppings ?

— Il nous a quittés...

Je fis entendre un petit claquement de langue en signe de consternation. J'étais très attaché au vieux majordome en question, car j'avais dégusté plus d'un verre de porto avec lui à l'office, et j'étais plutôt affecté par la triste nouvelle.

— Non ! Ce n'est pas vrai !, dis-je. Quel dommage ! Je lui ai trouvé l'air un peu pâlot la dernière fois que je l'ai vu. Enfin, ainsi va toute chair. Tu es poussière et redeviendras poussière, comme je dis souvent !

— ... pour aller passer ses vacances à Bognor Regis !

Je fis entendre un claquement de langue en sens inverse.

— Ah ! je vois ! Bien sûr, ça place la chose sous un tout autre éclairage ! Bizarre comme tous ces piliers de la vie domestique semblent se précipiter à l'appel des sirènes en ce moment ! Ça me fait penser à ce que

Jeeves m'a raconté au sujet des grandes migrations du Moyen Age ! Jeeves part en vacances aujourd'hui même. Il va pêcher la crevette à Herne Bay, et je me sens comme l'oiseau de la fable après la perte de sa compagne — une gazelle, je crois, si mes souvenirs sont bons, ou quelque animal comme ça. Je me demande ce que je vais devenir sans lui !

— Je vais te dire ce que tu vas devenir. Tu as une chemise propre ?

— Même plusieurs !

— Et une brosse à dents ?

— Deux. L'une et l'autre d'excellente qualité.

— Alors, embarque-les. Demain, tu pars pour Brinkley !

Le sentiment de sombre tristesse qui envahit Bertram Wooster comme un épais brouillard chaque fois que Jeeves est sur le point de prendre ses congés annuels, se trouva du coup distinctement allégé ! Il y a peu de choses qui me soient plus agréables qu'un petit séjour dans l'antre rustique de ma tante Dahlia — paysage pittoresque, allées de gravier, puits perdu, eau par forage, et surtout, la superbe cuisine française de son superbe cuisinier français, Anatole, qui est une véritable bénédiction pour les sucs gastriques ! Tous les atouts, pour ainsi dire... —

— Quelle admirable suggestion !, dis-je. Grâce à toi, tous mes problèmes s'envolent comme l'oiseau bleu du chapeau du magicien ! Compte sur moi. Attends-toi à me voir rappliquer de toute la vitesse du coupé Wooster, modèle sport, avec les cheveux tressés en une superbe natte et une chanson aux lèvres... Tu attends du monde dans ta fosse à serpents ?

— Cinq pensionnaires en tout.

— Cinq, dis-tu ? (Je repris mon petit numéro de

claquements de langue...) Fichtre ! l'oncle Tom doit passablement écumer !, fis-je, car je savais à quel point le brave vieux détestait la présence d'hôtes dans la maison. Un seul invité suffisait parfois pour lui gâter son week-end.

— Tom n'est pas ici. Il est allé passer quelque temps avec Cream à Harrogate.

— Qui ça ? Tu veux dire : avec un lumbago !

— Qui parle de lumbago ? Je te parle de Cream ! Homère Cream. Un gros nabab américain en visite sur notre sol national. Il souffre d'ulcères, et le sorcier de son village lui a ordonné d'aller prendre les eaux à Harrogate. Tom est allé avec lui pour lui tenir la main, et l'écouter se lamenter, le soir à la veillée, sur le goût infect de ce qu'il lui faut avaler...

— Très antagoniste de sa part !

— Pardon ?

— Je veux dire : très altruiste ! le mot ne te dit probablement rien, mais c'est un de ceux que j'ai entendu Jeeves utiliser de temps en temps — c'est ce qu'on dit quand un type rend un service désintéressé sans présenter la facture à la sortie !

— Service désintéressé, mon œil ! Tom traite avec ce Cream une affaire très importante, qui, si tout marche bien, devrait lui laisser un assez joli petit paquet d'argent exempt d'impôts... Aussi, il lui lèche les bottes comme un vulgaire faire-valoir dans une comédie hollywoodienne...

Je hochai la tête d'un air entendu — ce qui, bien sûr, lui échappa, car elle ne pouvait pas me voir —. Je comprenais parfaitement la démarche intellectuelle suivie par mon oncle par alliance ! T. Pontarlington Travers est un homme qui a toujours accumulé les écus par sacs entiers, mais qui se montre plus que volontaire dès qu'il s'agit d'enfourner un petit extra dans la cachette aménagée au fond de la cheminée. Il se dit sans doute, et non sans raison, que chaque petite pièce ajoutée à celles que vous avez déjà représente une petite pièce de plus ! Et s'il y a une chose pour laquelle mon oncle Tom est très fort, c'est pour s'arranger à payer le moins possible d'impôts. Il plaint chaque centime que lui rogne le gouvernement...

— C'est pourquoi, en me donnant le baiser d'adieu, il m'a priée, avec des larmes dans les yeux, de faire en sorte que tout ici ne soit que joie et volupté pour Mme Cream et son fils Willie, et de les traiter à l'égal de membres de la famille royale ! Ils se sont donc incrustés à Brinkley comme des vers dans la boiserie.

— Tu as dit : Willie ?

— Diminutif de : Wilbert.

Je réfléchis quelques instants — Willie Cream ! Ce nom ne me semblait pas inconnu... Il me semblait l'avoir déjà entendu, ou vu quelque part dans les journaux. Mais je ne voyais pas où.

— Adéla Cream écrit des romans policiers. Tu es un de ses lecteurs ? Non ? Eh bien, il faudra te mettre à les potasser dès que tu arriveras ici ! Il ne faut négliger aucun détail. J'ai acheté la série complète... D'ailleurs, ils ne sont pas mal du tout !

— Je serais ravi de jeter un petit coup d'œil sur sa production ! dis-je, car je suis ce qu'on appelle un « afi — quelque chose » de romans à sensations fortes — « Aficionado », est peut-être le mot que je cherche — un petit cadavre ou deux sont toujours les bienvenus... Nous avons donc présentement établi que les pensionnaires comptaient parmi eux Mme Cream et son fils Wilbert ! Qui sont les trois autres ?

— Eh bien, il y a Roberta, la fille de Lady Wickam…

Je sursautai violemment comme si une main invisible venait de m'effleurer…

— Quoi ? Bobbie Wickham ! Flûte, alors !

— Pourquoi pareille agitation ? Tu la connais ?

— Tu parles, si je la connais !

— Ah, je vois ! Je commence à voir ! Est-ce qu'elle ne ferait pas partie, par hasard, du troupeau de filles avec qui tu as été plus ou moins fiancé ?

— Non. Pas vraiment. Nous n'avons jamais été fiancés. Mais c'est uniquement parce qu'elle n'a jamais fait aucun effort dans ce sens…

— Ah, bon ? Tu veux dire qu'elle t'a envoyé sur les roses ?

— Oui. Dieu merci.

— Pourquoi : Dieu merci ? C'est une créature de rêve !

— Il est un fait qu'elle ne fatigue pas trop la vue !

— Une beauté rare, si jamais il en fût !

— Très vrai. Mais, suffit-il d'être une beauté rare ? Où places-tu les vertus de l'âme ?

— Pourquoi ? Son âme ne serait-elle pas l'image de la perfection ?

— Loin de là ! nettement en dessous de scratch score ! Si je te disais… Mais, non, passons. Oublions le douloureux sujet !

J'étais sur le point de lui citer cinquante-sept bonnes raisons pour lesquelles le stratège prudent faisait tout en son pouvoir, s'il voulait garder sa tranquillité d'esprit, pour se tenir le plus loin possible de ladite calamité ainsi que de sa tignasse rousse, mais je réalisai soudain qu'à l'heure où l'on a hâte de retourner à sa marmelade, il n'était pas bon de se lancer dans une telle énumération ! Je dirai seulement que j'avais depuis longtemps quitté les sphères éthérées de l'amour aveugle, et que j'étais parfaitement conscient du fait qu'en refusant la suggestion que j'avais avancée alors de rallier le pasteur, le bedeau, et toute la suite des demoiselles d'honneur, la charmante enfant m'avait rendu un fieffé service ! Et je vais vous dire pourquoi.

Tante Dahlia, en décrivant cette jeune nuisance comme « une créature de rêve » n'avait pas mis très loin à côté de la plaque... Il ne faisait aucun doute que sa pellicule externe était de nature à faire chanceler avec un sifflement de surprise aux lèvres, tous ceux qui l'apercevaient. Mais, bien qu'elle fût équipée de tous les accessoires — depuis ses yeux pareils à « deux étoiles sœurs », son hum — espièglerie, jusqu'à sa chevelure plus vermeille que la cerise —, Bobbie Wickham possédait un caractère et une vision globale des choses qui tenaient de la bombe à retardement. En sa compagnie, on avait toujours une vague sensation de malaise, comme si quelque chose risquait de sauter en l'air à tout moment. On ne savait jamais ce qui allait lui passer par la tête, ni la profondeur exacte de l'obscur pétrin dans lequel elle s'apprêtait négligemment à vous laisser tomber...

— Mlle Wickham, monsieur, m'avait un jour prévenu Jeeves — à l'époque où ma fièvre amoureuse était à son point culminant —, fait preuve de manque de sérieux. Elle est versatile et frivole. J'hésiterais personnellement à recommander comme partenaire à vie une jeune personne dotée d'une chevelure d'un rouge aussi éclatant !

Son estimation était juste. J'ai déjà mentionné la façon dont cette fille m'avait incité, par maints artifices subtils, à me glisser dans les appartements de Sir Roderick Glossop pour soumettre sa bouillotte à l'épreuve de l'aiguille à repriser — et encore n'était-ce là pour elle qu'une action très bénigne —. En un mot, Roberta, fille du regretté Sir Cuthbert et de Lady Wickham de Skeldings Hall, Herts., était de la dynamite à l'état pur, et mieux valait-il se tenir loin d'elle si vous étiez de ceux pour qui le but principal dans la vie est la recherche d'une certaine quiétude... La perspective de me trouver cloîtré dans la même maison que Roberta, — avec tout ce qu'une demeure campagnarde peut offrir comme possibilités à une jeune fille au caractère aussi entreprenant que le sien pour placer ses amis et proches dans ce qui se nomme « de sales draps », me faisait singulièrement douter de la tournure que risquaient de prendre les choses !

J'étais encore chancelant sous le coup, lorsque la vénérable parente m'en assena un second, de nature à assommer un bœuf tout autant que le premier.

— Il y a aussi Phyllis Mills avec son beau-père, Aubrey Upjohn, dit-elle. C'est tout. Qu'est-ce qu'il t'arrive ? Tu as de l'asthme ?

Je compris qu'elle faisait allusion au soupir qui venait de s'échapper brusquement de mes lèvres, et qui, je dois l'admettre, n'était pas sans évoquer les dernières paroles d'un canard à l'agonie. Mais je m'estimais tout à fait en droit de lâcher un soupir ! Un homme moins bien trempé aurait hurlé à la mort ! Il me revint alors à l'esprit certaines paroles prononcées par le Hareng Saur, un jour où il était d'humeur philosophique. « Tu sais, Bertie », avait-il dit ce jour-là, « il y a une chose dans notre vie pour laquelle nous devons nous montrer éternellement reconnaissants, toi et moi, c'est que, quels que soient les coups durs que le destin nous réserve, nous avons une pensée réconfortante à laquelle nous pouvons nous raccrocher ! les nuages noirs peuvent s'amasser et l'horizon s'assombrir, nous pouvons avoir un clou dans notre chaussure, être surpris par la pluie sans parapluie, ou descendre un jour au petit déjeuner pour découvrir qu'un autre a déjà mangé votre confiture favorite, du moins avons-nous toujours la consolation de savoir que jamais plus nous ne reverrons ce suppôt de Satan qu'est Aubrey Upjohn ! Souviens-toi toujours de cela dans les heures d'adversité », avait-il dit. Et je m'en étais toujours souvenu. Et, maintenant, ne voilà-t-il pas que le bougre surgissait une nouvelle fois au beau milieu de ma route ? Il y avait de quoi susciter chez le plus endurci d'entre nous son petit numéro d'imitation d'un canard à l'agonie !

— Aubrey Upjohn ? chevrotai-je. Tu veux dire *mon* Aubrey Upjohn ?

— Lui-même. Peu après que tu te fus évadé de tes chaînes, il a épousé une de mes amies, Jane Mills, qui possédait une fortune colossale. Elle en est morte et lui a laissé une fille dont je suis la marraine. Maintenant, Upjohn a pris sa retraite et se lance dans la politique. Selon certaines sources sûres, les membres influents du parti s'apprêtent dans la coulisse à le présenter comme candidat conservateur aux prochaines élections partielles dans sa circonscription de Market Snodsbury. Quelle joie pour toi de le revoir, j'imagine ! Ou bien la perspective t'effraierait-elle ?

— Certainement pas ! les Wooster ont toujours été des intrépides. Mais pourquoi diable l'avoir invité à Brinkley ?

— Je ne l'ai pas invité. J'avais seulement demandé à Phyllis de venir, et il est venu avec !

— Tu aurais dû le flanquer à la porte !

— Je n'en ai pas eu le courage.

— Tu es trop faible ! Beaucoup trop faible !

— De plus, cela fait mon affaire. C'est lui qui se chargera de la distribution des Prix au Collège de Market Snodsbury. Nous avons été pris de court, comme d'habitude, et il faut quelqu'un pour parler des grands idéaux et du vaste Monde devant toute cette marmaille. Il convient donc parfaitement. Je crois savoir que c'est un bon orateur. Le seul ennui, c'est qu'il est coincé lorsqu'il n'a pas la possibilité de lire son discours. Il appelle ça : « Consulter ses notes. » Phyllis me l'a dit. C'est elle qui tape ses trucs à la machine.

— Le procédé est parfaitement mesquin, fis-je avec sévérité. Même moi, qui ne suis jamais allé plus loin que l'interprétation des « Noces du laboureur » dans un concert de village, je n'aurais jamais eu le toupet d'affronter mon public sans avoir pris la peine de mémoriser les paroles — bien qu'en fait, dans les « Noces du laboureur », il soit possible de s'en tirer confortablement en répétant : « Ding Dong, Ding Dong, Ding Dong, je chante ma chanson ! Bref... »

J'en aurais dit davantage, mais, à ce moment précis, elle me pria de la boucler, et, après un mot aimable m'invitant à veiller à ne pas poser le pied sur une peau de banane, elle raccrocha.

CHAPITRE II

Je m'éloignai du téléphone en traînant ce que vous pourriez pratiquement appeler : « des pieds de plomb ». J'avais le sentiment que tous les éléments étaient réunis pour faire une jolie mélasse... Bobbie Wickham, à elle seule, avec sa tendance à tout mettre sens dessus dessous, et à trouver pour chaque jour qui passe une façon nouvelle d'ébranler les bases de l'humanité, y serait déjà aisément parvenue. Ajoutez Aubrey Upjohn, et le mélange devenait véritablement trop riche. J'ignore si le Hareng Saur remarqua, lorsque je vins le rejoindre, à quel point mon front avait pâli sous l'effet de l'inquiétude — ainsi que j'ai entendu Jeeves exprimer la chose —. Probablement pas, car il était en train, à ce moment-là, de s'attaquer aux toasts et à la marmelade, mais tel était pourtant le cas... Comme cela m'était arrivé maintes fois auparavant, je sentais planer la menace d'un Destin funeste. Quelle forme exacte prendrait-il ? j'étais bien sûr incapable de le dire — ce pouvait être une chose ou une autre —, mais une voix semblait me chuchoter à l'oreille que, de toute façon, il était écrit que Bertram, dans un avenir plus ou moins proche, allait en prendre un bon coup dans le gésier.

— C'était ma tante Dahlia, dis-je.

— Que Dieu préserve longtemps sa bonne vieille chère âme ! répondait le Hareng Saur. Une femme comme il y en a peu, et tu peux citer mes paroles ! Je n'oublierai jamais ces journées heureuses passées à Brinkley, et je serai toujours ravi de glaner une autre invitation au moment qui lui conviendra le mieux ! Elle est à Londres ?

— Jusqu'à cet après-midi.

— Naturellement, nous allons l'inviter à venir se gorger de bonne chère à notre table !

— Non. Elle est déjà prise. Elle doit brouter avec Sir Roderick Glossop, le fameux soigneur de dingues. Tu ne le connais pas, je crois ?

— Uniquement d'après ce que tu m'en as dit. Un dur à cuire, si je comprends bien !

— Un des plus durs qui soient !

— C'est bien ce type qui, une fois, a trouvé les vingt-quatre chats dans ta chambre ?

— Vingt-trois, rectifiai-je. J'aime la précision en toute chose. Et ce n'était pas mes chats. Ils avaient été déposés là par mes cousins, Claude et Eustache. Mais je trouvais leur présence plutôt difficile à expliquer... Glossop n'est pas un auditeur très patient ! J'espère qu'il ne sera pas à Brinkley lui aussi !

— Pourquoi ? Tu vas à Brinkley ?

— Demain après-midi.

— Tu en as de la chance.

— Tu crois ? Eh bien, ça reste un point à débattre...

— Tu es fou ? Pense à ce cher Anatole et à ses dîners succulents ! Est-ce que le nom de Péri, qui se lamentait aux portes de l'Eden, ne te suggère pas quelque chose ?

— J'ai entendu Jeeves en faire mention, je crois.

— Eh bien, j'éprouve exactement la même chose qu'elle lorsque j'évoque les dîners d'Anatole. Quand je songe qu'il en prépare un chaque soir, et que je manque ça... je ne suis pas loin d'en attraper une dépression. Qu'est-ce qui te fait dire que tu ne vas pas te plaire à Brinkley Court ? N'est-ce pas le Paradis sur terre ?

— Si, c'est vrai sur de nombreux points. Mais, pour l'instant, la vie à Brinkley semble offrir quelques désagréments. L'ambiance y est un peu trop du genre : « Alors-que-tout-sourit, seul-l'homme-tranche-par-sa-vilainie » pour être vraiment à mon goût. Devine qui est hébergé dans cette espèce d'asile de nuit en ce moment ! Aubrey Upjohn !

Il fut aussitôt évident que mes paroles l'avaient quelque peu ébranlé. Il ouvrit de grands yeux, et, d'étonnement, un morceau de toast lui échappa des mains.

— Ce vieil Upjohn ? Tu veux rire.

— Non ! Pas du tout ! Il est bien là-bas ! en personne. Pas en peinture. Et il me semble que c'est tout juste hier que tu me remontais le moral en me disant que je n'aurais plus jamais à le revoir ! « Les nuages noirs peuvent bien s'amasser... », me disais-tu, si tu te souviens !

— Mais comment se fait-il qu'il soit à Brinkley ?

— Exactement la question que j'ai posée à la Vénérable Parente ! Et elle m'a fourni une explication qui paraît couvrir l'ensemble des faits. Il semble que, pas plus tôt sorti de notre vue, il ait épousé une amie de ma tante — une Jane Mills — et qu'il sert ainsi de beau-père à une certaine Phyllis Mills, dont ma tante Dahlia est la marraine. La vieille Ancêtre a invité la fille Mills à Brinkley, et Upjohn en a profité pour faire aussi la balade...

— Je vois. Je comprends que tu sois tremblant comme la feuille au vent.

— Je n'irai pas jusqu'à parler de feuille au vent, mais... je pense que tu peux qualifier mon état de tremblant. Il n'est pas possible d'oublier un pareil regard vitreux.

— Ni ces lèvres minces dans ce visage glabre ! Tu ne vas pas trouver très réjouissant d'avoir à les contempler en face de toi à l'heure du dîner ! Enfin, je pense que Phyllis te plaira.

— Tu la connais ?

— Je l'ai rencontrée en Suisse à Noël. Donne-lui une grosse tape dans le dos de ma part et présente-lui mes amitiés. Une fille bien, même si elle est un peu gourde. Elle ne m'a jamais dit qu'elle était une parente d'Upjohn.

— Il est naturel qu'elle cherche à le garder secret.

— Oui, on comprend ça ! C'est un peu comme si on cherchait à garder secret le fait qu'on a quelque chose à voir avec Palmer l'empoisonneur ! Souviens-toi de ces abominables détritus qu'il nous balançait à manger quand nous purgions notre peine à Malvern House ! Et des saucisses dominicales ! Et du mouton bouilli à la sauce aux câpres.

— Et de sa margarine ! Rien que d'y penser, j'imagine l'épreuve que ce sera de devoir l'observer en train de se remplir la lampe de bon beurre de campagne ! Ah, Jeeves, dis-je, comme il faisait une discrète apparition pour débarrasser la table, vous n'avez jamais été élève dans une école préparatoire sur la côte sud de l'Angleterre, j'imagine !

— Non, Monsieur. J'ai fait des études privées.

— Ah, alors, vous ne comprendriez pas... M. Hareng et moi-même parlions à l'instant du Magister de notre ancienne école préparatoire, Aubrey Upjohn, licencié ès lettres. A propos, Hareng Saur, ma tante Dahlia m'a raconté quelque chose à son sujet que j'ignorais jusqu'à ce jour, et qui devrait le rendre odieux à tout individu bien pensant ! Te souviens-tu de ces discours musclés qu'il nous faisait à la fin de chaque trimestre ? Eh bien, il n'aurait jamais pu les faire, paraît-il, s'il ne s'était pas cramponné d'une main ferme au papier sur lequel tout le topo était écrit à la machine, de façon à ce qu'il n'eût qu'à les lire ! Privé de ses « notes », comme il les appelle, il est pour ainsi dire réduit à l'état d'impuissance ! Révoltant, Jeeves, ne trouvez-vous pas ?

— Beaucoup d'orateurs souffrent, je crois, d'un semblable handicap, Monsieur.

— Vous êtes trop tolérant. Bien trop tolérant. Méfiez-vous de ne pas tomber dans le laxisme, Jeeves ! Toutefois, la raison qui m'a fait vous parler d'Upjohn est qu'il vient d'entrer à nouveau dans ma vie — ou qu'il va le faire incessamment. Il fait un séjour à Brinkley en ce moment, et je dois m'y rendre demain. C'est ma tante Dahlia qui vient de me téléphoner. Elle implore ma présence... Voulez-vous m'empaqueter quelques menus objets indispensables dans une valise ou quelque chose ?

— Très bien, Monsieur.

— Quand est-ce que vous partez en bordée à Horne Bay ?

— Je pensais prendre le train ce matin, Monsieur. Cependant, si vous préférez que je reste jusqu'à demain ?

— Non, non ! C'est parfait. Partez dès que vous le souhaitez, Jeeves. Qu'y a-t-il de drôle ? demandai-je comme la porte se refermait sans bruit derrière lui, car je venais de constater que le Hareng Saur gloussait doucement dans son coin — ce qui n'est certes pas facile à réussir lorsque vous avez la bouche pleine de toast et de marmelade, mais il y parvenait très bien...

— Je pensais à Upjohn, fit-il.

J'étais éberlué. Il me semblait incroyable qu'une personne ayant purgé un certain temps à Malvern House Bramley-sur-Mer, pût ainsi glousser, doucement ou de quelque autre manière, en évoquant mentalement le souvenir de cette extraordinaire menace pour l'humanité... C'était comme si j'avais vu quelqu'un rire avec insouciance et légèreté devant le spectacle d'un de ces monstres venus d'une autre planète, ainsi qu'il nous en arrive beaucoup en ce moment sur nos écrans de cinéma.

— Je t'envie, Bertie, poursuivit-il, sans cesser de glousser. Apprête-toi, mon ami, à connaître des instants de très grande félicité ! Tu seras en effet présent à table lorsque Upjohn ouvrira sa *Revue du Jeudi* de cette semaine, pour jeter un coup d'œil aux pages consacrées à l'actualité littéraire. J'aurais dû t'expliquer plus tôt que, parmi les livres que nous avons reçus au bureau ces derniers temps, il y avait un petit fascicule de sa composition sur le thème de *L'Ecole Préparatoire,* dans lequel il en faisait un tableau idyllique ! « Les années formatrices que nous y passons, disait-il, sont parmi les plus heureuses de notre vie... ! »

— Quelle foutaise !

— Il était loin de se douter que le fruit de ses cogitations serait soumis à la critique d'un ancien forçat de Malvern House ! Je vais te dire une chose, Bertie, que tout jeune homme devrait savoir : ne te comporte jamais comme un putois, car alors, bien que tu puisses être durant quelque temps aussi florissant qu'un plant de laurier, tôt ou tard, le châtiment te retombera dessus ! Inutile de te dire que j'ai complètement éreinté la petite brochure en question ! Le souvenir de ces saucisses dominicales me remplit toujours d'un juste courroux digne d'un Juvénal !

— D'un qui ça ?

— Tu ne le connais pas. Avant ton époque. Je me suis senti comme inspiré ! Je suppose qu'en temps normal j'aurais accordé à ce genre de bouquin une ligne et demie dans la colonne *Autres Publications Récentes,* mais, là, je lui ai dédié soixante lignes de ma prose la plus enflammée ! Tu as une chance inouïe de pouvoir te trouver bien placé pour voir sa tête quand il les lira.

— Comment sais-tu qu'il les lira ?

— Il est abonné. Il y avait une lettre de lui dans *Le courrier du lecteur,* il y a une semaine ou deux, spécifiant qu'il était abonné depuis des années.

— Et, tu as signé ton machin ?

— Non. Le Rédacteur en chef, Ye Ed, ne tient pas à ce que ses subalternes se fassent de la publicité personnelle…

— Et c'était vraiment un truc explosif ?

— Une bombe ! Observe-le donc au petit déjeuner ! J'ai la certitude que le remords et la honte empourpreront ses joues !

— Le seul ennui, c'est que je ne descends jamais au petit déjeuner quand je suis à Brinkley ! Enfin, j'imagine que je peux faire un petit effort spécial…

— Fais-le ! Tu ne le regretteras pas, dit le Hareng Saur, puis il s'envola sur la piste du gagne-pain quotidien…

Il y avait environ vingt minutes qu'il était parti lorsque Jeeves entra, chapeau melon à la main, pour faire ses adieux — un instant solennel, qui exige toujours de notre part de terribles efforts pour ne pas trahir notre émotion. Toutefois, nous préservâmes le masque et, après un échange de propos badins, il s'apprêta à se retirer... Il venait d'atteindre la porte, lorsqu'il me vint soudain à l'esprit qu'il disposait peut-être de quelques éléments d'information sur ce Wilbert Cream dont Tante Dahlia m'avait parlé. J'ai constaté, de façon générale, qu'il savait tout à propos de tout le monde...

— Ah, Jeeves, fis-je, une demi sec.

— Monsieur ?

— Quelque chose que je veux vous demander. Il paraît que, parmi les hôtes réunis à Brinkley, il y aura une Mme Homère Cream, épouse d'un riche Américain, un Nabab du beurre frais et de l'œuf à la coque, et son fils Wilbert, couramment appelé Willie. Or, le nom de Willie Cream me semble vaguement éveiller quelques échos. A tort ou à raison, je l'associe aux divers séjours que nous avons faits à New York. Mais où est la relation ? Je n'en ai pas la moindre i. ! Est-ce que le nom ne déclencherait pas un petit déclic dans votre esprit, Jeeves ?

— Mais si, Monsieur. Les références au monsieur dont vous parlez sont fréquentes dans les journaux new-yorkais, notamment dans la rubrique des Nouvelles Brèves dirigée par Mr. Walter Winchell. Il y est généralement fait allusion à M. Cream sous le sobriquet de Willie de Broadway.

— Ah, oui ! Ça me revient ! C'est ce qu'ils appellent là-bas un « play-boy » !

— Précisément, Monsieur — célèbre pour ses frasques.

— Oui, oui ! je le situe maintenant. C'est ce type qui s'amuse à lâcher des boules puantes dans les night-clubs — ce qui, d'ailleurs, revient à peu près à verser de l'eau dans la mer —! Et c'est lui qui encaisse rarement un chèque dans une banque sans brandir son pétard en disant : « C'est pour un hold-up. »

— C'est cela. Et,... Non, Monsieur, je suis désolé, mais cela m'est sorti de l'esprit pour le moment.

— Qu'est-ce qui est sorti ?

— Une petite chose, Monsieur, qui m'a été dite à propos de Mr. Cream. Si je m'en souviens, je vous la communiquerai.

— Oui. S'il vous plaît. Il est souhaitable que le tableau soit aussi complet que possible. Oh, bon sang !

— Monsieur ?

— Rien, Jeeves. Une idée qui vient de m'effleurer... Ça va, Jeeves, filez en vitesse, sinon vous allez manquer votre train. Mes meilleurs vœux de succès pour la pêche à la crevette...

Maintenant, je vais vous dire quelle était cette idée qui venait de m'effleurer. J'ai déjà fait mention de mes sombres pressentiments à la pensée d'être ainsi séquestré sous le même toit que Bobbie Wickham et Aubrey Upjohn. En effet, qui était capable de prédire ce qu'on pouvait récolter dans une semblable situation ? Mais si, en plus d'affronter ces deux gros morceaux, je devais aussi me retrouver pratiquement joue à joue avec un play-boy new-yorkais affecté d'une araignée au plafond, je commençais à craindre que cette visite ne fût une épreuve un peu au-dessus des faibles forces de Bertram... Je caressai quelques instants le projet d'exprimer mes plus vifs regrets dans un pneumatique et de me tirer de ce guêpier...

Alors, je me souvins de la cuisine d'Anatole, et retrouvai toute ma force d'âme. Personne au monde ne saurait se priver de gaieté de cœur, après y avoir goûté, du délicieux fumet qu'ont les mets offerts par ce grand sorcier. Quelle que fût la torture spirituelle que je m'apprêtais à subir à Brinkley Court, du moins mon séjour dans cette belle demeure me conférerait-il l'avantage de savourer plusieurs *Suprême de foie gras au champagne* et autres *Mignonnettes de poulet Petit Duc* ! Je falsifierais toutefois la vérité si je disais que j'étais parfaitement serein en songeant à ce qui m'attendait dans les profondeurs obscures du Worcestershire, et la main avec laquelle, le petit déjeuner terminé, j'allumai ma cigarette matinale, tremblait passablement.

A cet instant d'extrême tension nerveuse, le téléphone donna de nouveau de la voix, me faisant bondir subitement, à l'image des Hautes Collines de l'Evangile, comme si la trompette du jugement dernier venait de retentir. C'est encore tout tremblant sous l'effet de l'émotion que je m'approchai de l'instrument.

La personne à l'autre bout du fil semblait être une espèce de maître d'hôtel.

— Monsieur Wooster ?

— Touché.

— Bonjour, Monsieur. Milady désire vous parler. Lady Wickham, Monsieur. C'est M. Wooster, Milady.

Et la mère de Bobbie Wickham passa aussitôt sur les ondes...

J'aurais dû mentionner au passage que, durant le précédent échange de vues avec le maître d'hôtel, j'avais perçu des bruits de sanglots dans le lointain — comme une sorte de musique de fond —, et il devenait maintenant évident qu'ils provenaient tout droit du larynx de la veuve du défunt Sir Cuthbert. Il y eut, avant qu'elle pût retrouver l'usage de ses cordes vocales, un bref entracte au cours duquel j'attendis qu'elle amorçât le dialogue. Je me trouvai pendant ce court instant aux prises avec deux problèmes qui s'offraient à moi, le premier étant : pourquoi diable cette femme me téléphonait-elle ? et le second : ayant obtenu le bon numéro, pourquoi sanglotait-elle ainsi ? C'était le problème A qui m'intriguait tout particulièrement. En effet, depuis le fameux épisode de la bouillotte, mes relations avec la mater de Bobbie avaient été de nature assez tendue. Ce n'était, en fait, un secret pour personne, que je jouissais à ses yeux d'une cote à peu près comparable à celle d'un rat d'égout. Je le savais par Bobbie : elle m'avait fait un jour une imitation particulièrement vivante de sa mère parlant de moi avec un groupe de sympathisantes, et je dois avouer que je n'avais pas été du tout surpris. Aucune hôtesse, veux-je dire, après avoir accueilli un ami de sa fille avec toutes les marques de la plus cordiale hospitalité, n'apprécierait de voir le jeune invité parcourir la maison en crevant les bouillottes des gens, et s'en aller à trois heures du matin sans même prendre le temps de dire « au revoir ». Oui, je concevais très bien son point de vue sur la question, et je trouvais extraordinaire qu'elle cherchât à me joindre au téléphone de cette façon ! Considérant l'allergie qu'elle éprouvait à l'égard de Bertram, j'aurais imaginé qu'elle décrochât une hache plutôt qu'un récepteur téléphonique en pensant à moi !

Pourtant, il ne faisait aucun doute que tel n'était pas le cas.

— Mr. Wooster ?

— Oh ! Allô, Lady Wickham.

— Vous êtes là ?

Je l'éclairai sur ce point, et elle prit quelques instants pour se remettre à sangloter. Puis, elle parla, et sa voix était rauque et enrouée comme celle de Tallulah Bankhead qui aurait avalé une arête de poisson de travers.

— Est-ce que cette affreuse nouvelle est exacte ?

— Hein ? Quoi ?

— Oh ! Mon Dieu ! Mon Dieu ! Mon Dieu !

— Je ne vous suis pas très bien jusque-là !

— La nouvelle parue dans le *Times* ce matin !

Je suis assez perspicace dans ce genre d'affaires. J'eus aussitôt le très net sentiment, en lisant entre les lignes, qu'il était paru dans le dernier numéro du *Times* un article qui avait dû la bouleverser pour une raison ou pour une autre... Mais pourquoi m'avait-elle choisi pour me conter ses malheurs ? Le mystère n'était pas du genre facile à élucider ! J'étais sur le point d'ouvrir une enquête dans l'espoir de percer le problème, lorsque, en plus des sanglots, elle se mit à rire de manière hyénesque, ce que mon oreille exercée interpréta immédiatement comme un signe caractéristique d'hystérie. Et, avant même que je pusse parler, il se produisit un bruit mou évoquant la chute d'une masse compacte qui prend contact avec le sol. Lorsque le dialogue fut renoué, je m'aperçus que le rôle de mon interlocuteur avait été repris par le maître d'hôtel.

— Mr. Wooster ?

— Toujours là !

— Je suis au regret de vous informer que Milady vient de s'évanouir !

— Ah ! Alors, c'est elle qui a fait « floc » à l'instant ?

— C'est cela, Monsieur. Merci beaucoup, Monsieur, au revoir.

Il reposa le récepteur, et se mit sans doute à vaquer à ses activités domestiques, lesquelles devaient consister, j'imagine, à desserrer le corset de la dame terrassée à ses pieds et lui placer des sels sous le nez, me laissant ruminer seul le problème sans autre bulletin d'information en provenance du front...

Il me sembla que l'unique chose à faire à ce stade des opérations était de me procurer le *Times,* et de voir quelle sorte d'éclaircissement il pouvait m'apporter sur la situation. C'est un journal que je consulte très rarement, préférant accompagner mon petit déjeuner de la lecture du *Mirror* et du *Mail.* Mais Jeeves le reçoit, et il m'est arrivé occasionnellement de le lui emprunter avec l'intention de m'attaquer aux mots croisés. L'idée me vint qu'il avait peut-être laissé l'exemplaire du jour dans la cuisine, ce qui s'avéra exact. Je revins donc m'installer avec ce dernier dans un fauteuil, et, après avoir allumé une nouvelle cigarette, j'entrepris de jeter un coup d'œil sur son contenu.

Au premier regard, ses colonnes m'apparurent vides de tout élément d'information pouvant donner matière à évanouissement... La Duchesse de Machin Chouette avait inauguré une vente de charité à Wimbledon au profit de bonnes œuvres quelconques ; il y avait un article sur la pêche au saumon dans la rivière Wye, et un Ministre du Cabinet avait fait un discours sur les conditions de travail dans l'industrie du coton, mais je ne voyais rien dans tous ces faits divers qui pût entraîner la moindre perte de connaissance. De même paraissait-il peu probable qu'une femme tombât dans les pommes en apprenant qu'un certain Herbert Robinson, 26, rue du Bosquet, Ponder's End, avait été jugé pour avoir dérobé une paire de pantalons à carreaux verts et jaunes. Je me penchai alors sur la page du cricket. Etait-il possible qu'un de ses amis ne fût pas parvenu à marquer un seul point au cours d'une des rencontres régionales de la veille, à la suite d'un pied en avant litigieux compté par l'arbitre ?

Je venais juste de survoler les mariages et les naissances lorsque je tombai par hasard sur les fiançailles. L'instant d'après, je bondissais de mon fauteuil comme si quelque épine avait subitement traversé les coussins pour pénétrer dans la partie charnue de mon individu.

— Jeeves ! hurlai-je. Je me souvins alors qu'il devait être déjà loin, pareil à la feuille que le vent emporte. Pensée amère ! Car s'il y eut jamais une situation dans laquelle son aide et assistance m'aurait été de toute première utilité, cette sit. là était bien la sit. où je me trouvais alors ! Sans partenaire pour y faire face, je n'avais plus qu'à étouffer un gr. et m'ensevelir le visage dans les mains ! Et, bien que je crois déjà entendre mon public émettre quelques bruits réprobateurs devant le caractère un peu névrosé de mon comportement, le jugement de l'histoire sera, je pense, que le paragraphe sur lequel mes yeux venaient de se poser était plus qu'il n'en faut pour excuser un bref ensevelissement du visage dans les mains !

Il était rédigé comme suit :

ANNONCE DE MARIAGE.

« Nous sommes heureux d'annoncer les fiançailles de Bertram Wilforce Wooster, de Berkeley Mansions, Londres (W. I.) avec Roberta, fille de feu Sir Cuthbert Wickham et de Lady Wickham, de Skeldings Hall, Herts. »

CHAPITRE III

Certes, ainsi que je l'ai dit plus haut, j'avais à plusieurs reprises proposé à Roberta un amalgame de ce genre, à l'époque où j'étais encore sous l'influence de son hum — ! Mais, et c'est là un point que je tiens à souligner, j'aurais juré qu'à chacune de ces occasions elle avait refusé de coopérer d'une façon qui ne laissait planer aucun doute sur ses vues en la matière. Je veux dire que, lorsqu'un honnête homme offre son cœur à une jeune fille, si la jeune fille éclate de rire avec un bruit de sac en papier qui explose, l'honnête homme est en droit de supposer, je pense, que l'affaire tombe à l'eau ! Toutefois, il me fallait bien admettre, à la lueur de cette annonce dans le *Times,* qu'au cours de l'une ou l'autre de ces occasions, elle avait dû, dans un murmure et tout en baissant les yeux, laisser échapper un : « O.K. Bertram » que je n'avais pas relevé sur le moment — probablement à cause d'un instant de distraction de ma part —, quant à savoir dans quelles circonstances cela s'était produit, je n'en avais pas la plus petite i. !

C'est donc, ainsi que vous l'imaginerez sans peine, un B. Wooster aux yeux cernés, et le cerveau prêt à se déchirer à toutes les coutures, qui actionna le frein du coupé sport le lendemain après-midi, devant le perron de Brinkley Court — un B. Wooster qui se demandait, en un mot, ce que diantre tout cela pouvait bien signifier ! « Interloqué », je crois, est plus ou moins le terme résumant la situation. Il me semblait que le premier pas à faire consistait à dénicher ma « fiancée », et voir si elle pouvait apporter quelque élément susceptible de clarifier la situation.

Comme cela se produit fréquemment dans toutes ces résidences campagnardes lorsqu'il fait une belle journée, on eût dit qu'il n'y avait personne à cent lieues à la ronde. La troupe se réunirait probablement, le moment venu, afin de prendre le thé sur la pelouse, mais pour l'instant, il n'y avait aucune trace d'indigène prêt à m'accueillir avec joie, ni pour me dire où risquait de se trouver Bobbie. J'entrepris donc d'explorer au hasard les terres et dépendances dans l'espoir de la localiser, tout en regrettant de ne pas disposer d'une paire de fins limiers pour m'aider dans ma tâche, car le domaine des Travers était sur le modèle spacieux, et le soleil tombait dessus en assez grande quantité — bien qu'il n'y en eût pas, est-il vraiment besoin de le dire, qui pénétrât dans mon cœur !

Or donc, je faisais route le long d'un sentier moussu, une légère transpiration baignant mon front de brave citoyen, lorsque me parvint aux oreilles le bruit caractéristique que fait une personne lisant de la poésie à une autre personne. L'instant d'après, je me trouvai face à face avec une équipe de double mixte qui avait jeté l'ancre dans une verte clairière, à l'ombre de ce qu'il est convenu d'appeler « un arbre à l'épais feuillage ».

A peine venais-je de prendre conscience de cette soudaine présence dans mon champ de vision, que le firmament se mit à retentir d'un vacarme effroyable, dû aux aboiements d'un petit teckel qui se dirigeait maintenant sur moi avec l'intention manifeste de s'assurer de la couleur de mes entrailles... Il opta, cependant, pour plus de mansuétude à mon égard, car, parvenu au bout de sa course, il se contenta de s'élancer en l'air comme une fusée pour me lécher le menton, signifiant par là qu'il trouvait Bertram Wooster tout à fait à son goût... J'ai déjà noté chez les chiens cette tendance à me montrer ainsi des marques de grande amitié, dès l'instant où mes effluves leur parviennent —. (Quelque chose à voir, sans doute, avec l'odeur caractéristique des Wooster qui, pour une raison ou pour une autre, a l'air de très profondément les émouvoir.) Je lui fis donc quelques chatouilles derrière l'oreille droite, et lui grattai une ou deux fois le bas de l'échine, puis, ces civilités étant accomplies, je tournai mon attention vers le coin des poètes. Le rôle du lecteur était tenu par l'élément mâle — un type svelte, dont le format et l'allure générale rappelaient un peu David Niven, avec des cheveux roux et une petite moustache. Comme, visiblement, ça ne pouvait pas être Aubrey Upjohn, je supposais qu'il devait s'agir de Willie Cream. Je ne fus pas peu surpris de le trouver en train de débiter des vers — on imaginerait plutôt de la part d'un play-boy américain, généralement présenté au public comme le modèle du sacré bringueur, qu'il s'en tînt à l'usage de la prose, et même, pour tout dire, de la prose la plus crue qui puisse être, mais sans doute ces play-boys ont-ils aussi leurs moments de faiblesse...

Sa compagne était une jeune représentante de la catégorie poids-plume, bien faite de sa personne, qui ne pouvait être que Phyllis Mills, dont le Hareng

Saur m'avait parlé. « Une fille bien, mais un peu gourde », avait dit le Hareng Saur, et je vis au premier regard qu'il devait avoir raison — l'œil apprend avec le temps à reconnaître sans se tromper les signes extérieurs de la « gourderie » chez le beau sexe —. Le spécimen en question avait l'expression empreinte de cette douce naïveté qui suggère une âme simple s'ouvrant à la vie... Il m'apparut nettement que, sans être une super-gourde, comme d'autres gourdes que j'avais rencontrées en fréquentant l'espèce, c'était tout à fait le genre de gourde avec qui je m'entends généralement bien. Elle donnait l'impression d'être de ces filles toujours prêtes à vous parler en langage bébé — ce qu'elle fit d'ailleurs aussitôt, en me demandant si Pantin, le teckel, n'était pas un mignon petit chien-chien —.

J'acquiesçai assez sèchement, car je préfère la forme abrégée généralement usitée, et elle dit qu'elle supposait que j'étais Bertie Wooster, le neveu de Mme Travers — supposition qui, nous le savons, était parfaitement exacte —.

« J'ai entendu dire qu'on vous attendait aujourd'hui. Je suis Phyllis Mills », fit-elle, et je lui dis que je m'en étais douté, et que le Hareng Saur m'avait chargé de lui donner une bonne tape dans le dos en lui présentant ses vœux les meilleurs, et elle dit : « Ah ! Reggie Hareng ? C'est un chou, vous ne trouvez pas ? » Je convins que le Hareng Saur était à classer parmi les choux, et même parmi les meilleurs choux qui fussent... et elle dit : « Oui. C'est un vrai biquet ! »

Au cours de ce « duologue », Wilbert Cream avait été, bien sûr, laissé passablement de côté — en simple toile de fond, pourrait-on dire —. Depuis un moment, il raclait le sol de sa chaussure en tirant nerveusement sur sa moustache, le sourcil froncé, indiquant très visiblement qu'à son avis, lorsqu'on est trois, il y a quelqu'un de trop, et que ce qui manquait à cette verte clairière pour être comme il entendait qu'une verte clairière fût, c'était une absence totale de Wooster...

Profitant d'un bref temps mort dans la conversation, il fit :

— Vous cherchez quelqu'un ?

Je répondis que je cherchais Bobbie Wickham.

— Je continuerais à chercher, si j'étais vous. Finirez bien par la trouver quelque part !

— Bobbie ? dit Phyllis Mills. Elle est au bord du lac en train de pêcher !

— Alors, ce que vous faites, dit Wilbert Cream, l'air un peu moins sombre, vous suivez ce sentier, vous prenez à droite, puis tout de suite à gauche, puis encore à droite, et vous y êtes. Pouvez pas vous tromper. Allez-y tout de suite, si vous voulez mon avis.

Je trouvai un peu fort, dois-je dire, qu'étant, si vous voulez, en quelque sorte apparenté à cette verte clairière par la loi du sang, j'en fusse ainsi pratiquement chassé par un simple visiteur ! Mais tante Dahlia avait exprimé le souhait que les vœux des Cream ne fussent en aucune façon réprimés ni contrariés, aussi fis-je comme il l'avait suggéré, et ramassai-je mes cliques et mes claques sans lâcher la moindre critique acerbe... Tandis que je m'éloignai, j'entendis derrière moi que la séance de poésie avait déjà repris...

Le lac de Brinkley se fait appeler « Lac », mais, tout compte fait, il s'agit bien plutôt d'une jeune mare. Il est assez grand, toutefois, pour qu'on puisse tant bien que mal y évoluer en manœuvrant une petite barque plate à l'aide d'une perche, et, à l'usage de ceux qui désirent s'adonner à cet exercice, on a construit jadis une sorte de hangar accompagné d'une espèce de jetée en bois — appelez ça « un ponton » si vous voulez —. C'est là que je trouvai Bobbie, assise, la canne à la main... Courir jusqu'à elle ne fut, pour moi, que l'affaire d'un instant...

— Holà ! m'écriai-je, dans son dos.

— Holà ! vous-même ! Et avec des bretelles ! fit-elle sans broncher. Ah, salut, Bertie ! c'est toi ?

— Tu n'as jamais prononcé parole plus juste, jeune Roberta ! Peux-tu m'accorder un instant de ton temps si précieux ?

— Une petite seconde ! Je crois que j'ai une touche. Non. Fausse alerte ! Alors, tu disais ?

— Je disais que —

— Ah, entre parenthèses, maman m'a téléphoné ce matin.

— Et elle m'a téléphoné hier matin...

— J'avais vaguement dans l'idée qu'elle le ferait... A propos, tu as vu ce machin dans le *Times* ?

— Vu de mes yeux vu !

— Ça ne t'a pas causé un petit moment de surprise ?

— Plusieurs moments de surprise !

— Bon. Je vais tout te dire. L'idée m'est venue en un éclair !

— Tu veux dire que c'est toi qui as refilé ce communiqué au *Times* ?

— Mais naturellement !

— Pourquoi ? fis-je, allant droit au vif du sujet de cette manière directe qui m'est propre. Là, je croyais bien la tenir ! Mais pas du tout...

— Je préparais le terrain pour Reggie... Je passai une main sur mon front enfiévré. Mes facultés auditives, pourtant connues d'habitude pour leur grande finesse, dis-je, m'ont l'air de ne pas tourner très rond... Il m'a semblé t'entendre dire à l'instant : je préparais le terrain pour Reggie...

— C'est bien ça. Je traçais le chemin pour bien disposer maman en sa faveur.

— Et, maintenant, il me semble que tu as dit : Pour bien disposer maman en sa faveur...

— C'est exactement ce que je viens de dire. C'est tout à fait simple. Je vais t'expliquer ça en mots d'une syllabe : « J'aime Reggie — Reggie m'aime. » Il s'agissait là, bien sûr, de mots de deux syllabes, mais je ne le relevai pas...

— Reggie qui ?

— Reggie Hareng.

J'étais abasourdi.

— Tu veux parler du vieil Hareng Saur ?

— J'aimerais autant que tu ne l'appelles pas le vieil Hareng Saur !

— Je l'ai toujours appelé comme ça, que diable ! fis-je, en m'échauffant légèrement. Si un type arrive dans une école préparatoire sur la côte Sud de l'Angleterre avec un nom pareil, comment veux-tu que ses petits camarades l'appellent ? Mais, qu'est-ce que tu entends par « je l'aime et il m'aime » ? Tu ne l'as jamais vu.

— Bien sûr, je l'ai vu ! Nous étions dans le même hôtel en Suisse l'an dernier à Noël. Je lui ai appris à skier, dit-elle, ses deux étoiles sœurs se voilant d'un regard rêveur... Je n'oublierai jamais le jour où je l'ai aidé à se dénouer après une bûche sur la piste bleue... Il avait les deux jambes attachées autour du cou ! Je pense que c'est à ce moment-là que l'Amour a dû naître en moi. Comme je le remettais dans le bon sens, mon cœur s'est soudain mis à fondre...

— Tu n'as pas rigolé ?

— Bien entendu, je n'ai pas rigolé ! J'étais toute sollicitude et compassion...

Pour la première fois, son histoire me parut plausible. En effet, Bobbie est une fille qui aime bien rigoler. J'avais encore présent à l'esprit le souvenir du jour où, à Skeldings, j'avais marché sur un râteau dans le jardin et reçu le manche sur le bout du nez. Elle s'était tordue de rire. Si, donc, elle s'était abstenue de s'esclaffer devant le spectacle offert par Réginald Hareng assis les jambes attachées autour du cou, c'est qu'elle avait été profondément bouleversée...

— Bon, d'accord, dis-je. J'admets ton affirmation qu'entre Hareng Saur et toi les choses sont bien comme tu le dis. Mais pourquoi, s'il en est ainsi, as-tu proclamé partout la nouvelle, si proclamer partout la nouvelle est bien l'expression qui convient, que nous étions fiancés ?

— Je te l'ai dit. C'était pour préparer maman.

— J'ai entendu. Et ça me paraît relever du plus pur délire en provenance directe de l'hôpital psychiatrique.

— Tu ne vois pas la subtilité de la stratégie ?

— Pas même avec une longue vue.

— Bon. Tu sais ce que maman pense de toi.

— Elle me témoigne une certaine froideur...

— Elle en frémit d'horreur rien que d'entendre mentionner ton nom ! Aussi, j'ai pensé que si elle croyait que j'allais t'épouser, et puis découvrait qu'elle l'avait échappé belle et que ce n'était pas vrai, elle en serait tellement heureuse qu'elle serait prête à accepter avec gratitude n'importe quel autre gendre, fût-ce quelqu'un comme Reggie qui, bien sûr, est tout simplement formidable, mais qui ne figure pas dans l'almanach nobiliaire Debrett, et n'est pas non plus une très grosse affaire sur le plan financier... Or, maman a toujours pensé qu'il me faudrait pour partenaire un millionnaire, ou un Duc disposant de gros revenus. Bref, maintenant, tu me suis ?

— Oh, oui. Très bien. Tu as fait comme Jeeves : une étude de la psychologie de l'individu. Mais, tu crois que ça va marcher ?

— Obligé ! Prenons un cas parallèle. Suppose qu'un matin ta tante Dahlia lise dans le journal que tu vas être fusillé à l'aube.

— Impossible. Je ne suis jamais levé à ces heures-là.

— Mais suppose qu'elle lise ça. Elle en serait bigrement remuée, tu ne crois pas ?

— Extrêmement remuée, est-on même en droit de penser, car je lui suis très cher. Certes, je ne dis pas qu'il n'y ait pas des moments où ses façons à mon égard ne sont pas empreintes d'une certaine brusquerie... Dans ma petite enfance, elle m'a plus d'une fois flanqué quelques bonnes tartes sur le coin de l'oreille, et, depuis que j'ai atteint un âge un peu plus mûr, elle m'a souvent prié de m'attacher une brique autour du cou et de me jeter dans la mare du jardin potager... Néanmoins, elle adore son Bertram, et, si elle apprenait que j'allais être fusillé à l'aube, elle en serait considérablement meurtrie. Mais, pourquoi ? En quoi ceci a-t-il quelque chose à voir avec cela ?

— Eh bien, suppose qu'elle découvre qu'il s'agissait d'une erreur, et que ce n'est pas toi, mais un autre type qui doit affronter le peloton d'exécution. Ça la remplirait de joie, tu ne penses pas ?

— On l'imagine aisément en train de danser, en faisant des pointes à travers la maison.

— Exactement. Après ça, elle serait tellement à tes petits soins qu'elle serait prête à approuver tout ce que tu ferais. Elle t'accorderait tout ce que tu voudrais. « Vas-y gaiement ! », te dirait-elle ! Et c'est l'impression qu'éprouvera maman lorsqu'elle apprendra qu'en fin de comptes, je ne t'épouse pas, tellement elle sera soulagée.

Je reconnus que le soulagement serait phénoménal.

— Mais tu lui fourniras tous les éléments d'information interne d'ici un jour ou deux ? dis-je, anxieux d'être rassuré sur ce point. Un homme sur qui plane la menace d'une annonce de fiançailles dans le *Times* ne peut manquer d'éprouver un certain malaise.

— Eh bien, disons, plutôt dans une semaine, ou deux. Il ne sert à rien de précipiter les choses.

— Tu veux attendre que l'effet Bertram agisse pendant quelque temps.

— Tu as saisi l'idée.

— Et, d'ici là, en quoi consiste la manœuvre ? Dois-je te couvrir de baisers de temps en temps ?

— C'est inutile.

— Parfait. Je voulais simplement savoir où je me situais…

— Un regard passionné par-ci par-là sera plus que suffisant.

— On y veillera ! Enfin, je suis très content pour toi et pour le Hareng Saur, ou plutôt, ainsi que tu préfères que je l'appelle, pour Reggie. Il n'y a personne avec qui je souhaiterais davantage te voir marcher jusqu'à l'autel.

— C'est très sportif de ta part de le prendre ainsi.

— N'y pense plus.

— Je t'aime bien, Bertie.

— Moi aussi, je t'aime bien.

— Mais on ne peut pas épouser tout le monde, n'est-ce pas ?

— Je n'envisage même pas d'essayer. Bon, eh bien, maintenant que tout est réglé, je ferais bien d'aller me déclarer Présent à bord auprès de ma tante Dahlia.

— Quelle heure est-il ?

— Presque cinq heures.

— Il faut que je file comme une flèche ! Je suis attendue pour officier à l'heure du thé.

— Toi ? Pourquoi toi ?

— Ta tante n'est pas là. Elle a reçu un télégramme lorsqu'elle est rentrée hier après-midi, lui annonçant que son fils Bonzo était malade avec une forte fièvre, et elle est allée le voir à son école. Elle m'a demandé d'occuper le poste vacant et de jouer les maîtresses de maison à sa place jusqu'à son retour. Mais ça ne sera pas possible pendant quelques jours, car je dois moi-même aller rejoindre maman. Depuis qu'elle a lu ce fameux machin dans le *Times,* elle me téléphone toutes les heures, en me demandant de rentrer à la maison pour nous réunir autour de la table ronde ! A propos, qu'est-ce que c'est qu'un « plouc » ?

— Je ne sais pas très bien. Pourquoi ?

— C'est ainsi qu'elle te désigne dans son dernier pneumatique. Je cite : « Impossible comprendre comment tu peux envisager mariage avec pareil plouc. » Fin de citation. Je suppose que c'est plus ou moins la même chose qu'un « pignouf », qui était le terme sous lequel tu figurais dans une de ses précédentes communications.

— Ça s'annonce plutôt bien.

— On dirait. Je pense que l'affaire est dans le sac.

Après toi, Reggie lui fera l'effet d'un fruit rare à la chair délicieusement rafraîchissante ! Elle déroulera le tapis rouge en son honneur.

Puis, après un bref « youpi » !, elle détala à soixante à l'heure en direction de la maison. Je la suivis plus lentement, car ses propos m'avaient donné ample matière à réflexion, et j'étais assez pensif. Etrange, me disais-je, ce profond sentiment pro-Hareng Saur dans le cœur de la Wickham ! Compte tenu des faits, veux-je dire. Avec son hum — espièglerie, qui était de tout premier ordre, elle avait toujours eu quantité de soupirants, sans qu'aucun eût jamais fait l'affaire jusqu'à ce jour. Aussi était-il généralement admis que seul un concurrent très exceptionnel pourrait répondre à ses exigences, et que quiconque franchirait premier la ligne d'arrivée serait quelqu'un de plutôt chouette — une sorte de Roi des hommes, pour ainsi dire — et voilà qu'elle avait conclu le marché avec le Hareng Saur !

Notez bien, je n'ai rien contre le vieil Hareng Saur. Le sel de la terre ! Mais personne ne saurait prétendre qu'il a un physique irrésistible ! Ayant fait pas mal de boxe dans les premières années de sa jeunesse, il possédait — comme je l'avais décrit à Tante Dahlia — des oreilles en chou-fleur, auxquelles il convient d'ajouter un nez qu'une main anonyme avait fait légèrement dévier du droit chemin... Bref, il aurait été hasardeux de miser sur lui comme candidat à un concours de beauté masculine, même si les autres participants s'étaient nommés Boris Karloff, King Kong, ou même Oofy Prosser du Club des Bourdons.

Mais, bien sûr, il faut aussi se dire que le physique ne fait pas tout. Une oreille en chou-fleur peut cacher un cœur d'or, ce qui était le cas chez le Hareng Saur. Un cœur d'or s'il en fût ! Son esprit y était peut-être également pour quelque chose. Vous ne pouvez pas occuper un poste de Rédacteur dans un grand hebdomadaire londonien sans être assez bien équipé en cellules grises. Et les filles ont tendance de nos jours à apprécier ce genre de choses ! En outre, il ne fallait pas omettre non plus que la plupart des types que Roberta Wickham envoyait sur les roses depuis plusieurs années étaient du genre qui ne parle que de pêche et de chasse, et avaient plus ou moins vidé leur sac quand ils avaient dit : « Alors, quoi de neuf ? », en faisant claquer leur stick sur leurs bottes de cheval... Le Hareng Saur avait dû la changer agréablement !

Néanmoins, toute cette affaire, comme je l'ai déjà dit, fournissait ample matière à la réflexion. C'est donc dans ce que j'appellerai « un état de profonde méditation » que je dirigeai mes pas vers la maison — une méditation si profonde, en réalité, que n'importe qui, en me voyant, aurait parié gros que je n'allais pas tarder à rentrer dans quelque chose ! Et c'est, pour tout dire, ce qui arriva. La chose aurait pu être un arbre, un buisson, ou quelque banc rustique... Or, en fait, il se trouva que ce fut Aubrey Upjohn ! Nous nous rencontrâmes dans un virage, et je lui rentrai dedans sans même avoir eu le temps de freiner... Je le saisis par le cou, et il me saisit par la taille, et nous fîmes ainsi plusieurs pas ensemble, en avant et en arrière, étroitement enlacés dans une même étreinte. Puis, le brouillard s'étant levé, je pus enfin distinguer la personne avec qui j'étais en train d'improviser ces quelques mesures de Tango Argentin...

Le regardant alors longuement dans son intégralité — pour reprendre une vieille expression de Jeeves — je fus immédiatement frappé par le changement qui s'était opéré dans son apparence depuis ces petites réunions que nous tenions dans son bureau de Malvern House, Bramley-sur-Mer, au temps où, le cœur rempli d'angoisse, je l'observais comme il tendait la main vers sa canne en bambou, avant d'effectuer quelques rotations du bras pour s'échauffer les muscles de l'épaule... A ce stade précoce de nos relations, il m'était apparu comme un vieux monsieur d'une stature impressionnante, qui devait bien faire au moins ses deux mètres cinquante de haut, au regard de flamme, à la bouche écumante, et crachant le feu par les deux narines. Depuis, il avait considérablement rétréci à l'usage, et ne devait guère plus faire qu'un modeste mètre soixante-cinq. J'aurais pu l'étendre d'une seule pichenette. Je n'en fis rien, bien sûr ! Mais je pouvais le contempler maintenant sans aucune trace de cette fébrilité que j'avais jadis éprouvée devant lui. Il me semblait incroyable que j'eusse jamais considéré cette espèce de crevette comme un réel danger sur la voie publique !

Je pense que le changement était dû, en partie, au fait qu'à un moment donné, au cours des quinze années déjà écoulées depuis notre dernière rencontre, il s'était laissé pousser la moustache. A l'époque de Malvern House, ce qui avait le plus glacé d'effroi nos jeunes esprits, c'était l'aspect de ses lèvres minces dans son visage glabre, un spectacle fort désagréable à contempler, surtout quand il grimaçait. Je ne dirai pas que sa moustache lui donnait un air plein de douceur, mais, étant du type « moustache de phoque », dit aussi « passoire à soupe », elle cachait en partie sa figure, ce qui était toujours autant de gagné. Le résultat fut qu'au lieu de défaillir, ainsi que je l'avais redouté, lors de notre rencontre, je n'éprouvai à sa vue qu'affabilité et courtoisie — même peut-être trop d'affabilité et de courtoisie —.

— Oh, Salut, Upjohn, fis-je. Coucou ! je vous tiens.

— Tiens, vous ? répondit-il, produisant une sorte d'écho inversé.

— Wooster est mon nom.

— Ah, Wooster ? dit-il comme à regret. Ses sentiments étaient, bien sûr, faciles à comprendre. Il ne faisait aucun doute qu'il avait aussi, durant toutes ces années, puisé un grand réconfort dans l'idée que nous ne nous reverrions jamais plus. La vie pouvait désormais lui réserver les pires épreuves, du moins pensait-il être immunisé contre Bertram. Le pauvre vieux avait dû ressentir un choc terrible en me voyant tout à coup bondir ainsi devant lui, comme un pantin sorti d'une trappe.

— Il y avait longtemps que nous ne nous étions vus !

— Oui, acquiesça-t-il d'une voix lugubre, montrant bien qu'à son avis il n'y avait pas encore tout à fait assez longtemps. Il s'ensuivit un certain relâchement dans la conversation. En fait de « délices de la raison », ou d' « épanchements de l'Ame », ainsi que j'ai entendu nommer cette dernière, il ne se passa pas grand-chose tandis que nous parcourions ensemble les quelque quatre-vingts mètres qui nous séparaient de la table où était servi le thé. Il se peut que j'aie déclaré : « Quelle belle journée ! », et qu'il ait répondu par un vague grognement, mais rien de plus.

Bobbie était la seule personne visible quand nous nous présentâmes à l'abreuvoir. Wilbert et Phyllis n'avaient vraisemblablement pas encore bougé de leur verte clairière, et Mme Cream, nous dit Bobbie, passait tous ses après-midi dans sa chambre à rédiger un nouvel ouvrage destiné à glacer le sang de ses lecteurs, et n'en descendait que rarement pour boire la tasse régénératrice. Nous nous assîmes donc, et venions à peine de commencer la dégustation, lorsque le maître d'hôtel sortit de la maison, chargé d'une corbeille de fruits et de son support pour les disposer à côté de la table.

Enfin, quand je dis « Maître d'hôtel », j'utilise le terme d'une façon assez impropre. Il était vêtu comme un maître d'hôtel, se comportait comme un maître d'hôtel, mais si l'on prend la dénomination de maître d'hôtel dans son vrai sens profond, ce n'était pas un maître d'hôtel…

En clair, et en lisant de gauche à droite, c'était Sir Roderick Glossop.

CHAPITRE IV

Au Club des Bourdons — ainsi d'ailleurs qu'à d'autres endroits que j'ai coutume de fréquenter —, vous entendrez de nombreux commentaires sur le sang-froid de Bertram Wooster, ou encore son « Self-control », ainsi qu'on l'appelle souvent, et il est généralement admis que ce dernier est hors du commun. Aux yeux de beaucoup de gens — et je ne dirai pas qu'ils ont tout à fait tort — j'apparais, j'imagine, comme l'un de ces héros en acier trempé dont on parle tant dans les livres. Toutefois, il est possible de trouver un léger défaut à ma cuirasse : il suffit pour cela de me mettre subitement en présence d'éminents soigneurs de dingues déguisés en maîtres d'hôtel !

Il était hors de question d'imaginer que j'avais pu faire erreur sur la personne en supposant que l'homme alors en train de s'éloigner à grandes enjambées vers la maison, après avoir déchargé les fruits, était le vrai sir Roderick Glossop. Il ne pouvait y avoir deux individus possédant ce vaste front dégarni et de pareils sourcils en broussailles ! Or, je tromperais ma clientèle si je disais que je demeurerai impassible en le voyant. L'effet qu'eut sur moi cette apparition fut tel que je sursautai violemment, et nous savons tous ce qui se produit si nous sursautons violemment alors que nous tenons une tasse pleine de thé... Le contenu de la mienne vola dans l'espace pour venir se poser sur le pantalon d'Aubrey Upjohn, licencié ès-lettres, qui s'en trouva passablement humecté... En fait, il ne serait pas du tout exagéré de dire que le pauvre bougre se trouva littéralement revêtu de thé !

On voyait qu'il était profondément affecté par cette situation, et je fus surpris qu'il se contentât de pousser un simple : « ouch ! ». Mais je suppose que tous ces notables sont obligés de savoir tenir leur langue. Cela ferait mauvaise impression auprès du public s'ils se mettaient à larmoyer et à s'étouffer comme le feraient des citoyens ordinaires...

Mais les paroles sont parfois superflues. Dans le regard qu'il me lança, je crus lire une bonne centaine d'épithètes divers. C'était le genre de regard qu'un quartier-maître de rafiot jetterait à un de ses matelots qui, pour une raison ou pour une autre, aurait encouru son déplaisir...

— Je vois que vous n'avez pas changé depuis l'époque où vous étiez à Malvern House, fit-il sur un ton extrêmement déplaisant, tout en épongeant son pantalon avec un mouchoir. « Wooster la Gaffe », c'est ainsi qu'on l'appelait, poursuivit-il, en adressant ses remarques à Bobbie, dans le but évident d'éveiller sa sympathie. Il ne pouvait pas exécuter la moindre action, comme le simple fait de saisir une tasse de thé, sans semer autour de lui la ruine et la désolation. C'était un axiome à Malvern House que s'il y avait une chaise dans la même pièce que lui, Wooster était sûr de s'y prendre les pieds dedans ! L'Enfant, dit Aubrey Upjohn, « est le Père de l'homme ».

— Terriblement désolé, fis-je.

— Un peu tard, maintenant que mon pantalon neuf est complètement fichu, vous ne trouvez pas ? Je doute qu'on puisse ôter une tache de thé sur un pantalon de flanelle ! Enfin, il faut toujours garder l'espoir.

Eus-je tort ou raison, à ce moment-là, de lui dire : « Voilà comment il faut voir les choses ! » en lui tapotant doucement l'épaule ? Il m'est difficile de le dire. Tort, probablement, car il ne parut pas se calmer pour autant...

Il me lança un autre regard de travers, puis s'éloigna d'un pas rapide en répandant autour de lui une forte odeur de thé !

— Tu veux que je te dise une chose, Bertie ? fit Bobbie. Il n'est pas question, après ça, qu'Aubrey Upjohn t'invite un jour à faire une randonnée pédestre avec lui ! De plus, tu peux être sûr qu'il ne t'offrira rien pour Noël cette année, et ne compte pas sur lui pour venir te border ce soir dans ton lit !

Je balayai ces propos d'un geste impérieux et renversai le pot au lait sur la table...

— Je me moque bien des cadeaux d'Upjohn et de ses randonnées pédestres ! Que fait ici le père Glossop déguisé en maître d'hôtel ?

— Ah ! Je me doutais bien que tu allais me demander ça ! Je comptais t'en parler tôt ou tard.

— Parle-m'en tout de suite !

— Eh bien, c'est lui qui a eu cette idée.

Je la contemplai avec sévérité. Bertram Wooster veut bien qu'on lui raconte des balivernes et autres sornettes, encore faut-il qu'elles ne sortent pas tout droit de l'asile d'aliénés — comme cela semblait être le cas !

— Essaierais-tu de me faire croire que Sir Roderick Glossop s'est levé un beau matin en se disant : « Je me trouve un peu pâlot ces temps-ci ! Il me faut un changement d'air. Et si j'allais faire le maître d'hôtel à la campagne pendant quelques jours ?

— Non, pas comme ça, mais... Je ne sais pas par où commencer !

— Par le début. Vas-y, jeune B. Wickham, fonce ! dis-je, en prenant un morceau de gâteau avec une certaine brusquerie.

Le ton sec sur lequel je venais de parler sembla toucher un nerf à vif et attiser le feu qui, en fait, ne cessait jamais de couver sous cette toison vermeille, et qui en faisait un danger constant pour le grand public. Elle eut un petit froncement de sourcil contrarié, et me dit : « Pour l'amour du ciel, arrête de me fixer ainsi comme un flétan crevé ! »

— J'ai de bonnes raisons de te fixer comme un flétan crevé, rétorquai-je avec froideur, et je continuerai à le faire tant qu'il me plaira ! Je suis sous l'effet d'une tension nerveuse considérable ! comme chaque fois que tu es dans le coup, semble-t-il, les pépins se succèdent, et je pense qu'il est de mon droit d'exiger une explication. Qu'as-tu à déclarer ?

— Laisse-moi d'abord le temps de mettre un peu d'ordre dans mes idées !

C'est ce qu'elle fit. Il y eut un bref entr'acte, durant lequel je finis mon morceau de gâteau, puis elle poursuivit.

— Je ferais mieux de parler d'abord d'Upjohn. C'est à cause de lui que tout a commencé. Vois-tu, il veut pousser Phyllis à épouser Wilbert Cream.

— Et, quand tu dis : « pousser »...

— Je veux dire : « Pousser » ! quand un homme tel que lui se met à pousser , il faut que quelque chose lâche quelque part ! En particulier, lorsque la fille est une tarte comme Phyllis qui fait toujours ce que Papa lui dit.

— Aucune volonté ?

— Pas un brin ! Pour te donner un exemple, avant-hier, il l'a fait aller à Birmingham, pour voir une pièce de Tchékhov, *la Mouette,* jouée par une troupe locale, sous prétexte que ce serait instructif pour elle ! J'aimerais bien voir que quelqu'un m'oblige à subir une pièce de Tchékhov ! Mais Phyllis s'est contentée de baisser la tête en disant : « Oui, papa. » Elle n'a même pas essayé de se défendre ! Ça te donne une preuve de la volonté qu'elle peut avoir.

Pour une preuve, c'était une preuve ! Son histoire m'avait profondément touché. Je connaissais bien *la Mouette* de Tchekhov. Ma tante Agatha m'avait forcé, un jour, à mener son fils Thos voir cette *Mouette* — je pense que c'était la même *Mouette* — au théâtre du Vieux Vic. Entre mes efforts, d'une part, pour tenter de suivre les loufoqueries de personnages nommés Zarietchnaya et Medvienko, et l'obligation où je me trouvais, par ailleurs, de surveiller en permanence le jeune Thos, pour qu'il ne prenne pas la tangente, j'avais terriblement souffert. Je n'avais pas besoin d'autre preuve pour être sûr que Phyllis Mills devait avoir pour unique devise : « Papa ne se trompe jamais. » Wilbert n'aurait qu'à présenter sa requête pour qu'elle signât aussitôt à l'endroit réservé à cet effet, si tel était le bon plaisir d'Aubrey Upjohn !

— Ta tante Dahlia en est malade.

— Elle n'approuve pas ?

— Bien sûr, qu'elle n'approuve pas ! Tu as dû entendre parler de Willie Cream, toi qui es toujours fourré à New York.

— Oui. J'ai eu en effet connaissance de quelques-unes de ses frasques. C'est un play-boy.

— Ta tante pense plutôt qu'il est maboul.

— Beaucoup de ces play-boys le sont, j'imagine. Enfin, dans ces conditions, on comprend qu'elle s'efforce d'empêcher que retentissent jamais les cloches de leur hymen ! Mais, dis-je, mettant le doigt en plein sur le factum essentiel avec cette lucidité qui m'est propre, cela n'explique pas ce que Papa Glossop vient faire là-dedans.

— Mais si, cela l'explique ! Elle l'a fait venir pour qu'il observe Wilbert.

Je naviguais en plein brouillard.

— Tu veux dire pour qu'il y jette un coup d'œil de temps en temps ? Pour qu'il le regarde bien ? Et qu'est-ce que ça changera ?

Elle renifla en signe d'impatience.

— Pour qu'il l'observe dans le sens technique du terme ! Tu sais comment ces psychiatres procèdent ! Ils observent le sujet attentivement. Ils le font parler. Ils lui soumettent discrètement tout un tas de tests. Et tôt ou tard...

— Ah ! je commence à saisir ! Tôt ou tard, le type laisse entendre incidemment, qu'il se prend pour un œuf poché, et il est cuit.

— Oui, bref, il finit toujours par se trahir. Et comme ta tante m'informait en gémissant de la situation, je fus inspirée tout à coup par l'idée de faire appel à Glossop. Tu sais comment il m'arrive parfois d'être prise d'inspirations soudaines ?

— Je sais. L'épisode de la bouillotte, par exemple.

— Oui. C'en est un parmi tant d'autres...

— Ah !

— Qu'est-ce que tu dis ?

— Je dis : Ah ! Pas plus.

— Pourquoi : Ah ?

— Quand je pense à cette nuit de terreur, j'ai envie de dire : Ah. C'est tout.

Elle parut admettre que mes propos étaient justifiés. Elle s'interrompit uniquement pour manger un sandwich au concombre, puis continua.

— Alors, j'ai dit à ta tante : « Je vais vous dire ce qu'il faut faire. » Je lui ai dit : « Faites venir Glossop. » Et je lui ai dit : « Demandez-lui d'observer Wilbert Cream. Après ça, vous serez en position de mettre tous les bâtons que vous voudrez dans les roues d'Upjohn. »

Je me trouvai distancé une fois de plus. A aucun moment, autant que je pouvais m'en souvenir, il n'avait été fait mention de roues.

— Qu'est-ce que tu veux dire ?

— Eh bien, n'est-ce pas évident ? Je lui ai dit : « Mettez le grappin sur le vieux Glossop, et laissez-le observer... » Et je lui ai dit : « Après, vous allez trouver Upjohn, et vous lui dites, que sir Roderick Glossop, le plus grand aliéniste de toute l'Angleterre, est persuadé qu'il manque plusieurs boulons à Wilbert Cream, et demandez-lui s'il se propose, en tant que beau-père, de marier Phyllis à un homme qu'on peut venir cueillir à tout instant pour l'ajouter à la liste des pensionnaires de Colney Hatch. » Même Upjohn hésiterait à faire une chose pareille ! ou peut-être n'es-tu pas tout à fait de cet avis ?

Je pesai un instant la question.

— Oui, fis-je enfin. J'imagine que tu dois avoir raison. Après tout, Upjohn a peut-être quelques sentiments humains, bien que je ne me souvienne pas de les avoir remarqués lorsque j'étais à Malvern House *in stati pupillari,* si telle est l'expression. On comprend maintenant pourquoi Glossop est à Brinkley Court. Ce qu'on comprend moins, c'est pourquoi il joue les maîtres d'hôtel.

— Je t'ai dit que c'est lui qui avait eu cette idée ! Il pense qu'il est tellement célèbre qu'il craint d'éveiller les soupçons de Mme Cream s'il venait ici sous son vrai nom.

— Je vois où tu veux en venir ! Si elle le surprenait en train d'observer Wilbert, elle se demanderait pourquoi.

— Et en tirerait éventuellement des conclusions.

— Et commencerait à se dire : « Hé-Ho qu'est-ce-que-c'est-que-c'est-que ça ? »

— Précisément ! Aucune mère n'aime découvrir que son hôtesse a fait venir un psychiatre pour observer l'enfant qui lui est plus cher que la prunelle de ses yeux ! Elle en est blessée dans ses sentiments.

— Tandis que si elle surprend le Maître d'hôtel en train de l'observer, elle pense seulement : « Tiens ! un maître d'hôtel observateur ! » Très bien raisonné. Et avec cette affaire que l'oncle Tom traite avec Homère Cream, il serait fatal de risquer de l'indisposer d'une quelconque manière. Elle passerait le mot à Homère. Homère monterait sur ses grands chevaux. Il dirait : « Après ce qui s'est passé, Travers, j'estime préférable de suspendre les négociations. » Et l'oncle Tom perdrait un paquet d'argent... A propos, quelle est cette fameuse affaire ? Est-ce que tante Dahlia t'en a parlé ?

— Oui. Mais ça ne m'a pas frappée outre-mesure. Il est question d'un terrain que ton oncle possède quelque part, et M. Cream pense l'acheter pour y construire, entre autres, divers hôtels... De toute façon, cela n'a aucune importance. Il n'y a qu'une chose qui soit fondamentale. Une seule chose sur laquelle il faut garder l'œil rivé en permanence : le contingent des Cream en poste à Brinkley doit être amadoué coûte que coûte ! Aussi, pas un mot à la Reine Mère.

— Absolument. Bertram Wooster n'est pas un bavard. Il ne crache pas le morceau. Mais comment peux-tu être sûre que Wilbert Cream est timbré ? Il ne m'a pas l'air timbré du tout.

— Tu l'as rencontré ?

— Un bref instant. Il était dans une verte clairière et lisait de la poésie à la fille Mills.

Elle sembla prendre la chose très au sérieux.

— Lisait de la poésie ? A Phyllis ?

— C'est cela. J'ai trouvé bizarre qu'un type comme lui se livrât à ce type d'activité… qu'il rimaille un petit peu, d'accord ! Il lui aurait débité quelques vers de mirliton, j'aurais compris ! Mais ça m'a paru le genre de truc tiré d'un de ces livres reliés en cuir souple de couleur mauve qu'on offre pour Noël ! Je n'en jurerais pas, mais je crois bien que ça ressemblait étrangement à de l'Omar Khayyam.

Je vis qu'elle continuait à prendre la chose très au sérieux…

— Il faut arrêter ça, Bertie ! Il faut arrêter ça ! Il n'y a pas un moment à perdre ! Il faut que tu ailles arrêter ça immédiatement.

— Qui, moi ? Pourquoi moi ?

— Mais c'est pour cela que tu es ici ! Ta tante ne te l'a pas dit ? Elle veut que tu suives Wilbert Cream et Phyllis partout où ils vont, et que tu veilles à ne lui laisser aucune chance de se déclarer.

— Tu veux dire que je devrai les pister comme une sorte d'espion ou d'agent secret ? Je ne suis pas certain d'aimer beaucoup ça, dis-je.

— Tu n'as pas à aimer ça, dit Bobbie. On te demande seulement de le faire.

CHAPITRE V

Fondant, à mon habitude, comme neige au soleil, ainsi que le veut l'expression, entre les mains du beau sexe, j'allai donc, selon ses vœux, « arrêter ça », mais sans beaucoup d'enthousiasme... Il n'est guère agréable, pour un homme de ma sensibilité, de se voir considéré comme un gâte-sauce du genre chiendent, et il ne faisait aucun doute que c'était bien la catégorie dans laquelle me classait Wilbert Cream. Au moment de mon arrivée, il venait de suspendre la séance de lecture pour prendre la main de Phyllis dans la sienne, et il était clair qu'il lui tenait, ou s'apprêtait à lui tenir, des propos affectueux de nature confidentielle. Au joyeux « Salut la compagnie ! » que je lançai alors, il se retourna, lâcha rapidement la pince de Phyllis, et me décocha un regard qui ressemblait fort à celui dont m'avait récemment gratifié Aubrey Upjohn. Il murmura quelque chose dans sa barbe à propos de quelqu'un, dont je saisis mal le nom, qui semblait avoir été payé pour hanter les parages.

— Ah ! Encore vous, fit-il.

C'était moi, bien sûr. Aucune discussion possible à ce sujet.

— Vous tournez en rond, à ce que je vois, dit-il.

Pourquoi ne vous installez-vous pas quelque part avec un bon livre ?

— Je ne faisais que passer, expliquai-je, pour vous dire que le thé est servi sur la grande pelouse. A ces mots, Phyllis montra une certaine agitation. Elle poussa un petit cri.

— Oh, mon Dieu, fit-elle. Il faut que je file ! Papa n'aime pas que je sois en retard pour le thé ! Il dit que c'est un manque de respect envers ses aînés.

Je crus voir trembler sur les lèvres de Wilbert Cream quelques remarques quant à l'endroit où Papa pouvait aller se faire voir, ainsi que sur ses vues concernant le respect dû aux aînés... Toutefois, au prix d'un gros effort, il parvint à se contenir.

— Je vais promener Pantin, fit-il, puis il se mit à gazouiller en direction du teckel, qui n'avait pas cessé de me renifler les jambes, et qui humait à pleins poumons le délicieux arôme des Wooster.

— Pas de thé ? dis-je.

— Non.

— Il y a des petits pains beurrés.

— Berk ! fit-il. Et, après cette interjection, si tel est bien le mot juste, il s'éloigna d'un pas rapide, le chien Pantin filant ventre à terre sur ses talons. Il m'apparut soudain que de ce côté-là, non plus, je ne devais pas attendre beaucoup de cadeaux pour le Jour de l'An ! J'avais peut-être la cote avec les teckels, mais je ne m'étais visiblement pas fait un ami de Wilbert Cream !

Je regagnai donc la pelouse avec Phyllis, et nous fûmes surpris de trouver Bobbie seule auprès de la table où était servi le thé.

— Où est Papa ? demanda Phyllis.

— Il a décidé tout à coup d'aller à Londres.

— A Londres ?

— C'est ce qu'il m'a dit.
— Pourquoi ?
— Il ne m'en a pas informée.
— Il faut que je le voie, dit Phyllis, et elle détala...
Bobbie paraissait songeuse.
— Veux-tu savoir ce que je pense, Bertie ?
— Que penses-tu, Bobbie ?
— Eh bien, quand Upjohn est sorti, il y a un instant, il était dans tous ses états. Il tenait à la main la *Revue du Jeudi* de cette semaine. Arrivée au courrier de Midi, je présume. Je pense qu'il venait de lire les commentaires de Reggie sur son bouquin...

Cela semblait plausible. Je compte un certain nombre d'écrivains parmi mes relations — Boko Fittleworth, par exemple, est un des noms qui me viennent à l'esprit —, et ils se mettent invariablement dans tous leurs états lorsqu'ils voient leurs efforts taillés en pièces par la critique...

— Ah ! Le Hareng Saur t'a mise au courant au sujet de son article ?
— Oui. Il me l'a même montré le jour où nous déjeunions ensemble.
— Très mordant, d'après ce qu'il m'en a dit ! Mais cela n'explique pas pourquoi Upjohn mettrait le cap sur Londres...
— J'imagine qu'il veut savoir par l'éditeur qui est l'auteur de ce machin, afin, peut-être, de le fouetter sur les marches de son club ! Bien sûr, on ne lui dira rien, et comme l'article n'est pas signé... Tiens bonjour, madame Cream.

La personne à qui Bobbie venait de s'adresser en ces termes était une grande femme sèche, dotée d'un visage de rapace, qui me fit aussitôt penser à Sherlock Holmes. Elle avait une tache d'encre sur le bout du nez — le signe qu'elle venait de travailler à son roman policier —, il est virtuellement impossible d'écrire un roman policier sans récolter une certaine quantité d'encre sur le tarin. Demandez à Agatha Christie ou à n'importe qui.

— Je viens de finir mon chapitre à l'instant, aussi ai-je pensé que je m'accorderais une tasse de thé, déclara cette femme de lettres. Il ne faut pas vouloir trop en faire.

— Non. Mieux vaut stopper dès qu'on a un peu d'avance. C'est le bon principe. Voici le neveu de Mme Travers, Bertie Wooster, fit Bobbie, sur un ton signifiant un peu trop à mon goût : « Excusez-moi, mais je n'y peux rien. » Si Roberta Wickham a un défaut plus prononcé que les autres, c'est bien cette fâcheuse tendance à toujours me présenter aux gens comme si j'étais quelque chose dont elle préférerait ne pas devoir parler. « Bertie adore vos livres, ajouta-t-elle tout à fait inutilement, et, à ces mots, la Cream démarra comme un boy-scout au son du clairon. Ah ? vraiment ? »

— Jamais plus heureux que lorsque je suis installé avec l'un d'eux sur mes genoux, fis-je, priant Dieu pour qu'elle ne me demandât pas lequel je préférais.

— Quand je lui ai dit que vous étiez ici, il a été fou de joie.

— Eh bien ! voilà qui est formidable ! Toujours ravie de rencontrer les fidèles lecteurs. Lequel de mes livres préférez-vous ?

Je fis « hum » et m'arrêtai là. Je me demandais, quoique sans grand espoir, si : « je les aime tous » serait une réponse suffisante, lorsque Papa Glossop vint se joindre à nous. Il portait sur un plateau un pneumatique pour Bobbie. Envoyé par sa mère, présumai-je. Elle devait encore me traiter de quelque nom qu'elle avait oublié d'insérer jusque-là dans sa correspondance. Ou alors, bien sûr, il était possible qu'elle exprimât à nouveau sa conviction que j'étais un plouc — ce qui, pensai-je, après avoir réfléchi à la question, devait être une sorte d'olibrius, voire de foutriquet —.

— Oh, merci, Swordfish, fit Bobbie en prenant le télégramme.

Il est heureux que je n'aie pas tenu de tasse de thé à l'instant où elle prononça ces mots, car lorsque je l'entendis s'adresser de la sorte à Sir Roderick, j'eus un nouveau sursaut... Si j'avais eu une tasse à la main à ce moment-là, j'en aurais probablement dispersé le contenu à droite et à gauche, comme le semeur qui va semant ! Je me contentai donc d'envoyer un sandwich au concombre voler dans les airs.

— Oh, excusez-moi, fis-je, car il était passé à un cheveu de Mme Cream...

Selon son habitude, Bobbie ne manqua pas de verser de l'huile sur le feu. C'est une fille qui ignore totalement la discrétion.

— N'y faites pas attention, dit-elle. J'aurais dû vous avertir, Bertie s'entraîne pour le jet du sandwich au concombre aux futurs jeux olympiques. Il ne faut pas qu'il perde la main.

Le front de Mme Cream se plissa comme si l'explication la laissait perplexe... Toutefois les paroles qu'elle prononça montrèrent que ce n'était pas les activités de Bertram qui lui occupaient l'esprit, mais plutôt la récente apparition de Swordfish. L'ayant suivi d'un regard incisif tandis qu'il s'estompait dans le lointain, elle dit :

— C'est le Maître d'hôtel de Mme Travers ? Savez-vous d'où il vient, mademoiselle Wickham ?

— Du fournisseur habituel, je suppose.

— Avait-il des références ?

— Oh, oui ! il est resté des années chez Sir Roderick Glossop, le psychiatre. D'après ce qu'elle m'a dit, Sir Roderick lui avait fourni des références de tout premier ordre, et qui l'avaient fortement impressionnée !

Mme Cream renifla.

— Il peut s'agir de fausses références.

— Juste ciel ! qu'est-ce qui vous fait dire ça ?

— Cet homme ne m'inspire pas confiance. Il a une figure de criminel.

— Vous pourriez en dire autant de Bertie !

— Je pense qu'il faudrait avertir Mme Travers. Dans mon livre *Noirceur dans la nuit,* le maître d'hôtel fait partie d'une bande de voleurs et s'implante dans une maison pour faciliter un cambriolage. On appelle ça : avoir un homme dans la place. Je soupçonne vivement que tel soit le but de ce Swordfish ! Bien sûr, il est possible qu'il opère seul ! Une chose dont je suis sûre, c'est qu'il n'est pas un vrai maître d'hôtel !

— Pourquoi donc ? demandai-je, tout en mc mettant un mouchoir sur la toiture, car celle-ci était maintenant considérablement moite... Je n'aimais pas trop la tournure prise par la conversation. Que la Cream se mît dans la caboche que Sir Roderick Glossop n'était pas le maître d'hôtel — tout le maître d'hôtel, et rien que le maître d'hôtel — et, je le sentais bien, le désastre complet n'était pas loin ! Elle allait fouiner et fureter partout, et, en moins de temps qu'il n'en faut pour dire « Salut », elle serait en possession des faits dans leur intégralité, et l'oncle Tom pouvait dire adieu à ses chances de glaner le petit pécule qui s'offrait à lui ! Or, ai-je remarqué, depuis que je le connais, le fait de ne pas pouvoir saisir au vol tout ce qui flotte dans l'air à sa portée sous forme d'espèces sonnantes lui flanque toujours le cafard... Ce n'est pas qu'il soit intéressé. C'est tout simplement parce qu'il adore ça.

Elle parut contente que je lui eus posé cette question.

— Je vais vous dire ce qui me le fait croire. Il y a des centaines de choses qui trahissent son amateurisme. Ainsi, pas plus tard que ce matin, je l'ai trouvé en grande conversation avec Wilbert. Un vrai maître d'hôtel ne ferait jamais une telle chose. Il y verrait une trop grande marque de familiarité de sa part.

— Alors, là ! fis-je, permettez que je m'inscrive en faux ! (Si « s'inscrire en faux », signifie bien ce que je pense.) J'ai passé bon nombre d'heures à bavarder avec des maîtres d'hôtel, et ce sont parmi les plus heureuses de ma vie ! Or, dans la plupart des cas, c'est eux qui avaient fait le premier pas. Ils sont toujours derrière moi pour me parler de leurs rhumatismes ! Swordfish m'a l'air tout à fait convenable.

— Vous n'avez pas le coup d'œil d'une spécialiste en criminologie comme moi. Mon jugement est infaillible ! Cet homme ne me dit rien qui vaille.

Bobbie montrait depuis un moment quelques signes d'impatience. Cependant, elle parvint à se contenir et à modérer la vivacité de sa réplique. Elle est en effet très attachée à T. Portarlington Travers — parce qu'il lui rappelle tout à fait, dit-elle, un fox-terrier à poil ras, maintenant au Paradis des chiens, qu'elle a jadis beaucoup aimé — et elle se souvint à temps de ses recommandations et de son désir express qu'on prît des gants avec la Cream. Aussi, lorsqu'elle parla, fût-ce avec la douceur d'une palombe qui s'adresse à une autre palombe dans l'espoir de lui soutirer de l'argent...

— Mais ne craignez-vous pas, madame Cream,

que ce soit un simple effet de votre imagination ? Vous avez une imagination tellement remarquable ! Bertie me disait justement l'autre jour qu'il se demandait comment vous faisiez ! Pour écrire tous ces livres remplis d'histoires imaginaires, veux-je dire. N'est-ce pas, Bertie ?

— Tout à fait ce que j'ai dit.

— Et, quand on a de l'imagination, il est difficile de ne pas imaginer des choses. N'est-ce pas Bertie ?

— Bigrement difficile.

Ces paroles doucereuses restèrent sans effet. La Cream continua d'enfoncer ses sabots dans la terre, à l'image de l'âne de Balaam, dont vous avez probablement entendu parler.

— Non. L'objectif de ce maître d'hôtel véreux n'est pas le fruit de mon imagination, fit-elle, sur un ton quelque peu acide. Et j'aurais pensé qu'il était assez facile de voir quel pouvait être cet objectif ! Vous semblez oublier que M. Travers a l'une des plus belles collections d'argenterie ancienne de toute l'Angleterre.

C'était rigoureusement vrai. Je n'étais pas plus haut que ça, je me souviens, que l'oncle Tom, à la suite, sans doute, d'une fissure quelconque dans ses structures mentales, collectionnait déjà l'argenterie ancienne ; et je présume que le contenu de la pièce du rez-de-chaussée où il gare tous ces bidules représente une petite fortune. Je connaissais bien l'existence de cette collection. En effet, non seulement j'avais dû subir pendant des heures de longues conférences où il était question de bougeoirs de galvanoplastie, de guirlandes en haut relief et autres godrons, mais, en outre, j'avais ce qu'on aurait pu appeler un intérêt personnel dans l'affaire — ayant moi-même dérobé, un jour pour le compte de l'oncle

Tom, un crémier du XVIIIe siècle — (une longue histoire. Pas le temps de la raconter maintenant. Vous la trouverez quelque part dans les archives)...

— Mme Travers l'a montrée à Willie l'autre soir, et il en a été enthousiasmé ! Willie collectionne également l'argenterie ancienne.

Au fil des heures qui passaient, je trouvais de plus en plus difficile de mettre le doigt sur le personnage de W. Cream. Un acteur complet, veux-je dire, si jamais il y en eût un ! Tout d'abord, cette histoire de poésie, et maintenant ceci... j'avais toujours pensé que ces play-boys se fichaient de tout en dehors des blondes platinées et des bouteilles tenues au frais. Ce qui montre bien que les trois quarts du monde ignorent comment vit l'autre moitié.

— Il dit qu'il y a certaines choses dans la collection de M. Travers pour lesquelles il serait prêt à donner n'importe quoi. Il y avait, entre autres, un crémier du XVIIIe siècle qu'il convoitait tout particulièrement. Par conséquent, il serait bon que vous gardiez un œil sur ce maître d'hôtel ! C'est d'ailleurs ce que je ferai moi-même. Eh bien, fit la Cream en se levant, il faut que je retourne au travail. J'aime bien préparer un nouveau chapitre avant de finir la journée.

Elle mit les bouts, et le silence régna pendant quelques instants.

— Ouf ! fit alors Bobbie, et je convins qu'elle avait trouvé le mot juste.

— Nous avons intérêt à vite retirer Glossop de la circulation, dis-je.

— Mais comment faire ? c'est la tante qui décide, et elle n'est pas ici.

— Bon, alors, c'est moi qui m'en vais. A mon avis, l'endroit sent beaucoup trop le soufre ! Brinkley Court, autrefois une paisible demeure campagnarde, me fait penser maintenant à l'un de ces trucs tirés d'Edgar Allan Poe. J'en ai froid dans le dos. Je pars.

— Tu dois attendre le retour de ta tante ! Il faut quelqu'un pour s'occuper des invités, et je suis obligée de rentrer demain à la maison voir Maman. Serre les dents, Bertie, et accroche-toi.

— Et le surmenage intellectuel auquel je suis soumis ne compte pas, je suppose ?

— Pas du tout. Te fait du bien. Bon pour l'adrénaline.

Je lui aurais probablement rétorqué quelques paroles cinglantes, si quelques paroles cinglantes m'étaient venues à l'esprit. Mais il n'en fut rien, aussi n'en fis-je rien.

— Quelle est l'adresse de ma tante Dahlia ? dis-je.

— Hôtel Royal. Eastbourne. Pourquoi ?

— Parce que, dis-je en prenant un autre sandwich au concombre, je vais lui télégraphier qu'elle me téléphone demain sans faute. Je vais l'informer de ce qui se passe dans cette boîte.

CHAPITRE VI

J'ai oublié dans quelles circonstances, mais Jeeves m'a dit un jour que le sommeil raccommodait les haillons de l'Anxiété. « Un baume pour les Ames meurtries », c'est ainsi qu'il l'avait décrit — l'idée étant, si j'ai bien compris, que lorsque les choses se gâtent, elles tendent à vous paraître un peu moins fétides après vos huit heures de sommeil réparateur.

Pures salades, selon moi ! Cela se passe rarement ainsi dans mon cas, et, cette fois encore, ce n'est pas ainsi que cela se passa ! Je m'étais retiré la veille pour prendre quelque repos avec une vision plutôt sombre de la situation régnant alors à Brinkley Court, et m'éveillant à un jour nouveau, comme dit l'expression, je découvris que ma vision était encore plus sombre. Qui pouvait prévoir, me demandai-je en repoussant l'œuf au bacon sans même y avoir goûté, ce que maman Cream risquait à tout instant de découvrir ? Et qui pouvait dire si Wilbert Cream, en me voyant en permanence dans son sillage, ne prendrait pas le mors aux dents et ne se mettrait pas bientôt à m'arranger le portrait ?

Son attitude était déjà celle d'un homme qui en a plein le dos de la Société de Bertram Wooster. Que celui-ci apparût une fois de plus à ses côtés et il pouvait fort bien décider d'adopter promptement les mesures appropriées !

Méditant toujours de la sorte, je déjeunai avec peu d'appétit, bien qu'Anatole se fût surpassé à l'extrême. Je sursautais chaque fois que la Cream lançait un bref regard soupçonneux au Père Glossop, qui s'affairait autour du buffet, et les longs regards amoureux que ne cessait de diriger son fils Wilbert en direction de Phyllis Mills me glaçaient jusqu'à la moelle. A l'issue du repas, il inviterait la jeune fille, présumai-je, à l'accompagner à nouveau jusqu'à cette verte clairière, et il était vain de croire qu'il n'éprouverait pas quelque contrariété, voire un certain dépit, lorsqu'il constaterait que je venais aussi...

Fort heureusement, quand nous nous levâmes de table, Phyllis dit qu'elle allait dans sa chambre pour finir de taper le discours de Papa. Or, même un playboy new-yorkais, habitué depuis son plus jeune âge à poursuivre les blondes platinées comme un lévrier, pouvait difficilement choisir un tel endroit pour y faire, si j'ose dire, sa cour intérieure...

Semblant reconnaître lui-même que, pour le moment, rien de constructif ne pouvait être fait dans cette direction, il dit d'un ton maussade qu'il allait promener Pantin... C'était pour lui, apparemment, un remède infaillible contre les attaques du sort — en même temps, bien sûr, qu'une excellente chose pour le teckel Pantin, qui adorait faire du tourisme et voir du pays.

Ils disparurent donc de notre vue par-delà l'horizon, l'animal batifolant de-ci de-là, et Willie, qui ne batifolait pas, battant l'air de sa canne d'une manière passablement excédée. Pour ma part, je jugeais de mon devoir de prendre un des livres de la mère Cream dans la bibliothèque de tante Dahlia et de sortir le lire sur une chaise longue sur la pelouse. J'aurais sans doute pris un énorme plaisir à ma lecture, car la Cream maniait la plume avec une indéniable dextérité, la journée n'eût-elle été si chaude que je fus pris d'une douce somnolence au milieu du chapitre deux...

M'éveillant à quelque temps de là, je vérifiai rapidement si les haillons de l'Anxiété n'avaient pas été raccommodés — pour constater naturellement, qu'il n'en était rien. On vint alors me dire que j'étais demandé au téléphone. Je me hâtai d'atteindre l'instrument, et la voix de tante Dahlia tonna à l'autre bout du fil.

— Bertie.

— Je me nomme Bertram.

— Pourquoi diable es-tu si long à me répondre ? je suis pendue à ce maudit appareil depuis plus d'une heure à la pendule de grand-mère.

— Désolé ! j'ai couru aussi vite qu'Achille aux pieds légers, mais j'étais dehors sur la pelouse quand ton appel a retenti.

— Abruti sous l'effet de la digestion, je présume.

— Il se peut que mes yeux se soient fermés quelques instants...

— Un goinfre, voilà ce que tu es !

— Il est courant, je pense, de s'alimenter un peu à cette heure de la journée, fis-je sèchement.

— Comment va Bonzo ?

— Mieux.

— Qu'est-ce qu'il avait ?

— La rougeole, mais il est hors de danger. Alors pourquoi tant d'agitation ? Pourquoi m'as-tu demandé de t'appeler ? Pour entendre la voix de tata au téléphone ?

— Je suis toujours heureux d'entendre la voix de

tata, mais il y a d'autres raisons, plus graves et plus sérieuses. Je pense qu'il faut t'informer de tous les dangers qui planent sur Brinkley.

— Quels dangers planent sur Brinkley ?

— La mère Cream, pour commencer. Elle s'échauffe dangereusement. Elle conçoit certains doutes…

— A propos de quoi ?

— De Papa Glossop. Sa figure ne lui revient pas.

— Eh bien, dis-lui que la sienne n'est pas terrible non plus.

— Elle croit qu'il n'est pas un vrai maître d'hôtel.

A en juger par le fait que mon tympan faillit se fendre en deux, j'en déduisis qu'elle avait dû partir d'un joyeux éclat de rire…

— Laisse-la croire.

— Ça ne te perturbe pas davantage ?

— Absolument pas ! Elle ne peut rien y faire ! De toute façon, Glossop doit partir dans une semaine. Il m'a dit qu'il ne lui en fallait pas plus pour se faire une opinion sur Wilbert. Non, Adela Cream ne m'impressionne pas du tout.

— Eh bien, si tu le vois ainsi… J'aurais cru qu'elle représentait une menace.

— Je ne le pense pas. Il y a autre chose qui te chagrine ?

— Oui. L'affaire Wilbert Cream-contre-Phyllis Mills.

— Ah ! ça, c'est une autre histoire ! c'est plus sérieux ! Est-ce que la jeune Bobbie Wickham t'a bien expliqué que tu devrais rester collé à Willie comme…

— … un frère siamois ?

— J'allais dire : « comme le plâtre sur un mur. » Mais c'est à toi de voir… elle t'a exposé la situation ?

— Oui. Et c'est précisément pourquoi je pense que le temps est venu d'accorder nos violons.

— De quoi faire avec nos violons ?

— De les accorder !

— Bon ! Vas-y, accorde !

Ayant consacré depuis pas mal de temps la fine fleur de l'esprit des Wooster à la question, j'avais en tête une vision très claire du factum essentiel. Je m'épanchai donc comme suit : « Plus nous avançons dans cette existence, chère vieille ancêtre, lui dis-je, et plus nous devons nous efforcer de voir les choses du point de vue du gars d'en face (le gars d'en face, dans le cas considéré, étant Wilbert Cream). As-tu imaginé un instant de te mettre à la place de Wilbert Cream, et t'es-tu demandé ce qu'il penserait de se voir suivi tout le temps ? Il n'est pas comme Marie ! »

— Tu disais ?

— J'ai dit qu'il n'était pas Marie. Marie, elle, si je m'en souviens, prenait plaisir à être suivie.

— Bertie ! Tu as encore bu.

— Qui ça ? Moi ? Pas du tout.

— Dis-moi : anticonstitutionnellement.

Je le lui dis...

— Et maintenant : Les chaussettes de l'archiduchesse sont archi-sèches.

Je lui déballai le tout avec la netteté d'un carillon.

— C'est vrai. Tu as l'air normal pour une fois, concéda-t-elle à regret. Et, qu'est-ce que tu veux dire par : Il n'est pas comme Marie ? Marie qui ?

— Vois-tu, je ne pense pas qu'elle ait eu un nom de famille... Je parle de cette fillette qui avait un agneau dont la laine était blanche comme neige, et « partout où Marie allait, l'agneau allait aussi ». Certes, je ne suis pas couvert de laine blanche comme neige, mais il est vrai que partout où va Willie, je vais aussi ! Il n'est pas dénué d'intérêt de spéculer sur ce qu'il en résultera. Il n'apprécie pas ma présence permanente.

— Il te l'a dit ?

— Pas encore. Mais il me regarde de travers...

— Ça ne me fait rien ! Il ne m'impressionne pas non plus. » Je compris qu'elle ne voyait pas le fond du problème...

— Oui, mais ne sens-tu pas le danger qui nous guette ?

— Je croyais que tu avais dit qu'il planait.

— Qui nous guette en planant ! le point où je veux en venir est que si je persiste à l'emplâtrer de la sorte, le moment viendra fatalement où, trouvant les actes plus éloquents que les paroles, il finira par me flanquer un gnon en pleine poire ! Auquel cas, je n'aurai pas d'autre alternative que de lui flanquer aussi un gnon en pleine poire. Les Wooster ont leur fierté ! et quand je flanque un gnon à quelqu'un, il le garde pour la journée.

Elle mugit comme une corne de brume — une preuve qu'elle était profondément remuée.

— Tu n'en feras rien, si tu ne veux pas être un neveu maudit, ni recevoir ma malédiction à domicile par messager spécial ! Ne t'avise pas d'en venir aux mains avec ce garçon, ou je te grave mes initiales sur la poitrine avec un hachoir ! Tends-lui l'autre joue, pauvre noix ! Si mon neveu flanquait un gnon à son fils, Adela Cream ne me le pardonnerait jamais ! Elle irait trouver son mari en courant.

— Et l'affaire de l'oncle Tom tomberait à l'eau ! C'est exactement ce que j'essaie de t'expliquer ! Si Wilbert Cream doit en prendre un entre les deux yeux, il vaut mieux que ce soit de la part d'une personne n'ayant aucun lien avec la famille Travers ! Tu dois engager tout de suite quelqu'un pour remplacer Bertram.

— Suggérerais-tu que je loue un détective privé ?

— Le terme courant est : un « limier ». Non, ce n'est pas ça que je veux dire. Mais tu devrais inviter le Hareng Saur à venir ici. Le Hareng est exactement l'homme qu'il te faut ! Il se fera une joie de suivre Wilbert comme son ombre, et si Wilbert lui flanque un marron, et s'il en retourne un à Wilbert, cela n'aura aucune importance puisqu'il est un élément extérieur... quoique je doute fort que Wilbert songe à faire une chose pareille. Hareng Saur est un garçon qui, à première vue, inspire le respect. Les muscles de ses bras puissants sont pareils à des bandes d'acier, et il a les oreilles en choux-fleurs !

Il y eut quelques instants de silence. Il était facile de voir qu'elle pesait mes propos, son esprit balançant promptement dans un sens et dans l'autre, ainsi que je l'ai entendu dire par Jeeves. Quand elle parla, ce fut avec un certain respect dans la voix. « Sais-tu, Bertie, qu'il y a des moments — rares, il est vrai, mais cela arrive — où tu as une intelligence presque humaine ? Tu as fait mouche ! Je n'aurais jamais pensé au jeune Hareng. Tu crois qu'il viendrait ? »

— Il me disait encore pas plus tard qu'avant-hier que son vœu le plus cher était de glaner une invitation à Brinkley ! La cuisine d'Anatole est encore toute fraîche dans son souvenir.

— Envoie-lui un pneumatique. Tu vas à la poste et tu signes de mon nom.

— D'accord.

— Dis-lui de tout laisser tomber et de rappliquer au galop.

Elle raccrocha. J'allais écrire le texte du pneumatique, lorsque je ressentis le besoin impérieux — ainsi qu'il arrive souvent quand vous vous détendez après un moment d'intense pression — de prendre un rapide remontant. « Ah ! que ne donnerais-je point pour une coupe remplie de la “ Douce chaleur du Sud ”, comme aurait dit Jeeves. » En conséquence, j'appuyai sur la sonnette et me laissai choir dans un fauteuil. La porte ne tarda pas à s'ouvrir, et un objet circulaire, doté d'une tête chauve et de sourcils en broussailles, se manifesta brusquement. Je ne pus m'empêcher de sursauter. J'avais oublié que dans les conditions régnant alors à Brinkley Court, le fait d'appuyer sur des sonnettes entraînait inévitablement l'apparition de Sir Roderick Glossop...

Il est toujours assez difficile d'entamer la discussion avec un mélange de psychiatre et de maître d'hôtel — surtout si vos relations n'ont pas été des plus amicales dans le passé —, et je ne savais trop comment ouvrir le feu. Je désirais certes boire ce verre autant que le cerf pantelant aspire à l'eau fraîche du ruisseau, mais lorsque vous demandez à un maître d'hôtel de vous porter un whisky-soda, si ce maître d'hôtel est aussi un psychiatre, il se peut qu'il prenne la chose de haut et vous foudroie du regard. Tout dépend de l'aspect momentanément dominant du personnage.... Je fus donc soulagé de voir qu'il souriait avec bienveillance. Il était visiblement heureux que l'occasion lui fût fournie d'avoir une petite conversation tranquille avec Bertram. Tant que nous éviterions de parler de bouillottes, il semblait que tout se passerait pour le mieux entre nous.

— Bonjour, fit-il : je souhaitais avoir un mot en privé avec vous, Mr. Wooster. Mais peut-être Mlle Wickham vous a-t-elle mis au courant des circonstances ? Elle l'a fait ? Alors, cela clarifie la situation. Il n'y a donc aucun risque que vous révéliez involontairement mon identité. A-t-elle assez insisté sur le fait que Mme Cream devait tout ignorer des causes de ma présence ?

— Oh, oui. Bien assez ! Silence et discrétion, quoi ! Si elle savait que vous observez son fils afin de voir s'il n'est pas ou peu brumeux entre les oreilles, il y aurait à craindre quelque ombrage de sa part, voire même un certain ressentiment.

— Exactement.

— Et comment se présente la chose ?

— Je vous demande pardon ?

— L'observation, veux-je dire. Avez-vous détecté des marques de loufoquerie chez le sujet ?

— Si vous entendez me demander par là quelle opinion je me suis forgée concernant la santé mentale de Wilbert Cream, ma réponse est : aucune. Il n'est pas rare que je puisse émettre une opinion après une seule conversation avec la personne observée, mais, dans le cas du jeune Cream, je reste indécis. D'une part, il y a ses antécédents...

— Les boules puantes ?

— Exactement.

— Et les retraits de chèques pétard en main ?

— Précisément. Et bon nombre d'autres choses qui semblent traduire un déséquilibre mental. Il ne fait aucun doute que Wilbert Cream est un excentrique.

— Mais vous sentez qu'il n'est pas encore temps de prendre ses mesures pour la camisole de force.

— Je souhaiterais certainement l'observer davantage pour cela.

— Jeeves m'a dit qu'il y avait quelque chose que quelqu'un lui avait dit sur Wilbert Cream quand nous étions à New York. C'est peut-être un fait révélateur.

— C'est fort possible. Qu'était-ce donc ?

— Il ne s'en est pas souvenu.

— Dommage ! Bref, pour revenir à ce que je disais, ses antécédents semblent indiquer une profonde névrose, si ce n'est une authentique schizophrénie. Par ailleurs, il n'en laisse rien paraître dans sa conversation. Je me suis longuement entretenu avec lui hier matin, et je l'ai trouvé très intelligent. C'est un jeune homme qui s'intéresse à l'argenterie ancienne, et il m'a même parlé avec le plus grand enthousiasme d'un crémier du XVIIIe siècle appartenant à votre oncle.

— Il ne vous a pas dit qu'il *était* un crémier du XVIIIe siècle ?

— Absolument pas.

— Il portait probablement le masque.

— Je vous demande pardon ?

— Il prenait son élan pour mieux sauter, veux-je dire ! Vous mettait en confiance, en quelque sorte. Va fatalement déboucher quelque part à découvert à un moment ou à un autre... Très rusés, ces types avec de profondes névroses !

Il secoua la tête d'un air réprobateur.

— Il ne faut pas juger hâtivement, Mr. Wooster. Nous devons garder l'esprit ouvert. On ne gagne rien à ne pas prendre le temps de peser suffisamment les preuves. Vous vous souvenez, peut-être, que j'ai déjà une fois formé un jugement un peu trop hâtif au sujet de votre santé mentale ? Ces vingt-trois chats dans votre chambre...

Je rougis violemment. L'incident avait eu lieu plusieurs années auparavant, et il aurait été d'un bien meilleur goût, estimai-je, de laisser au Passé ce qui appartenait au Passé...

— La situation a été clairement expliquée.

— Exactement. Il a été démontré que je faisais erreur. Et c'est pourquoi je dois me garder de juger prématurément dans le cas de Wilbert Cream. Je dois attendre d'avoir plus de preuves.

— Et de les peser ?

— Et, comme vous dites, de les peser. Mais vous aviez sonné, Mr. Wooster ? Y a-t-il quelque chose que je puisse faire pour vous ?

— Eh bien, en fait, je désirais un whisky-soda. Mais je ne veux surtout pas vous déranger.

— Mon cher Mr. Wooster, vous oubliez que je suis, quoique temporairement, un maître d'hôtel — et, je l'espère, un maître d'hôtel consciencieux — je vous l'apporte immédiatement.

Je me demandais, tandis qu'il se fondait dans le paysage, si je devait lui dire que Mme Cream se livrait aussi à son sujet à un exercice de pesage de preuves… mais je décidai que, somme toute, mieux valait n'en rien faire. Inutile de troubler sa tranquillité d'esprit. J'estimai que la nécessité de répondre au nom de Swordfish devait suffire à l'occuper pour le moment. S'il avait trop de choses en tête, les soucis le rongeraient, pensai-je, et il risquait de s'étioler…

Lorsqu'il revint, il n'était pas seulement porteur de la coupe remplie de la Douce Chaleur du Sud — sur laquelle je me jetai avec gratitude — mais également d'une lettre pour moi qui, dit-il, venait d'arriver au courrier de l'après-midi. Ayant étanché la soif de Bertram, je vis, d'un coup d'œil jeté sur l'enveloppe, que c'était une lettre de Jeeves. Je l'ouvris donc sans beaucoup de hâte. Je pensais en effet qu'il confirmait simplement son arrivée à bon port, exprimant le vœu que la présente me trouvât en aussi grande forme qu'il l'était lui-même au moment de l'envoyer… Bref, les banalités d'usage.

Mais sa lettre était en fait très loin des banalités d'usage — au moins à une bonne paire de kilomètres — « Fichtre ! » m'écriai-je vivement, après un regard rapide sur son contenu, ce qui amena le Père Glossop à me considérer avec inquiétude.

— Pas de mauvaises nouvelles, j'espère, Mr. Wooster ?

— Cela dépend de ce que vous entendez par « mauvaises nouvelles », fis-je. En tout cas, il s'agit d'une information capitale — de quoi faire les gros titres, veux-je dire — la lettre est de Jeeves, mon valet, qui pêche actuellement la crevette à Horne Bay, et elle jette une nouvelle lumière plutôt aveuglante sur la vie privée de Wilbert Cream.

— Vraiment ? Ceci est très intéressant !

— Tout d'abord, je dois vous dire qu'au moment où Jeeves allait partir en vacances, il fut question de W. Cream dans l'une de nos discussions comme nous en avons souvent entre nous. En effet, ma tante Dahlia venait de m'apprendre qu'il faisait partie de ses pensionnaires, aussi parlâmes-nous de lui assez longuement, si vous voyez ce que je veux dire — Jeeves disant une chose, et moi en disant une autre — si vous me suivez. Enfin, juste avant de filer, Jeeves laissa tomber cette indication dont je vous ai parlé — à propos de quelque chose qu'il avait entendu quelque part et dont il ne se souvenait plus... Si elle lui revenait à l'esprit, m'avait-il dit alors, il m'en informerait... Et, en fait, c'est ce qui vient de se produire ! Savez-vous ce qu'il dit dans cette missive ? Essayez de deviner.

— Le moment n'est certes pas des mieux choisis pour jouer aux devinettes.

— Vous avez peut-être raison — bien que ce soit un jeu passionnant, vous ne trouvez pas ? — Bref, il dit que Wilbert Cream est un... quel est le mot qu'il emploie, déjà ? Je consultai la lettre. Un « kleptomane », dis-je ; ce qui signifie, au cas où le terme ne vous serait pas familier, un type qui voltige de-ci, delà en piquant tous les trucs qui lui tombent sous la main.

— Juste ciel !

— Vous pourriez même aller jusqu'à « Tudieu » !

— Et dire que je n'y avais pas pensé.

— Je vous ai dit qu'il portait le masque. Je suppose qu'ils l'ont expédié à l'étranger pour qu'on l'oublie un peu chez lui.

— Sans doute.

— Sans penser au fait qu'il y a autant de choses à piquer en Angleterre qu'en Amérique. Diantre ! Est-ce qu'il ne vous vient pas une idée à l'esprit tout à coup ?

— Mais certainement ! Je pense à la collection d'argenterie ancienne de votre oncle.

— Moi aussi.

— Elle représente une tentation énorme pour l'infortuné jeune homme.

— Je ne suis pas très sûr qu'il soit aussi infortuné que vous le dites ! Il est probablement aux anges quand il se tire avec la camelote !

— Il vous faut aller voir sur-le-champ dans la pièce où se trouve la collection, quelque chose a peut-être déjà disparu !

— Tout, j'imagine, aura déjà disparu, hormis le sol et le plafond ! Il lui serait difficile de les emporter !

Atteindre la pièce où se trouvait la collection ne fut pas pour nous ce qu'on appelle « l'affaire d'un instant », car Papa Glossop était plus conçu pour la stabilité que pour la vitesse ! Toutefois, nous parvînmes en temps utile. Ma première sensation, après un rapide coup d'œil général, fut d'éprouver un grand soulagement. Tout le bazar paraissait en effet *in statu quo*. C'est seulement après que Papa Glossop eut fait « ouf ! » et se fut épongé le front quelques instants — car l'allure avait été un peu vive pour lui — que je remarquai le hiatus…

Le crémier manquait à l'appel !

CHAPITRE VII

Ce crémier — si les crémiers vous intéressent — était une sorte de cruchon, ou de pichet — appelez ça comme vous voudrez — qui se présentait — aussi stupide que cela puisse paraître — sous la forme d'une vache armée d'une queue en arc de cercle, avec, en outre, dans le regard, une expression de jeune délinquante — comme une vache qui s'apprêterait, la prochaine fois que la fermière viendrait la traire, à lui expédier un bon coup de pied dans les côtes flottantes… Elle portait un couvercle sur le dos, et sa queue, qui formait une anse rabattue sur l'échine, offrait une prise à la maîtresse de maison pendant qu'elle versait le lait. Que quelqu'un pût désirer une chose aussi hideuse m'avait toujours semblé un mystère. Je la classais, pour ma part, en tête des objets en possession desquels je n'aurais pas souhaité qu'on me trouvât, même mort dans un fossé… Toutefois, c'est apparemment ainsi qu'on aimait les crémiers au XVIIIe siècle, et, si l'on s'en réfère à des temps plus modernes, celui-ci avait toute la faveur de l'oncle Tom, comme, d'ailleurs, à en croire le témoin Glossop, celle de Wilbert ! La seule façon de voir ces choses-là est de se dire qu'on ne discute pas des goûts et des couleurs de chacun… (ce qui est du caviar pour l'un pouvant être un général de brigade pour un autre, comme dit le proverbe).

Cependant, quoi qu'il en soit, et que vous aimiez ou pas ce satané bidule, il avait bel et bien disparu sans laisser de trace, et j'allais en informer le Père Glossop pour solliciter son avis sur la question, lorsque nous fûmes rejoints par Bobbie Wickham. Elle avait changé son chemisier et son bermuda pour une tenue de voyage plus adéquate.

— Salut, bonnes gens ! s'écria-t-elle. Comment ça va ? Tu as l'air d'avoir chaud, Bertie ! Pourquoi tant d'émoi ?

Je ne fis aucun effort pour lui annoncer la nouvelle avec ménagement.

— Je vais te dire pourquoi ! Tu sais que mon oncle avait un crémier.

— Ah, non ! Je ne le savais pas ! Qu'est-ce que c'est ?

— Une espèce de pichet pour servir la crème. Horrible, mais d'une très grande valeur. Il ne serait pas exagéré de le décrire comme l'enfant chéri de l'oncle Tom. Il l'aime tendrement.

— Quel bon cœur ! Que Dieu l'ait en sa Sainte garde !

— C'est très bien de dire : « Que Dieu l'ait en sa Sainte garde », mais ce machin de malheur a disparu.

Un bruit pareil à celui d'une bouteille de bière qui se vide, retentit dans l'air calme de l'après-midi estivale. C'était le Père Glossop qui glougloutait. Ses yeux s'arrondirent. Son nez se mit à frétiller. On pouvait voir sans peine qu'il n'accueillait pas la nouvelle comme un fruit rare et rafraîchissant ! On eût dit plutôt qu'il avait reçu à la base du crâne un grand coup assené avec une chaussette remplie de sable mouillé…

— Disparu ?
— Disparu.
— Vous en êtes sûr ?
Je répondis que je ne pouvais pas en être plus sûr.
— Ne serait-il pas possible que vous ne l'ayez pas remarqué ?
— On ne peut pas ne pas remarquer une chose pareille !
Il re-glouglouta.
— Mais c'est terrible !
— Je reconnais que ça ne pourrait guère être pire.
— Votre oncle va être bouleversé.
— Il va certainement en faire tout un plat.
— Un plat ?
— C'est cela.
— Pourquoi un plat ?
— Pourquoi pas un plat ?
D'après l'expression sur le visage de Bobbie, tandis qu'elle écoutait, immobile, notre échange de propos, je vis que leur sens profond lui passait largement au-dessus de la tête. Enigmatiques, semblait-elle plutôt les trouver...
— Je ne saisis pas, fit-elle. Qu'entends-tu par « disparu » ?
— On l'a piqué.
— Mais on ne pique pas les choses comme ça dans les résidences de campagne !
— Si, on les pique, quand Wilbert Cream est présent sur les lieux ! C'est un klep quelque chose, dis-je, lui jetant la lettre de Jeeves. Elle la parcourut d'un œil intéressé, puis, s'étant pénétrée de son contenu, elle s'écria : « Bigre, alors ! Après ça, il n'y a plus qu'à glisser Tante Félicie sous le tapis ! », ajoutant que de nos jours, il fallait s'attendre à tout. Toutefois, dit-elle, la chose avait son bon côté.

— Vous pourrez maintenant certifier que ce type est complètement timbré, vous ne croyez pas, Sir Roderick ?

Un silence s'ensuivit, durant lequel Papa Glossop parut peser la question. Il devait penser à tous les dingos qu'il avait connus au cours de sa vie professionnelle, et cherchait sans doute à comparer leur degré de loufoquerie à celui de W. Cream.

— Il est indéniable que son métabolisme est exagérément sensible aux tensions résultant de l'interaction d'excitations externes, fit-il. Bobbie lui tapota maternellement l'épaule — chose que je n'aurais jamais osé faire moi-même, bien que nos relations, comme je l'ai indiqué, fussent plus cordiales qu'à une certaine époque —, en lui disant qu'il avait fort bien parlé.

— Voilà comment j'aime vous entendre discuter ! fit-elle. Il faudra que vous disiez ça à Mme Travers lorsqu'elle reviendra ! Ça la placera en position de force pour traiter avec Upjohn dans l'affaire Wilbert-Phyllis. Avec un atout pareil dans sa manche, elle n'aura aucun mal à rendre impossible la publication des bans... » Et que faites-vous de son métabolisme ? » n'aura-t-elle qu'à dire pour qu'Upjohn ne sache plus où se mettre ! Donc, tout va pour le mieux.

— Tout, fis-je remarquer, hormis le fait que l'oncle Tom se retrouve avec un enfant chéri en moins.

Elle se mordilla quelques instants la lèvre inférieure.

— C'est pourtant vrai ! Tu as raison. Alors, qu'est-ce qu'on fait ?

Elle me regarda, et je dis que je n'en savais

rien. Puis, elle regarda le Père Glossop, et il dit qu'il n'en savait rien.

— La situation est des plus délicates. C'est bien aussi votre avis, M. Wooster ?

— Et comment donc !

— Dans sa position, votre oncle peut difficilement exiger la restitution de l'objet. Mme Travers m'a bien spécifié, avec toute l'emphase dont elle sait être capable, qu'il fallait veiller avec le plus grand soin à ne rien faire dont M. & Mme Cream pourraient...

— ... prendre ombrage ?

— J'allais dire : être froissés.

— Oui. Ça se vaut, je suppose. Rien de bien fameux dans les deux cas.

— Et ils seraient certainement très froissés s'ils voyaient leur fils accusé de vol !

— Vous voulez dire qu'ils seraient aussi remués que des œufs battus en neige ! Ils ont beau savoir que leur Wilbert est le Roi de la Fauche, ils ne doivent pas trop aimer qu'on le leur rappelle souvent.

— Exactement.

— C'est le genre de sujet qu'un homme de tact évite de mentionner devant eux.

— Précisément. C'est pourquoi je ne vois vraiment pas ce qu'on peut faire. J'avoue que je n'en ai aucune idée.

— Moi aussi, j'avoue.

— Pas moi, dit Bobbie.

Je sursautai, et me mis à trembler aussi fort qu'un comment-appelle-t-on ça ? Elle avait parlé d'une voix enjouée, qui, pour une oreille exercée comme la mienne, laissait pressentir qu'elle avait encore inventé autre chose... Dans l'affaire de quelques secondes à la pendule de grand-mère — pour reprendre les termes de Tante Dahlia —, je vis qu'elle allait proposer l'une de ses fameuses intrigues, ou machinations, qui, non contentes d'ébranler l'humanité et de faire pâlir l'astre du jour, ne manquent jamais de plonger quelques malheureux — et je soupçonnai fort, en l'occurrence, que ce fût encore moi — dans ce que Shakespeare nomme : « Un Océan de malheurs » — du moins, je pense que c'est Shakespeare — j'avais déjà, en d'autres circonstances, noté ce ton de jovialité dans la voix de Roberta — par exemple, pour n'en citer qu'une, la fois où elle m'avait mis l'aiguille à repriser dans la main en me disant où je trouverais la bouillotte de Sir Roderick Glossop ! — Beaucoup de gens sont d'avis, à propos de la fille du regretté Sir Cuthbert et de Lady Wickham, de Skeldings Hall, qu'on ne devrait pas la laisser en liberté, et je dois dire que je me situe tout à fait dans la ligne de cette école de pensée.

Le Père Glossop, pour sa part, ne connaissait cette jeune femelle de l'espèce que d'une manière très vague. Aussi ne savait-il pas qu'elle avait, depuis sa petite enfance, adopté la devise : « Tous les moyens sont bons... » Il montra donc à ces mots une grande agitation, ainsi qu'un vif désir d'en savoir davantage.

— Vous envisagez une ligne d'action qu'il nous serait possible de suivre, mademoiselle Wickham ?

— Certainement ! Et elle me paraît aussi visible que le nez au milieu de la figure ! Savez-vous quelle est la chambre de Wilbert ?

Il répondit que oui.

— Et êtes-vous d'accord avec moi que, si l'on pique des trucs quand on est dans une résidence de campagne, le seul endroit où l'on puisse les planquer est dans sa chambre à coucher ?

Il dit que cela ne faisait aucun doute.

— Très bien ! Alors...

Il la regarda d'un air où perçait ce que j'ai entendu Jeeves nommer : un certain effarement.

— Vous ne... Est-il possible que vous suggériez ?

— Que quelqu'un aille faire un tour dans la chambre de Wilbert pour explorer s'il n'y a rien dans les coins ? C'est bien ça. Et le choix du peuple ne fait aucun doute ! Bertie, tu es élu !

Remarquez, je ne fus pas surpris. Comme je l'ai dit, je le sentais venir ! Je ne sais pas pourquoi, mais toutes les fois qu'une sale besogne se profile à l'horizon, c'est toujours la même clameur qui s'élève parmi le petit cercle de mes amis et proches : « Bertram le fera ! » Ça ne rate jamais ! Cependant, bien que j'eusse peu d'espoir, quoi que je dise, que mes paroles pussent en aucun cas faire dévier le Destin, je tentai d'opposer quelque résistance.

— Pourquoi moi ?

— C'est un travail pour quelqu'un de jeune.

Malgré le sentiment croissant que je menais un combat d'arrière-garde, je continuai de résister.

— Je ne le vois pas comme ça ! fis-je. J'aurais pensé qu'un homme du monde plus mûr, avec plus d'expérience, aurait eu plus de chances de décrocher la timbale qu'un novice tel que moi... Ça me paraît évident ! D'ailleurs, je n'ai jamais été doué pour le jeu du furet lorsque j'étais petit.

— Arrête de faire des histoires, Bertie ! Je suis sûre que tu trouveras ça très rigolo, dit Bobbie — notez bien, je me demandai d'où elle pouvait tirer cette idée-là ! — Essaie d'imaginer que tu es un Agent des Services Secrets sur la piste du Traité des Forces Navales, qui a été volé par une mystérieuse dame voilée exhalant un étrange parfum exotique... Tu vas voir ! Tu vas t'amuser comme un petit fou ! Qu'est-ce que tu as dit ?

— J'ai dit : Ah ! — Suppose que quelqu'un fasse irruption ?

— Ne sois pas idiot ! Mme Cream travaille à son livre. Phyllis est dans sa chambre, en train de taper le discours d'Upjohn. Wilbert est parti balader, et Upjohn n'est pas ici ! Le seul personnage qui pourrait faire irruption est le fantôme de Brinkley Court — auquel cas, il te suffit de lui jeter un regard glacial et de lui passer à travers le corps pour lui apprendre à se mêler de ce qui ne le regarde pas. Ah ! Ah !

— Ah ! Ah !, trilla à son tour le père Glossop.

Je trouvai leur accès de gaieté déplacé et d'un goût douteux, et le leur fis sentir par la façon abrupte dont je pris congé d'eux... Car, bien entendu, je pris alors congé ! Ces affrontements avec le sexe faible voient toujours Bertram s'incliner en fin de compte devant l'inévitable, mais je n'étais certes pas d'humeur à badiner. Lorsque Bobbie me souhaita « bon voyage » en m'appelant son « brave petit homme », et ajouta qu'elle n'avait jamais douté un seul instant de Bertram, j'ignorai la remarque avec une froideur qui ne dut échapper à personne...

L'après-midi était délicieux — un de ces après-midi remplis de ciel bleu, de rayons de soleil, de bourdonnements d'insectes et de je ne sais trop quoi encore, qui semblent vous inviter à rester en plein air, une brise divine jouant sur votre visage, et quelque chose de frais dans un verre à portée de la main, tandis que moi, pour contenter une Bobbie Wickham, je me retrouvai enfermé dans des couloirs, en route pour fouiller la chambre d'une personne que je connaissais à peine, et prêt pour cela à ramper sur des parquets, renifler sous des lits, probablement le nez dans les moutons et la poussière ! Pensée amère ! Je ne me souviens pas d'avoir jamais été aussi près de lâcher un « Pouah ! » retentissant... J'étais stupéfait de m'être embarqué dans pareille histoire pour le bon plaisir d'une femme... Diantrement trop chevaleresque, l'esprit des Wooster, pensai-je. Il en a toujours été ainsi.

J'atteignis enfin la porte de Wilbert, et comme je m'arrêtai quelques instants pour ramasser tout mon courage à deux mains, ainsi que je l'ai entendu dire par Jeeves, ma situation me fit tout à coup penser à quelque chose. Soudain, la chose me revint : j'éprouvais tout à fait la même sensation qu'à Malvern House, à l'époque où je me glissais, au milieu de la nuit, dans le bureau d'Aubrey Upjohn, en quête de biscuits qu'il conservait dans une boîte en fer blanc, et je me souvins de la fois où, sans qu'une seule brindille craquât sous mes pas, je pénétrai dans son sanctuaire, en pyjama et robe de chambre, et le trouvai assis dans son fauteuil en train de piocher lui-même dans la boîte... Il s'ensuivit un moment de gêne. Son « Qu'est-ce que cela signifie Wooster ? », ainsi que les conséquences le lendemain matin — six bons coups de canne à l'endroit habituel — étaient toujours restés gravés dans les tablettes de ma mémoire, si telle est bien l'expression qui convient.

Hormis le crépitement d'une machine à écrire quelque part, dans une chambre le long du couloir — le signe que Maman Cream s'adonnait avec ardeur à la tâche qu'elle s'était fixée de glacer le sang des fidèles lecteurs —, il n'y avait aucun bruit. Je m'arrêtais un instant devant la porte, pesant le « j'y va-t-y » et le « j'y-va-t-y-pas » avec la prudence qui, d'après Jeeves, est la marque du chat... Enfin, je tournai doucement la poignée, poussai — non moins doucement — la porte de la chambre, et, m'avançant à l'intérieur, je me trouvai confronté à une jeune personne en tenue de femme de chambre qui, en me voyant, porta la main à son cou comme dans les pièces de théâtre, et bondit de quelques dizaines de centimètres en direction du plafond.

— Oh, là là, fit-elle, quand elle eut regagné le plancher des vaches et embarqué assez d'air pour parler. Vous m'avez fait une belle peur, Monsieur.

— Terriblement désolé, très chère femme de chambre, répondis-je avec civilité, mais c'est *vous* qui m'avez fait une belle peur — ce qui fait, en tout, deux belles peurs —. Je cherche Mr. Cream ?

— Moi, je cherche une souris !

Cela m'ouvrait un champ de réflexion des plus intéressants...

— Vous pensez qu'il y a des souris par ici ?

— J'en ai vu une ce matin en faisant la chambre. Alors, j'ai amené Auguste, dit-elle, indiquant un gros chat noir dont la présence avait jusque-là échappé à mon attention, et en qui je reconnus aussitôt une vieille connaissance, car nous avions souvent pris notre petit déjeuner ensemble, moi le nez plongé dans mes œufs brouillés, et lui dans l'écuelle de lait.

— Auguste va lui apprendre à vivre, fit-elle.

Certes, vous l'imaginerez sans peine, je me demandais depuis le début comment déloger cette femme de chambre. En effet, sa présence persistante sur les lieux rendrait ma tentative nulle et non avenue. Vous ne pouvez pas fouiller une chambre avec l'ensemble du personnel de maison planté sur la touche en train de vous regarder ! En outre, il n'était pas possible, pour un homme se disant preux chevalier, de la prendre par la peau du dos et de la transporter dans le couloir. Pendant un bref instant, la situation m'était apparue comme une impasse. Puis, lorsqu'elle déclara qu'Auguste apprendrait à vivre à cette souris, il me vint une idée.

— J'en doute, fis-je. Vous devez être nouvelle ici.

Elle admit volontiers qu'elle avait seulement pris ses fonctions le mois précédent.

— C'est bien ce que je pensais. Sinon, vous sauriez qu'il ne faut pas plus compter sur Auguste pour attraper des souris que sur une chaise bancale pour s'y asseoir dessus. Je le connais personnellement de longue date, et j'ai étudié sa psychologie de A jusqu'à Z. Il n'a pas attrapé une seule souris depuis l'âge où il n'était qu'un apprenti chaton. Quand il ne mange pas, il ne fait que dormir. Léthargique, est le mot qui vient tout de suite à la bouche. D'ailleurs, si vous y jetez un coup d'œil maintenant, vous verrez qu'il dort encore.

— Oh, là, là ! C'est vrai.

— C'est une sorte de maladie. Ça porte un nom scientifique. Le lym — quelque chose — Ah, j'y suis. Le lymphatisme. Ce chat est atteint de lymphatisme aigu. En d'autres termes, et pour employer le langage simple accessible aux non-initiés, là où d'autres chats se contentent de huit heures de sommeil, pour Auguste, il en faut vingt-quatre. Si vous voulez mon avis, laissez tomber votre plan et ramenez-le à la cuisine. Vous perdez votre temps ici.

Mon éloquence ne fut pas sans produire quelque effet. Elle fit « oh, là là » une nouvelle fois, ramassa le chat, qui marmonna dans son sommeil quelque chose que je ne saisis pas très bien, puis elle s'en alla, me laissant poursuivre seul les opérations.

CHAPITRE VIII

La première chose que je constatai, dès que j'eus le loisir d'étudier mon environnement, fut que la maîtresse de céans, dans le cadre de sa politique visant à tout faire pour soigner la famille Cream aux petits oignons, n'avait pas lésiné sur les conditions d'hébergement de Wilbert. Le lot qui lui avait été dévolu, en pointant à son arrivée à Brinkley, n'était autre que la chambre connue sous le nom de Chambre Bleue — un insigne honneur pour un hôte célibataire, qui équivalait à voir son nom inscrit en haut de l'affiche, car à Brinkley Court, comme dans la plupart des résidences de campagne, on considère que n'importe quel recoin est assez bon pour recevoir le contingent des célibataires. Mes appartements privés, pour vous citer un cas précis, étaient une sorte de cellule monacale dans laquelle on aurait eu du mal à cacher un chat — non que l'on tienne vraiment, la plupart du temps, à cacher des chats dans sa chambre... Ce que je veux dire, c'est que lorsque je débarque chez tante Dahlia, il n'y a pas de danger qu'elle me dise : « Bienvenue au Palais des Mille et une Nuits, mon garçon ! Je t'ai donné la Chambre Bleue, que tu trouveras, je l'espère, à ta convenance. » En fait, la seule et unique fois où je lui suggérai de me la donner, elle s'écria : « A toi ? » Et ce fut tout. Nous changeâmes aussitôt de sujet de conversation...

Le mobilier de cette chambre bleue, qui datait de l'Ere Victorienne, était plutôt du genre compact... Elle avait en effet servi de Q.G. au défunt père de mon oncle Tom, qui aimait les choses consistantes. Il y avait un lit à colonnes, une commode en bois massif, un énorme bureau, ainsi que plusieurs fauteuils. Les murs étaient couverts de tableaux de types en bicorne penchés sur diverses femelles aux blondes anglaises, et vêtues de robes de mousseline, tandis que le fond de la pièce était occupé par un vaste placard, ou une sorte d'armoire, dans lequel vous auriez pu cacher une bonne douzaine de cadavres. Bref, la chambre était si spacieuse et tellement bourrée de machins derrière lesquels on pouvait fourrer d'autres machins, que la plupart des gens mis en demeure d'y retrouver un crémier en argent auraient jeté l'éponge en se disant : « A quoi bon ? »

Mais, je possédais, sur le chercheur ordinaire, le très gros avantage d'avoir énormément lu ! Depuis ma petite enfance, et longtemps avant qu'on les appelât des romans « à suspense », j'ai lu plus d'histoires policières qu'il n'y a d'étoiles au firmament. Or, si elles m'ont appris une chose, c'est qu'une personne ayant un objet quelconque à cacher le met invariablement au sommet du placard, ou, si vous préférez, de l'armoire — comme dans « Meurtre au Manoir de Mistleigh » « Trois morts le Mardi », « Excusez mon flingue », « Devinez Qui ? » et une bonne douzaine d'autres grands classiques —, et je n'avais aucune raison de présumer que Wilbert Cream ferait exception à la règle. Mon premier mouvement fut donc de prendre une chaise et de la placer contre l'armoire. Je grimpai ensuite sur la chaise, et je m'apprêtais à soumettre le haut de l'armoire à une minutieuse inspection, lorsque Bobbie Wickham, entrant sans bruit dans la pièce, vint se planter à quelque cinquante centimètres derrière moi pour me glisser à l'oreille :

— Alors, Bertie ? Comment ça marche ?

Il y a vraiment parfois de quoi désespérer de la jeune fille moderne. On aurait pensé que cette Wickham avait appris, dès l'âge du biberon, que si un type dans un état d'extrême tension nerveuse fouille la chambre de quelqu'un, la dernière chose à faire est de se glisser derrière lui pour lui chuchoter à l'oreille, d'une voix désincarnée : « Alors, comment ça marche ? »

Le résultat, est-il besoin de le dire, fut que je dégringolai de ma chaise comme un sac de patates. J'eus le pouls qui se mit à battre à toute vitesse, la pression artérielle qui dut grimper en flèche et, pendant un moment, la chambre bleue se mit à virevolter autour de moi comme une danseuse de ballet !

Quand la raison eut regagné son trône, je découvris que Bobbie, pensant, j'imagine, qu'à la suite de cette chute retentissante sa présence serait préférable ailleurs, était partie en me laissant seul... J'étais, de plus, inexorablement empêtré dans les pieds de la chaise — ma position étant, à plus d'un titre, semblable à celle du Hareng Saur, la fois où il s'était trouvé en Suisse avec les deux jambes nouées autour du cou —, et il semblait peu probable que je pusse me dégager un jour sans l'aide de moyens mécaniques puissants.

Toutefois, tirant d'un côté et poussant de l'autre, je parvins à progresser, et j'étais tout juste arrivé à me déchaiser lorsque, sur le point de me remettre d'aplomb, j'entendis une voix...

— Dieux du Ciel ! fit-elle. Levant les yeux, je vis que ce n'était pas, comme je l'avais d'abord supposé, des lèvres du fantôme de Brinkley Court que s'étaient envolées ces paroles, mais de celles de Mme Homère Cream ! Elle me regardait de la façon dont Sir Roderick Glossop avait récemment regardé Bobbie — avec un certain effarement. Elle avait l'air d'une femme qui n'est pas du tout dans la course... Cette fois-ci, remarquai-je, elle avait une tache d'encre sur le menton.

— M. Wooster ! glapit-elle.

Bien sûr, il n'y a guère autre chose à dire en réponse à « Monsieur Wooster ! » que : « Tiens, bonjour ! » Aussi, le dis-je...

— Vous devez être assez surprise ! poursuivis-je, mais elle reprit aussitôt la discussion en main pour me demander :

a) pourquoi je me trouvais dans la chambre de son fils, et

b) ce que j'étais bien en train de manigancer.

— Sacrebleu ! ajouta-t-elle même pour donner plus de vigueur à son propos.

Il est souvent dit de Bertram Wooster qu'il ne prend pas le temps de s'asseoir pour réfléchir ! De plus, quand cela est nécessaire, il sait se remuer les méninges même lorsqu'il est à quatre pattes ! Dans le cas présent, ma récente entrevue avec la femme de chambre et le chat Auguste m'avait opportunément fourni ce que les Français appellent un « point d'appui ». Otant négligemment une portion de chaise emmêlée dans mes cheveux, je fis, avec cette candeur qui me sied à merveille.

— Je cherchais une souris.

Il eût suffi qu'elle répondît alors : « Ah, bon ! c'est donc ça ! Mais oui, je comprends ! Bien sûr, une souris ! » pour que tout baignât parfaitement dans l'huile. Mais, elle n'en fit rien.

— Une souris ? dit-elle. Que voulez-vous dire ?

Certes, si elle ignorait ce qu'est une souris, il est clair que nous avions passablement de pain sur la planche ! Cela risquait d'être fastidieux, et on voit mal par où nous aurions pu commencer. Aussi fus-je soulagé de voir, d'après les paroles qu'elle dit ensuite, que son « que voulez-vous dire ? » n'avait pas été une question, mais plutôt comme une espèce de cri du cœur.

— Qu'est-ce qui vous fait croire qu'il y a une souris dans cette chambre ?

— Il semble qu'il y ait de fortes présomptions allant dans ce sens.

— Vous l'avez vue ?

— Pas vraiment. Elle est ce que l'on appelle en français *portée disparue.*

— Qu'est-ce qui vous a fait songer à venir la chercher ici ?

— Oh ! Juste une idée comme ça.

— Et pourquoi étiez-vous monté sur une chaise ?

— J'essayais en quelque sorte d'avoir une vue globale, pour ainsi dire…

— Vous cherchez souvent des souris dans les chambres des gens ?

— Je n'irai pas jusqu'à dire « souvent ». Seulement lorsque l'envie me prend… Enfin, vous me comprenez.

— Je vois, eh bien…

Lorsque les gens vous disent « eh bien » sur ce ton-là, cela signifie la plupart du temps qu'ils vous ont assez vu, et qu'ils jugent le moment venu de fermer boutique. On voyait bien qu'à son avis les Wooster n'avaient rien à faire dans les appartements privés de son fils. Jugeant qu'elle n'avait peut-être pas tout à fait tort, je me relevai. Puis m'étant épousseté les genoux, et après quelques paroles courtoises lui exprimant mon espoir que son dernier polar était en bonne voie, je me retirai. Jetant par hasard un coup d'œil en arrière au moment où j'atteignais la porte, je vis que son regard était toujours posé sur moi — un regard où l'effarement tournait encore à plein rendement. On voyait qu'elle trouvait mon comportement plutôt bizarre et je ne nierai pas qu'il l'était en partie… le comportement de tous ceux qui se laissent guider dans leurs actions par Roberta Wickham est presque toujours bizarre !

La chose que je souhaitais le plus en la circonstance était une brève discussion à cœur ouvert avec la jeune « femme fatale » en question. J'errai quelques instants de-ci de-là, et la trouvai enfin sur ma chaise longue, sur la pelouse, lisant le bouquin de la Mère Cream dans lequel j'avais été plongé avant ces derniers événements.

Elle m'accueillit avec un charmant sourire, et me dit :

— Déjà de retour ? Alors, tu l'as trouvé ?

Au prix d'un gros effort, je parvins à me dominer, et répliquai d'une manière sèche mais fort civile que la réponse était négative.

— Non, fis-je. Je ne l'ai pas trouvé.

— Tu n'as pas dû bien chercher.

Je fus à nouveau contraint de faire une pause pour

me dire qu'un gentilhomme anglais ne frappe jamais une jeune rouquine lorsqu'elle est assise, quelle que soit la provocation.

— Je n'ai pas eu le temps de bien chercher. J'ai été gêné dans mes mouvements par un tas de femelles à demi cinglées qui se glissaient dans mon dos pour me demander comment ça marchait.

— C'était juste pour savoir, fit-elle, en se mettant à glousser tout haut. Je crois que tu as pris une belle bûche ! Comment as-tu pu choir des cieux, ô Lucifer, fils de l'Aurore ? me suis-je demandé. Tu as les nerfs tellement à vif, mon vieux Bertie ! Tu devrais essayer d'être moins nerveux. Ce qu'il te faut, c'est un bon tonique. Je suis sûre que Sir Roderick se fera un plaisir de t'en concocter un, si tu le lui demandes. Et, en attendant ?

— Que veux-tu dire par « Et en attendant ? »

— Quel plan as-tu maintenant ?

— Je me propose de te virer de cette chaise longue, de m'y asseoir à ta place, de prendre ce livre, dont les premiers chapitres m'ont paru captivants, et de poursuivre ma lecture pour tenter d'oublier…

— Tu veux dire que tu ne vas pas faire un nouvel essai ?

— Non. C'est terminé pour Bertram. Tu peux le communiquer à la presse si le cœur t'en dit.

— Mais, et le crémier ? Que fais-tu du chagrin de ton oncle Tom, de son agonie, quand il apprendra sa disparition ?

— Que l'oncle Tom aille se faire cuire deux œufs.

— Bertie ! Tes manières sont bizarres !

— Les tiennes seraient aussi bizarres si la Mère Cream t'avait trouvée dans les appartements privés de Wilbert Cream, assise sur le parquet avec une chaise autour du cou.

— Mince ! Elle t'a vu ?
— En personne.
— Qu'est-ce que tu lui as dit ?
— Que je cherchais une souris.
— C'est tout ce que tu as trouvé à dire ?
— Oui.
— Et comment ça s'est terminé ?
— Je me suis éclipsé, en lui donnant la très nette impression que j'étais complètement timbré. Aussi, jeune Bobbie, lorsque tu parles de « nouvel essai », dis-je, je te réponds en ricanant — ce que je fis d'ailleurs : Tu n'es pas près de me revoir entrer dans cette chambre des horreurs ! Pas même pour un million de livres sterling en liquide et en petites coupures.

Elle fit ce qui, je crois, bien que je n'en jurerais pas, s'appelle « une moue » — en avançant les deux lèvres en même temps, si vous voyez ce que je veux dire —. J'eus l'impression qu'elle était en quelque sorte déçue par Bertram. Elle avait espéré mieux de sa part, ce qui fut, en fait, confirmé par les propos qu'elle tint alors :

— Est-ce là l'esprit téméraire des Wooster ?
— Aux dernières nouvelles : oui.
— Es-tu un homme ou une souris ?
— Je te prierai de ne pas prononcer le mot « souris » en ma présence.
— Je crois vraiment que tu devrais encore essayer. C'est idiot de tout lâcher pour une petite chose pareille. Je t'aiderai cette fois-ci.
— Ah !
— N'ai-je pas déjà entendu ce mot-là quelque part ?
— Sois certaine que tu n'as pas fini de l'entendre.
— Non, mais écoute-moi, Bertie. Il est impossible

que tout ne marche pas bien si nous travaillons ensemble ! Ce coup-ci, Maman Cream ne reparaîtra pas. La foudre ne frappe jamais deux fois au même endroit.

— Qui a encore inventé ça ?

— Et au cas où... j'ai une idée ! Voici ce qu'on pourrait faire. Tu entres dans la chambre et tu te mets à fouiller. Pendant ce temps, moi, je reste devant la porte.

— Tu es sûre que ça m'aidera beaucoup ?

— Mais bien entendu ! Si je la vois venir, je chante.

— Toujours ravi de t'entendre chanter, cela va de soi, mais en quoi la pression sera-t-elle moins grande pour moi ?

— Oh, Bertie ! Quel ineffable crétin tu fais ! Tu ne saisis donc pas ? Quand je me mettrai à chanter, tu sauras que l'ennemi est en vue, et tu auras tout le temps de passer par la fenêtre.

— Et de me casser le cou par la même occasion.

— Comment peux-tu te casser le cou ? La chambre bleue a un balcon. J'ai vu Wilbert Cream y faire sa gymnastique suédoise. Il respire profondément, ensuite il s'étreint à bras-le-corps avec passion, et puis il...

— Peu importe à quels excès se livre M. Willie.

— Si je t'en parle, c'est pour donner un peu de piment à la chose. L'important, c'est qu'il y ait un balcon. Une fois là, tu es rendu. Ensuite, il y a un tuyau qui descend jusqu'à terre. Tu n'as qu'à te laisser glisser et continuer ton chemin une chanson aux lèvres. Tu ne vas pas dire que tu as quelque chose contre le fait de glisser le long d'un pauvre tuyau ? Jeeves dit que tu fais ça en permanence.

Je restai un moment songeur. Il est vrai que, dans

ma vie, j'avais glissé le long d'un certain nombre de tuyaux. Les circonstances avaient souvent fait en sorte que cette action fût pour moi de nature impérative. C'était, par exemple, l'itinéraire par lequel j'avais quitté Skeldings Hall à trois heures du matin après l'incident de la bouillotte. Peut-être serait-il exagéré de dire que glisser le long d'un tuyau me procure toujours un très grand instant de bonheur, du moins cette idée ne m'effraie-t-elle plus beaucoup. Je commençais à trouver qu'il y avait du bon dans le plan élaboré par Bobbie, si « élaboré » est bien le mot qui convient.

Mais c'est la pensée de mon oncle Tom qui fit pencher la balance. Quelque déplacé que pût être son amour pour le crémier, on ne pouvait nier qu'il était fermement attaché à cet infâme bidule. Il m'était odieux d'imaginer qu'à son retour de Harrogate, croyant se remonter le moral à la vue du cher vieux crémier, il découvrirait que celui-ci n'était plus en résidence. Nul doute que le ciel de sa vie s'en trouverait obscurci. Or, un neveu affectionné déteste par-dessus tout que son oncle voie s'obscurcir le ciel de sa vie. J'avais dit, il est vrai, que l'oncle Tom pouvait « se faire cuire deux œufs », mais je ne le pensais pas vraiment. Je n'oubliais pas qu'au temps où j'étais à Malvern House, Bramley-sur-Mer, ce cher parent par alliance m'avait envoyé de nombreux mandats allant parfois jusqu'à dix shillings... Bref, il s'était toujours montré correct envers moi, et l'heure était venue de me montrer c. envers lui.

C'est ainsi qu'environ cinq minutes plus tard je me trouvais à nouveau devant la porte de la chambre bleue, avec Bobbie Wickham à mes côtés. Pour l'instant, elle ne chantait pas encore à tue-tête, mais elle s'apprêtait à le faire si la Mère Cream, calquant sa stratégie sur celle des Assyriens, nous tombait dessus comme le loup dans la bergerie. L'état de mon système nerveux penchait plutôt, cela va de soi, dans le sens négatif, mais pas autant qu'on aurait pu le craindre. La certitude que Bobbie montait la garde dans le couloir changeait les données du problème. N'importe quel gangster vous dira que lorsqu'on fait sauter un coffre-fort, l'angoisse que l'on éprouve est considérablement diminuée s'il y a un complice dans la rue prêt à clamer à tout moment : « Casse-toi ! Voilà les flics ! »

Afin de m'assurer que Wilbert n'était pas rentré de sa balade, je frappai à la porte. Rien ne bougea. La voie semblait l. J'en fis part à Bobbie, et elle convint qu'elle était l. comme l'air.

— Maintenant, récapitulons pour voir si tu as bien compris. Si je chante, qu'est-ce que tu fais ?

— Je file par la fenêtre.

— Et puis ?

— Je descends le long du tuyau.

— Et puis ?

— Je disparais dans le lointain.

— D'accord. Vas-y, entre. Et, grouille-toi ! fit-elle, et j'entrai.

La bonne vieille chambre était telle que je l'avais laissée. Rien de changé. Mon premier geste fut donc de me procurer une autre chaise et d'inspecter le sommet de l'armoire. Grande fut ma déconvenue de ne pas y rencontrer de crémier. J'imagine que tous ces kleptomanes en connaissent un bout sur la question, et qu'ils ne cachent pas toujours la marchandise à l'endroit où l'on s'attend qu'ils la mettent. Il ne me restait donc plus qu'à poursuivre la fouille minutieuse des lieux, et c'est ce que je fis, l'oreille à l'affût du moindre fragment de chanson. Aucun ne me parvenant, j'avais en partie retrouvé l'esprit enjoué des Wooster, tandis que je risquais un coup d'œil par-ci, puis un autre par-là... Soudain, alors que je venais de me glisser sous la commode pour y continuer mes recherches, l'une de ces voix désincarnées, comme il y en a tant, semble-t-il, dans la chambre bleue, se fit entendre derrière moi. De surprise, je me donnai un grand coup de tête contre le meuble.

— « Au nom du ciel ! » dit la voix, et je sortis de sous ma commode aussi vite qu'un cornichon tiré d'un bocal à l'aide d'une fourchette ! Je découvris alors qu'une fois encore mon aimable visiteuse n'était autre que Maman Cream. Elle était là, debout, me dominant de toute sa hauteur, avec, sur son beau visage finement ciselé, un regard qui semblait dire : « Que Diantre — Fichez-vous — encore là ? » Et qui l'en blâmerait ? Une femme est naturellement choquée, en entrant dans la chambre de son fils, d'observer un fond de culotte étranger dépassant de dessous la commode.

Nous reprîmes notre petite routine.

— Mr. Wooster.

— Tiens, salut.

— Encore vous ?

— Eh, oui, dis-je, car c'était, bien sûr, parfaitement exact. Elle émit un son étrange. Ce n'était pas tout à fait comme si elle avait eu le hoquet, bien que ce ne fût pas sans rappeler le hoquet...

— Vous cherchez toujours cette souris ?

— C'est cela. Il m'a semblé la voir filer là-dessous. Je m'apprêtais à lui régler son compte sans ambages, et sans distinction d'âge, ni de sexe...

— Qu'est-ce qui vous fait penser qu'il y a une souris ici dedans ?

— Oh ! une idée comme ça.
— Vous chassez souvent la souris ?
— Assez fréquemment.

A son tour, elle parut soudain frappée par une idée.

— Vous ne croyez pas que vous êtes un chat ?
— Non, je suis catégorique là-dessus.
— Mais vous pourchassez les souris !
— Oh, oui !
— Ceci est très intéressant ! Il faudra que je soumette le cas à mon psychiatre quand je serai rentrée à New York. Il va certainement me dire que ce genre de fixation correspond à un symbole quelconque. Vous n'éprouvez pas une sensation de vertige ?

— Plutôt, si. Je venais juste, on le sait, de me cogner la tête, et je ne m'étais pas manqué... J'en avais les tempes qui battaient encore...

— C'est bien ce que je pensais. Vous devez sentir une espèce de brûlure, j'imagine. Maintenant, écoutez-moi. Allez dans votre chambre. Allongez-vous. Détendez-vous. Une tasse de thé très fort vous ferait peut-être du bien. Et..., je n'arrive pas à me souvenir du nom de ce fameux aliéniste dont on m'a dit tant de bien depuis que je suis ici. Mlle Wickham m'en a parlé pas plus tard qu'hier ! C'est un nom comme Floc — Floc, ou Glop, Glop... Glossop ! C'est ça ! Sir Roderick Glossop ! Je pense que vous devriez le consulter. J'ai une de mes amies en clinique chez lui en ce moment, et elle dit qu'il est sensationnel ! Il guérit même les cas les plus coriaces ! En attendant, ce qu'il vous faut, c'est du repos. Allez bien vous reposer !

Peu après le début de cet échange de propos, j'avais commencé à me couler en direction de la porte, et j'étais maintenant en train de franchir cette dernière toujours en me coulant, un peu à la façon d'un crabe cherchant à ne pas attirer l'attention d'un petit garçon qu'il aurait vu s'approcher sur le sable de la plage, sa pelle à la main... Toutefois, je ne retournai pas m'étendre dans ma chambre ! Au lieu de cela, je partis à la recherche de Bobbie. Mes narines crachaient le feu. J'avais hâte de m'entretenir avec elle sur cette question d'absence totale de chanson ! Si l'on considère que deux simples petites mesures tirées de quelque mélodie à la mode m'auraient évité une expérience qui m'avait liquéfié la moelle et fait blanchir tous les cheveux depuis la nuque jusqu'au sommet du crâne, je me sentais en droit, veux-je dire, d'exiger certaines explications sur la non-émission des deux petites mesures en question !

Je la trouvai devant le perron au volant de sa voiture.

— Tiens, salut, Bertie ! fit-elle, sans montrer plus d'émoi qu'un poisson sur la glace. Alors, tu l'as eu ?

Je fis grincer une ou deux dents en agitant les bras en l'air en signe de colère.

— Non, dis-je, ignorant sa remarque lorsqu'elle me demanda pourquoi je faisais ma gymnastique suédoise à pareille heure de la journée.

— Je ne l'ai pas eu ! Mais la Mère Cream, elle, par contre, m'a encore eu !

Elle ouvrit de grands yeux et poussa un petit cri aigu.

— Ne me dis pas qu'elle t'a pris une fois de plus la main dans le sac.

— La main dans le sac n'est pas exact. Plutôt, la tête sous la commode. Toi et tes chansons ! dis-je, et peut-être ajoutai-je même : Morbleu !

Ses yeux s'agrandirent un peu plus, et elle lâcha un autre petit cri aigu.

— Oh, Bertie. Je suis désolée.

— Moi aussi.

— Vois-tu, il a fallu que j'aille répondre au téléphone. Maman m'a appelée. Elle voulait me dire que tu es un olibrius.

— On se demande où elle va chercher toutes ces expressions.

— Dans les milieux littéraires, je suppose. Elle a beaucoup d'amis dans les milieux littéraires.

— Ça aide pas mal pour le vocabulaire.

— Oui. Elle a été ravie quand je lui ai dit que je partais pour Skeldings. Elle veut que nous ayons une longue conversation.

— A propos de moi, sans doute.

— Oui. Je pense qu'il y sera fait mention de ton nom ! Mais je n'ai pas le temps de bavarder avec toi, Bertie. Si je ne m'en vais pas tout de suite, je ne serai pas rentrée au nid avant la nuit. C'est dommage que tu aies tout fait rater une fois de plus. Pauvre M. Travers ! Il en aura le cœur brisé. Enfin, chacun de nous doit porter sa croix, dit-elle ; puis, elle démarra en faisant voler le gravier dans toutes les directions.

Si Jeeves avait été là, je me serais tourné vers lui en disant : « Voilà comment sont les femmes, Jeeves », et il aurait dit : « Oui Monsieur », ou encore, « Précisément Monsieur », et cela aurait en partie pansé les plaies de mon âme blessée. Mais, Jeeves n'étant pas là, c'est avec un petit rire plein d'amertume que je me dirigeai vers la pelouse. Un coup d'œil sur le polar de la Mère Cream, pensai-je, agirait peut-être comme un calmant sur mes ganglions enfiévrés.

Et il en fut ainsi. Je lisais depuis peu, lorsque je fus gagné par une douce somnolence. L'instant d'après, paupières closes, j'étais parti au pays des songes, aussi profondément endormi que si j'avais été le chat Auguste. Je découvris, à mon réveil, que deux heures s'étaient écoulées... Tandis que je m'étirais, je me souvins que je n'avais pas expédié ce pneumatique pour inviter le Hareng à se joindre à notre joyeuse troupe. Je me rendis alors dans le boudoir de tante Dahlia pour réparer cet oubli, et téléphonai ma communication à une employée de la poste, qui, soit dit en passant, avait dû consulter un bon auriculiste. Après quoi, je gagnai à nouveau les grands espaces dans le but de reprendre ma lecture sur la pelouse. J'approchais de cette dernière quand, soudain, j'entendis un bruit de moteur dans le lointain. Je me retournai pour jeter un regard dans sa direction, et je veux bien être pendu si je n'aperçus pas alors le Hareng Saur descendant de voiture devant le perron...

CHAPITRE IX

Considérant que la distance de Londres à Brinkley Court est d'environ cent soixante kilomètres, et qu'il ne s'était guère écoulé plus de deux minutes depuis l'envoi du pneumatique, je fus frappé en voyant le Hareng devant le perron d'entrée de Brinkley, par la rapidité du service. Ça battait le record du type dont Catsmeat Potter-Pirbright racontait quelquefois l'histoire au Club des Bourdons, et qui disait à un autre type qu'il devait se préparer pour se rendre à Glasgow en voiture, alors l'autre type lui demandait : « Combien de temps te faut-il ? » et le premier type répondait : « Oh, même pas cinq minutes... » Aussi, le joyeux : « Salut, Reggie ! » que je lançai lorsque je parvins à quelques pas derrière lui fut-il teinté d'une certaine stupéfaction.

Au son familier de ma voix, il fit demi-tour avec l'agilité d'un chat sur un toit brûlant, et je pus voir alors que sa brave bouille, d'ordinaire si joviale, était déformée par l'angoisse, comme s'il venait d'avaler une huître qui aurait eu mauvais goût... Je compris tout de suite ce qui le rongeait ainsi. C'est pourquoi je lui jetai un de ces sourires pleins de finesse dont j'ai le secret. J'allais bientôt, me disais-je tout bas, ramener le rose sur ses joues...

Sa gorge fit un drôle de bruit, puis il parla d'une voix rauque, semblable à celle d'un revenant pendant une séance de spiritisme.

— Bonjour Bertie.
— Bonjour.
— Alors, tu es là ?
— Oui, je suis là.
— J'espérais te rencontrer.
— Et le rêve devint réalité.
— Tu te souviens, tu m'avais dit que tu venais ici.
— Oui.
— Ça se passe bien ?
— Plus ou moins.
— Tu vas bien ?
— On ne peut mieux.
— Et ta tante ?
— Ça va.
— Parfait. Ça faisait longtemps que je n'étais pas venu à Brinkley.
— Oui.
— Rien de changé, on dirait.
— Non.
— Eh bien, voilà.

Il s'arrêta. Un nouveau gargouillis sortit de sa gorge. Je vis que nous en venions au cœur du débat, tout ce que nous avions dit jusque-là n'ayant été, selon l'expression courante, que de simples pourparlers — le genre de trucs à la guimauve, veux-je dire, que se lancent les hommes d'Etat au cours de ces conférences menées dans une atmosphère de très grande cordialité, avant qu'ils n'en viennent au fait et ne se mettent à s'arracher les favoris.

J'avais vu juste. La figure toujours torturée, comme si l'huître numéro un avait été suivie d'une seconde encore plus dure à faire glisser que la première, il ajouta :

— J'ai vu ce machin dans le *Times,* Bertie...

Je feignis de prendre un air désinvolte. J'aurais pu, si j'avais voulu, ramener tout de suite le rose sur les joues du brave garçon, mais je pensai qu'il serait assez amusant de le faire un peu marcher... Je revêtis donc le masque.

— Ah ! oui. Ce machin dans le *Times.* Bien sûr. Alors, tu l'as vu ?

— Au Club, après le déjeuner. Je ne pouvais pas en croire mes yeux.

Notez bien, j'avais eu moi-même quelque mal à en croire les miens, mais je n'y fis pas allusion. C'était typique de Bobbie, pensai-je, de monter un complot pareil sans songer à mettre Reggie dans le coup dès la case départ ! Ça lui était sorti de l'esprit, je suppose, à moins qu'elle n'ait gardé l'information sous son manteau pour quelque bonne raison connue d'elle seule ! Elle avait toujours été le genre de fille dont les voies, à l'image de celles du Seigneur, sont impénétrables !

— Et je vais te dire pourquoi, fit-il. Tu ne vas peut-être pas me croire, mais pas plus tard qu'avant-hier elle était encore fiancée avec *moi !*

— Tu veux rire.

— Je n'en ai bigrement pas envie.

— Fiancée avec toi, hein ?

— Jusqu'à la garde, mon vieux ! Et je suis sûr qu'elle a prémédité cette infâme trahison dès le début.

— Ça c'est un peu raide !

— Si tu peux me trouver quelque chose de plus raide, j'aimerais bien le voir ! Ça te montre bien comment sont les femmes, Bertie ! Une race abominable ! Il devrait y avoir une loi interdisant qu'elles soient lâchées en liberté ! J'espère vivre assez vieux pour voir ça un jour !

— Ce serait donner un sacré coup de frein à la continuation de l'espèce humaine, tu ne crois pas ?

— Et après ! qui souhaite la continuation de l'espèce humaine ?

— Oui. Je vois où tu veux en venir ! Il y a du vrai dans ce que tu dis là, bien sûr.

Il donna un coup de pied rageur à un scarabée qui passait, puis il poursuivit en fronçant les sourcils.

— Ce qui me choque le plus, vois-tu, c'est l'absence totale de cœur dont elle a fait preuve ! Sa froideur ! Pas la moindre indication qu'elle projetait de me renvoyer au vestiaire ! Quand je pense avec quelle joie enthousiaste elle dressait des plans pour notre voyage de noces la dernière fois que nous avons déjeuné ensemble, il y a tout juste une semaine ! Et maintenant, voilà ce qu'il en est ! Sans le plus petit signe avant-coureur... On penserait qu'une fille, au moment de faire du hachis de la vie d'un type, prendrait la peine de lui envoyer un petit mot, ne serait-ce qu'une carte postale ! Apparemment, ça ne lui est même pas venu à l'idée ! Elle m'a laissé tout bonnement découvrir la nouvelle dans mon journal du matin. Ce fut comme un coup de massue.

— Tu ne me surprends pas ! Est-ce que tout s'est subitement obscurci autour de toi ?

— Passablement obscurci... J'y ai pensé toute la journée, et, ce matin, j'ai obtenu la permission de m'absenter du bureau. J'ai sauté dans ma voiture et je suis venu pour te dire que...

Il s'arrêta. Il paraissait brisé par l'émotion.

— Oui ?

— ... te dire que nous ne devons pas laisser cette chose-là ternir notre amitié, quoi qu'il arrive !

— Bien sûr ! Quelle idée ! Ce serait stupide !

— C'est une si vieille amitié.

— Je ne me souviens pas d'en avoir jamais rencontré de plus vieille.

— Nous avons été à l'école ensemble.

— En tenue d'Etonien, et avec plein de boutons sur la figure.

— Exactement. On pourrait dire : comme deux frères. C'est avec toi que je partageais toujours mon dernier bâton de nougat, et tu me cédais toujours cinquante pour cent de ton dernier sac de bonbons acidulés... Quand tu as eu les oreillons, tu me les as refilés, et quand j'ai eu la rougeole, je te l'ai refilée ! Toujours prêts à s'entraider ! Et il faut que cela continue, en dépit de tout, et comme si rien ne s'était passé.

— Parfaitement.

— Nous garderons notre bonne vieille habitude de déjeuner ensemble ?

— Plutôt, oui.

— ... et d'aller au golf le samedi, en plus de notre partie de squash de temps en temps ? Et, quand vous serez mariés et installés, je viendrai vous voir souvent pour un petit cocktail ?

— Mais, je t'en prie.

— C'est d'accord. Certes, je devrai faire appel à toute ma volonté d'acier pour ne pas flanquer un bon coup de seau à glace sur la tête de cette vipère à cornes de Mme Bertram Wooster, née Bobbie Wickham.

— Faut-il vraiment que tu l'appelles : « Vipère à cornes » ?

— Pourquoi ? Tu as pire à me proposer ? fit-il,

avec l'air de quelqu'un qui est toujours prêt à accueillir de nouvelles suggestions...

— Tu connais Thomas Otway ?

— Je ne pense pas. Un copain à toi ?

— Un auteur dramatique du XVIIe siècle. A écrit *l'Orpheline,* pièce dans laquelle on trouve ces lignes : « Quels affreux malheurs la femme n'a-t-elle point causés ? Par qui fut trahi le Capitole ? Une femme. Pour qui Marc Antoine a-t-il perdu le Monde ? Une femme. Qui fut la cause de dix années de guerre où fut réduite en cendres la vieille Cité de Troie ? Une femme. O femme, traîtresse et perfide femme, sois maudite ! » Otway savait de quoi il parlait. Il voyait juste. Il n'aurait pas mieux traité le sujet s'il avait connu Roberta Wickham en personne.

Je lui lançai un autre de mes sourires pleins de finesse. Je trouvais tout cela extrêmement divertissant.

— Je ne sais pas si c'est un effet de mon imagination, mon cher Hareng Saur, lui dis-je, mais j'ai comme l'impression que, d'après le dernier sondage, tu ne vois pas Bobbie d'un très bon œil...

Il haussa une épaule.

— Oh ! Je n'irai pas jusqu'à dire ça ! Hormis le fait que j'aimerais étrangler cette jeune crapule de mes propres mains et piétiner son cadavre avec des souliers à crampons, je me moque bien de ce qui peut lui arriver ! Elle te préfère à moi ? N'en parlons plus ! La seule chose qui compte, c'est qu'il n'y ait rien de changé entre toi et moi.

— Tu as fait tout ce chemin pour me dire ça ? demandai-je, ému.

— Eh bien... Peut-être avais-je aussi derrière la tête l'idée que je pourrais être invité à partager l'un de ces superbes repas d'Anatole, avant d'aller voir à

Market Snodsbury si « le Taureau et le Buisson » n'aurait pas une chambre à louer pour la nuit. Comment se porte la cuisine d'Anatole ces temps-ci ?

— Plus magnifiquement que jamais.

— ... continue à fondre dans la bouche, hein ? Ça fait deux ans que je n'ai pas dégusté ses produits, mais leur saveur m'est restée... Quel artiste !

— Ah ! fis-je, et j'aurais ôté mon chapeau si j'en avais eu un...

— Tu crois que je pourrais décrocher une invitation ?

— Mais, bien sûr, cher ami ! Notre porte est toujours ouverte aux nécessiteux.

— Splendide ! Et, après le repas, je me déclarerai à Phyllis Mills.

— Quoi ?

— Oui. Je sais ce que tu penses. « C'est une proche parente d'Aubrey Upjohn » dois-tu te dire. Que veux-tu, Bertie, ce n'est pas de sa faute...

— Tu veux dire qu'elle est plus à plaindre qu'à blâmer.

— Exactement. Il faut avoir les idées larges ! Et puis, c'est une gentille fille. Très douce. Pas comme certaines Dalila aux cheveux écarlates que nous nous garderons bien de nommer ! J'aime bien Phyllis... !

— Je croyais que vous vous connaissiez à peine.

— Oh, si ! Nous nous connaissons ! On nous a souvent vus ensemble, en Suisse, l'hiver dernier. Nous sommes de bons amis...

Le moment me parut venu de lui communiquer la bonne nouvelle, selon l'expression usitée.

— Je ne sais pas si tu ferais bien de te déclarer à Phyllis Mills, mon vieil Hareng Saur, fis-je. Il se pourrait que Bobbie n'aime pas ça.

— Mais, c'est justement ce que je veux ! Pour lui

faire voir qu'il y a d'autres poissons dans l'océan ! Et que si elle ne veut plus de moi, il y en a qui ne disent pas pareil ! Pourquoi ricanes-tu ?

En réalité, j'étais en train d'esquisser un autre de mes sourires pleins de finesse, mais je choisis d'ignorer sa remarque.

— Hareng Saur, lui dis-je, j'ai une histoire extraordinaire à te raconter...

Je ne sais pas si vous avez le foie qui ne va pas, et s'il vous arrive parfois de prendre de ces petites pilules Carter, dont l'effet magique vous procure, paraît-il, un bien-être instantané... Pour ma part, je n'en prends jamais, mon propre foie étant toujours plus ou moins au sommet de sa forme, mais j'ai vu les réclames... Elles montrent le patient Avant et Après — avec, dans le premier cas, les yeux enfoncés dans leurs orbites, les traits tirés, et l'air, en gros, de quelqu'un sur le point de cracher son âme au Diable, et, dans le second, l'aspect radieux, plein d'allant et de ce que les Français appellent *la Joie de Vivre* — bref, et c'est à cela que je veux en venir, mon histoire extraordinaire agit sur le vieil Hareng Saur avec autant d'effet que la dose quotidienne normale pour adultes...

Il s'anima, s'agita. Le souffle de la vie parut gonfler ses voiles... Je ne pense pas qu'il prit réellement plusieurs kilos au cours de mon récit, mais j'eus le très net sentiment, quand j'eus fini, qu'il avait enflé comme ces canards en plastique que vous emplissez d'air avant de les placer dans votre baignoire...

— Alors, là ! Je suis soufflé ! fit-il, une fois au courant des faits réels. Alors, là ! j'en ai les bras sciés.

— Ça ne m'étonne pas.

— Béni soit son précieux petit cœur pour tant

d'ingéniosité ! Peu de filles ont la matière grise aussi active.

— Très peu.

— Quelle collaboratrice ! Voilà ce qui s'appelle « un service de qualité » ! As-tu une idée sur la manière dont le plan se déroule ?

— Plutôt en douceur, je pense. En lisant l'annonce dans le *Times,* la Wickham sénior est tombée raide sur place en proie à une crise d'hystérie.

— Elle ne t'aime pas beaucoup ?

— C'est l'impression que j'ai eue — ce qui, d'ailleurs, a été confirmé par divers pneumatiques reçus depuis par Bobbie, dans lesquels sa Mater me traite de « plouc » et de « pignouf ». Elle me considère aussi par moments comme un « olibrius ».

— Bon. C'est bien. Il semble qu'après toi, je lui ferai l'effet d'un... je l'ai sur le bout de la langue !

— ... un fruit rare et rafraîchissant ?

— Exactement ! Bertie, si tu as cinq francs à perdre, je te parie du deux contre un que le scénario va se terminer par une scène en fondu où Lady Wickham me serre dans ses bras, et m'embrasse sur le front en disant : « Je sais que vous rendrez mon enfant heureuse ! »... Bon sang ! quand je songe qu'elle va bientôt être à moi — Bobbie, je veux dire, pas Lady Wickham —, et que dès l'instant où le soleil sera couché, là-bas, dans le lointain, je pourrai m'attaquer à un dîner d'Anatole, j'ai envie de danser la tarentelle ! A propos, en parlant de dîner, crois-tu que je pourrais aller jusqu'à me faire inviter pour la nuit ? Bien sûr, « le Taureau et le Buisson » est chaudement recommandé par le guide de l'Automobiliste, mais, je me méfie toujours un peu de ces auberges de campagne ! Et puis, j'aimerais mieux séjourner à Brinkley Court, où j'ai tant de chers et vieux souvenirs... Tu ne pourrais pas arranger ça avec ta tante ?

— Elle n'est pas ici. Elle s'est rendue au chevet de son fils Bonzo, qui a chopé une bonne rougeole à l'école. Mais, justement, elle m'a téléphoné cet après-midi pour me dire de te téléphoner. Tu es invité à passer quelques jours à Brinkley.

— Tu me fais marcher !

— Non. C'est officiel !

— Mais, pourquoi a-t-elle pensé à moi ?

— Elle veut que tu fasses quelque chose pour elle.

— Qu'elle me demande ce qu'elle voudra ! Y compris la moitié de mon Royaume ! Elle l'aura. Qu'est-ce qu'elle... ?

Il s'arrêta net, le visage soudain envahi par une expression d'inquiétude.

— Ne me dis pas qu'elle veut que je distribue les prix au Collège de Market Snodsbury, comme Gussie !

Il faisait allusion à un de nos amis communs, du nom de Gussie Fink-Nottle, qui s'était fait piéger par la vénérable Ancêtre, et s'était vu forcé d'accomplir cette rude tâche l'été précédent. Il avait été vert de peur et s'était couvert de ridicule à un degré qu'aucun autre orateur ne parviendrait jamais à égaler...

— Non, non. Il ne s'agit pas de ça. Cette année, c'est Aubrey Upjohn qui distribuera les prix.

— Ça me soulage. A propos, comment va-t-il ? Tu l'as revu, naturellement ?

— Oui. Nous nous sommes rencontrés... Je lui ai renversé du thé sur le pantalon.

— Tu as bien fait.

— Il s'est laissé pousser la moustache.

— Tu m'en vois ravi ! Je ne tenais pas à revoir ces lèvres minces dans cette figure glabre. Souviens-toi combien nous nous faisions petits devant ce visage grimaçant ! Je me demande quelle sera sa réaction en se voyant confronté, non pas avec un seul, mais deux de ses anciens élèves — précisément la paire qui a dû hanter ses nuits durant ces quinze dernières années. Allons, autant que je lui tombe sur le dos tout de suite.

— Il n'est pas ici.

— Tu m'as dit qu'il y était !

— Oui. Il y était. Et il y sera encore. Mais il n'y est pas maintenant. Il est allé à Londres.

— Alors, il n'y a plus personne ici !

— Bien sûr que si. Il y a Phyllis Mills…

— Une fille bien.

— … Et Mme Homère Cream, de New York City, N. Y. et son fils Wilbert. Et cela m'amène à te parler de ce que tante Dahlia veut que tu fasses pour elle.

Je fus très heureux, quand je l'eus mis au parfum sur le cas Wilbert-Phyllis, et sur le rôle qu'il était censé jouer, qu'il ne donnât aucun signe de vouloir user de son droit de veto. Il fit preuve de la plus grande attention pendant tout le récit, et, quand j'eus fini, il dit que, bien entendu, il serait enchanté de se rendre utile. C'était bien peu demander, fit-il, à un type qui tenait tante Dahlia en aussi haute estime, et qui rêvait, depuis l'été où elle l'avait choyé avec tant de prodigalité, de faire quelque chose pour la payer un peu de retour.

— Compte sur moi, Bertie, dit-il. Nous ne pouvons pas laisser Phyllis s'allier à un type qui, selon toute évidence, est complètement louftingue. Ce Cream me trouvera toujours à côté de son gîte et de son couvert, en train d'épier le moindre de ses mouvements, et toutes les fois qu'il entraînera cette pauvre fille vers une verte clairière, je serai là, niché derrière une fleur sauvage, prêt à bondir pour annuler la partie dès qu'il donnera quelques signes de vouloir se montrer un peu trop tendre... Et maintenant, si tu veux bien m'indiquer où est ma chambre, je vais prendre un bain et faire un brin de toilette pour être tout neuf à l'heure du dîner. Est-ce qu'Anatole fait toujours ces « Timbales de ris de veau toulousaines » ?

— Et ses « Sylphides à la crème d'écrevisses » !

— Il n'y en a pas deux comme lui, fit le Hareng Saur. Pas deux ! et il s'humecta les lèvres du bout de la langue. On eût dit un loup qui voit venir à lui un paysan russe à travers les steppes de l'Asie centrale. Il n'a pas son pareil !

CHAPITRE X

Je n'avais pas la moindre idée des chambres qui étaient libres et de celles qui ne l'étaient pas. Aussi me fallut-il, pour savoir où faire crécher le Hareng Saur, lancer un appel à Papa Glossop. A peine eus-je appuyé sur la sonnette qu'il entra dans la pièce. Il me jeta un regard complice, pareil à celui d'un secrétaire de société secrète qui verrait le nom d'un de ses amis figurer sur la liste des membres.

— Ah ! Swordfish, dis-je, en lui jetant à mon tour un regard complice — car on aime toujours, n'est-ce pas, faire voir qu'on sait se montrer courtois… Voici Mr. Hareng, qui vient juste de se joindre à notre petite troupe.

Il se plia en deux jusqu'au sol pour le saluer — bien que la chose ne dût pas lui être des plus faciles —.

— Bonsoir, Monsieur, fit-il.

— Mr. Hareng est ici pour quelque temps, Swordfish. Pouvez-vous l'entreposer quelque part ?

— La chambre Rouge semble tout à fait indiquée, Monsieur.

— Mon cher Hareng Saur, on te donne la chambre Rouge.

— Parfait.

— C'était la mienne l'an dernier. Sans avoir « la

profondeur d'un puits ni l'ampleur de la nef d'une église », dis-je, citant un des bons mots de Jeeves, elle pourra faire ! Auriez-vous l'amabilité d'y escorter Mr. Hareng, Swordfish ?

— Très bien, Monsieur.

— Et lorsque vous l'aurez aidé à s'installer, peut-être pourriez-vous me rejoindre à l'office ? J'aimerais vous dire un mot en privé, fis-je, en lui jetant un regard complice.

— Certainement, Monsieur, répondit-il en me jetant un regard complice.

C'était une de ces soirées où les regards complices sont de sortie...

Je n'eus pas à l'attendre longtemps. Il ne tarda pas à franchir le seuil de l'office, tel un navire qui rentre au port, et je commençai par le féliciter sur l'excellente qualité de sa technique. J'avais été très impressionné par ses effets de pliage en deux, ainsi que par ses « Très bien, Monsieur » par ci, et ses « certainement, Monsieur » par là, et quand je l'assurai que Jeeves lui-même n'aurait pas mieux débité son texte, il répondit en minaudant que ces choses-là s'apprenaient au contact des divers maîtres d'hôtel qu'on avait eus soi-même à son service.

— Et, à propos, demandai-je. Pourquoi Swordfish ?

— Une suggestion de Mlle Wickham, fit-il avec un sourire plein d'indulgence.

— Je m'en doutais...

— Elle m'a déclaré qu'elle rêvait depuis toujours de rencontrer un maître d'hôtel qui se nommerait Swordfish... Une jeune personne charmante ! d'une humeur très enjouée.

— Elle se trouve peut-être très drôle, fis-je avec un petit rire amer, mais elle l'est beaucoup moins pour les pauvres bougres qui tombent entre ses griffes, et se retrouvent impitoyablement plongés dans le pétrin par sa faute ! Voulez-vous savoir ce qui s'est passé après que vous m'eûtes quitté cet après-midi ?

— Oui, je brûle de vous entendre.

— Alors, dressez l'oreille, dis-je, et buvez bien mes paroles.

Je lui narrai donc mon histoire, et je crois pouvoir dire que je la narrai bien, n'omettant aucun détail, aussi infime fût-il.

Il n'arrêta pas de pousser des « Mon Dieu », et des « Est-ce possible ? », et, quand j'eus fini mon récit, il fit claquer plusieurs fois sa langue, et déclara que j'avais dû me trouver en fâcheuse posture.

— Les mots « Fâcheuses postures », fis-je, recouvrent l'ensemble des faits comme la peau de la saucisse entoure sa chair… si la comparaison peut être risquée.

— Mais je crois qu'à votre place, j'aurais cherché une explication susceptible d'être plus spontanément crédible que la chasse à la souris.

— Et, laquelle ?

— Bien sûr, c'est assez difficile à dire comme ça, à brûle-pourpoint.

— Eh bien, c'est précisément avec le p. en flammes qu'il m'a fallu agir, répliquai-je avec quelque aspérité. « On n'a guère le temps de fignoler l'intrigue, ni de lécher son dialogue, lorsqu'un Sherlock Holmes en jupons tombe sur votre gaillard d'arrière en train de dépasser de la commode de la chambre de son fils.

— C'est vrai. C'est tout à fait vrai ! Mais, je me demande quand même…

— Demande quoi ?

— Je ne voudrais pas vous froisser…

— Oh ! allez-y. On m'a déjà froissé tant de fois qu'un petit froissement de plus ou de moins ne changera pas grand-chose !

— Puis-je vous parler franchement ?

— Je vous en prie.

— Eh bien, voilà. Je me demande s'il était tout à fait sage de confier une mission aussi délicate à un homme jeune comme vous… J'en viens à me rallier à l'idée que vous aviez émise lors de notre conversation avec Mlle Wickham. Vous aviez dit alors, si vous vous en souvenez, qu'il eût mieux valu confier l'opération à un homme du Monde à la fois plus mûr et plus expérimenté, plutôt qu'à une personne d'un âge moins avancé et qui de surcroît, n'avait jamais beaucoup brillé au jeu du furet pendant son enfance… Je suis, vous l'admettrez, un homme mûr, et j'ai été, oserai-je le dire, mainte fois loué au cours de mes jeunes années pour mes très grandes qualités au jeu du furet ! Je me rappelle même qu'un jour, lors d'une petite fête donnée pour Noël, où j'avais été convié, mon hôtesse me traita de fin limier en culottes courtes. Une comparaison exagérément élogieuse, bien sûr, mais je vous rapporte là ses propres paroles.

Je le regardai avec un certain effarement. Il semblait qu'il n'y eût qu'une seule interprétation possible à donner à ces propos…

— Vous… Vous ne songeriez pas à faire un petit essai vous-même, par hasard ?

— Mais, telle est précisément mon intention.

— Sacré nom d'un petit bonhomme.

— L'expression m'est certes assez peu familière, mais dois-je en déduire que ma conduite vous paraît quelque peu excentrique ?

— Oh, je ne dirai pas ça… Mais, est-ce que vous réalisez dans quoi vous allez vous fourrer ? Je ne crois pas que vous prendrez grand plaisir à rencontrer la Mère Cream ! Elle a des yeux comme — quelle est cette chose qui a des yeux ? Le basilic ! Voilà le mot que je cherchais. Elle a des yeux qui tuent comme le basilic ! Avez-vous envisagé un instant l'éventualité d'être transpercé par des regards pareils à des flèches ?

— Oui. J'imagine aisément ce danger. En réalité, Mr. Wooster, les faits tels que vous me les avez narrés représenteraient plutôt pour moi une sorte de défi, dont l'idée seule me fait bouillir le sang dans les veines.

— Et le mien s'est transformé en glace dans les miennes.

— Peut-être ne me croirez-vous pas, mais je trouve la perspective de fouiller la chambre de Mr. Cream tout à fait stimulante.

— Stimulante ?

— Oui. Curieusement, elle me rappelle un peu ma jeunesse. Elle évoque pour moi l'époque où j'étais à l'école préparatoire, et où je me glissais, la nuit, dans le bureau du Directeur, pour manger ses biscuits…

Je sursautai à ces mots, et lui coulai un regard rempli de tendresse. Le sentiment qu'une rencontre venait de s'opérer entre deux grands esprits me réchauffait le cœur.

— Des biscuits ?

— Il les mettait dans une boîte en fer sur son bureau.

— Vraiment ? Vous faisiez cela à l'Ecole Préparatoire ?

— Il y a de nombreuses années…

— Moi également !, fis-je, et je faillis ajouter : Mon frère !

Il haussa les sourcils — qu'il avait en broussailles. Lui aussi, pouvait-on voir, avait le cœur réchauffé...

— Vraiment ! Qui eût pu imaginer cela ! Je croyais être le seul à en avoir jamais eu l'idée ! Mais, sans doute, la nouvelle génération se livre-t-elle de nos jours à ce genre d'activité à travers toute l'Angleterre ! Ainsi, vous avez aussi, dites-vous, connu les délices d'Arcadie ? Quelle sorte de biscuits était-ce ? Les miens étaient de parfums variés.

— Roses et blancs, avec du sucre dessus ?

— Dans bien des cas, oui. Quoique certains fussent unis.

— Les miens étaient au gingembre.

— Très bons aussi, naturellement ! Néanmoins, je les préférais de parfums variés...

— Moi de même. Mais on faisait avec ce qu'on trouvait dans ce temps-là ! Vous ne vous êtes jamais fait piquer ?

— Je suis heureux de pouvoir dire que cela ne s'est jamais produit.

— Moi, si. Une fois. L'endroit est resté sensible quand le temps est au vif...

— Très regrettable ! Mais ce sont là des choses qui arrivent. Toutefois, j'ai la garantie — ô combien réconfortante ! — qu'en me lançant à mon âge dans une telle aventure, je ne cours guère le risque — au cas où, pour prévoir le pire — je serais appréhendé, qu'on me fasse mettre en travers d'une chaise pour m'administrer, comme on le faisait alors, six bons coups de canne sur ma partie charnue... Je pense vraiment que vous pouvez vous en remettre entièrement à moi pour une petite chose comme celle-ci, Mr. Wooster.

— Je souhaiterais que vous m'appeliez Bertie...

— Mais certainement. Certainement.

— Me permettez-vous de vous appeler Roderick ?
— J'en serais ravi.
— Ou Roddy ? Je trouve que « Roderick » fait un peu longuet...
— Comme vous préférez.
— Et, vous avez réellement l'intention de vous livrer à cette partie de jeu du furet ?
— J'y suis résolu. J'éprouve pour votre oncle beaucoup de respect et d'affection, et je conçois combien il serait profondément blessé si un objet à ce point cher à son cœur devait à jamais manquer à sa collection. Je me reprocherais toujours de n'avoir pas tenté de récupérer son bien...
— ... Par tous les moyens ?
— J'allais dire : par n'importe quel biais — je ferai tout.
— Ce qui est possible ?
— Je pensais plutôt à : tout en mon pouvoir.
— L'expression n'est pas moins juste. Il vous faudra attendre le bon moment, bien sûr.
— Absolument.
— Et saisir l'occasion.
— Précisément.
— L'occasion ne se présente pas deux fois.
— C'est ce que je crois savoir...
— Laissez-moi vous donner un tuyau : l'objet n'est pas sur le placard — ou l'armoire.
— Ah ! Cela m'aidera.
— ... à moins, bien sûr, que quelqu'un ne l'y ait mis depuis ! Bref, quoi qu'il en soit, bonne chance, Roddy !
— Merci Bertie.

Je n'aurais sans doute pas éprouvé un plus grand bien-être intérieur après une cure complète de pilules Carter pour le foie, pensai-je, en le quittant pour me rendre sur la pelouse en quête du bouquin de la Mère Cream dans le but de le remettre en place sur les rayons du Boudoir de Tante Dahlia. J'éprouvais la plus grande admiration pour le courage viril de mon ami Roddy, et je trouvais fascinant qu'en dépit de son âge certain — il devait bien compter ses cinquante printemps ! — sa vieille carcasse fût encore à ce point pleine de vie. Ce qui prouve… eh bien, je ne sais trop quoi, mais ce qui doit bien vous prouver quelque chose. Je me surpris à méditer sur l'aspect qu'avait dû avoir le jeune Glossop à l'âge où il n'était encore qu'un petit chapardeur de biscuits. Mais, hormis le fait qu'il ne devait pas encore être chauve, j'avais du mal à imaginer son portrait. C'est souvent ce qui se produit lorsqu'on se prend à réfléchir sur ce qu'ont dû être nos aînés… Je me souviens de ma stupeur, par exemple, en apprenant que mon oncle Percy, que j'avais toujours pris pour un vieux croûton démuni de la plus petite étincelle d'humanité, avait détenu jadis une sorte de record encore inégalé dans toute la capitale pour le nombre de fois où il s'était fait flanquer à la porte de Covent Garden.

Je pris donc le bouquin et, m'étant assuré, lorsque je fus dans le repaire de tante Dahlia, qu'il me restait à peu près vingt minutes avant de m'habiller pour le repas du soir, je pris aussi un siège, et poursuivis ma lecture. J'avais dû l'interrompre à l'endroit précis où la mère Cream venait de retrousser les manches pour inoculer au fidèle lecteur sa dose habituelle de pitié mêlée d'effroi… Mais, à peine m'étais-je mis sous la dent deux maigres indices vaguement aspergés d'un peu de sang humain, que la porte s'ouvrit brusquement et que le Hareng Saur apparut. Dès que mon œil se posa sur lui, sa vue me remplit, elle aussi, de pitié mêlée d'effroi… En effet, sa brave bouille avait pris une couleur pourpre, et il paraissait effaré. On eût dit Jack Dempsey au terme de sa première rencontre avec Gene Turney — la fois, si vous vous en souvenez, où il avait oublié de se baisser à temps à la fin du second round...

Il n'attendit pas pour briser le silence.

— Bertie ! Je t'ai cherché partout !

— J'étais à l'office en train de bavarder avec Swordfish. Quelque chose ne va pas ?

— Quelque chose ne va pas !

— La chambre rouge ne te plaît pas ?

— La chambre rouge !

Je conclus, à la façon dont il dit cela, qu'il n'avait aucun grief particulier contre ses conditions d'hébergement.

— Alors, dis-moi tes petits ennuis.

— Petits ennuis !

Il me sembla que cette situation devait être étouffée dans l'œuf... Dans dix minutes il serait temps de nous habiller pour le dîner, et nous ne pouvions pas continuer sur cette lancée pendant des heures.

— Ecoute, vieille branche, dis-je avec beaucoup de patience, décide-toi. Ou bien tu es mon vieux copain Reginald Hareng, ou bien tu es un écho quelque part dans les montagnes suisses ! Si tu dois répéter chaque mot que je dis...

A cet instant, papa Glossop entra avec les cocktails, et nous dûmes cesser pendant un moment notre petit manège. Hareng Saur vida son verre jusqu'à la lie, après quoi il me parut plus calme. Quand la porte se fût refermée sur Roddy, il put à nouveau parler librement — ce qu'il fit, d'ailleurs, de façon plus cohérente.

— Bertie, il s'est passé quelque chose d'effroyable.

Je dois avouer que j'eus alors le cœur qui se serra. On se souviendra que, lors d'une précédente conversation avec Bobbie Wickham, j'avais comparé Brinkley à l'une de ces baraques dont feu Edgar Allan Poe parlait dans ses écrits. Or, si vous connaissez ses ouvrages, vous vous rappelez sans doute à quel point les hôtes y étaient soumis à rude épreuve dans les demeures campagnardes où ils séjournaient, le visiteur, en effet, risquant à tout instant de voir déambuler un cadavre drapé dans un grand drap de lit maculé de sang. Certes, les conditions régnant à Brinkley Court étaient peut-être un peu moins éprouvantes, mais il ne faisait aucun doute que l'atmosphère était devenue plutôt sinistre... Et maintenant, le Hareng Saur semblait pour le moins insinuer qu'il avait une histoire à me narrer dont la teneur accentuerait encore l'impression générale que les choses n'avaient pas fini de se corser...

— Qu'y a-t-il ? dis-je.

— Je vais te dire ce qu'il y a, dit-il.

— Alors, dis-le ! dis-je, et il le dit.

— Bertie, dit-il donc, saisissait un troisième gobelet, tu comprendras, je pense, que la lecture de cette annonce dans le *Times* m'ait, dans un premier temps, expédié au tapis...

— Mais, bien sûr ! Quoi de plus naturel !

— Ma tête se mit alors à tourner, et...

— Je sais. Tu me l'as déjà dit. Et, ensuite, tout s'est obscurci !

— Et il eût mieux valu pour moi que tout restât obscur, fit-il avec amertume. Toutefois, au bout d'un instant, le brouillard se dissipa... Je me souviens que je restai un bon moment à bouillir de rage sur ma chaise, puis, quand j'eus assez bouilli, je me levai d'un bond et je pris la plume pour écrire à Bobbie ce que j'avais sur le cœur…

— Oh, fichtre ! Tu as fait ça ?

— Oui ! et crois-moi, je n'y suis pas allé de main morte.

— Eh, bigre !

— Je l'accusai en termes clairs et précis de m'envoyer paître pour épouser un type plus riche que moi… Je la traitai d'âme mercenaire, de mélange de Jézabel et de Poil de Carotte… Je lui dis que j'étais heureux d'en être débarrassé… je… Enfin, j'ai oublié tout ce que je lui ai dit… Mais, encore une fois, je sais que j'y ai mis le paquet.

— Pourquoi ne m'en as-tu rien dit quand nous avons discuté tout à l'heure ?

— Que veux-tu, mon vieux ! Je nageais dans une telle extase quand j'ai appris que ce machin dans le *Times* n'était qu'une ruse ! qu'elle m'aimait toujours ! Tout le reste m'est sorti de l'esprit. Et quand ça m'est revenu, il y a cinq minutes, j'ai cru recevoir un seau d'eau glacée sur la tête ! Je chancelai…

— En pantelant ?

— En chancelant. On aurait dit qu'on m'avait désossé. J'eus à peine la force de tituber jusqu'au téléphone. J'appelai Skelding Hall, et quelqu'un m'a répondu qu'elle venait juste d'arriver…

— Elle a dû conduire comme un pilote de course en état d'ivresse !

— Sans aucun doute ! Que veux-tu, les filles seront toujours les filles ! De toute façon, elle était rendue. Elle me dit avec une note joyeuse dans la voix qu'elle avait trouvé une lettre de moi sur la table du vestibule, et qu'elle avait hâte de l'ouvrir… D'une voix tremblante, je lui priai de n'en rien faire...

— Tu es donc arrivé à temps !

— A temps ! Mon œil ! Bertie, tu es un homme qui connaît la vie. Tu as fréquenté bon nombre de personnes de l'autre sexe dans le temps ! Que fait une fille quand on lui dit de ne pas ouvrir une lettre ?

Je saisis sa pensée.

— Elle l'ouvre.

— Exactement. Je l'entendis déchirer l'enveloppe, et l'instant d'après... Non, je préfère ne plus y penser !

— Elle bondit sous l'outrage ?

— Oui. Et ma tête aussi faillit bondir en éclats, je ne sais pas si tu as jamais été pris dans un typhon dans l'Océan Indien...

— Non, je ne connais pas la région.

— Moi non plus. Mais d'après ce que des gens m'ont dit, j'imagine que ce qui s'est passé alors doit être quelque chose dans ce goût-là. Elle parla sans arrêt pendant cinq minutes.

— A la pendule de Grand-Mère ?

— Quoi ?

— Rien. Qu'a-t-elle dit ?

— Je ne peux pas tout répéter ! D'ailleurs, le pourrais-je que je ne le ferais pas...

— Et qu'as-tu dit ?

— Je n'ai pas pu placer un mot.

— Oui, des fois, on ne peut pas.

— Les femmes parlent si vite.

— A qui le dis-tu ! Et quel fut le score final ?

— Elle fit qu'elle était heureuse que je fusse content de m'être débarrassé d'elle, parce qu'elle était terriblement soulagée d'être débarrassée de moi, et que j'avais fait son bonheur, parce que maintenant elle était libre de t'épouser, ce qui avait toujours été son vœu le plus cher.

Il y avait quelque part dans ce polar écrit par la

Mère Cream — un bouquin à vous faire dresser les cheveux sur la tête, et dont la lecture m'avait profondément absorbé — un type du nom de Mc Coll le Balafré qui était une sorte de gangster. Or, un beau matin, il monta dans sa bagnole, tourna la clé de contact, et sauta en l'air en petits morceaux, un de ses concurrents ayant inséré une bombe dans son moteur. Je m'étais interrogé un instant, en lisant cela, sur ce qu'il avait dû éprouver. Maintenant, je le savais. Comme lui, je bondis en l'air. Puis, je me ruai sur la porte. Le Hareng Saur souleva un sourcil.

— Tu me dis si je t'ennuie, fit-il avec une certaine froideur.

— Non. Non. Mais je dois aller chercher ma voiture.

— Tu pars faire une promenade en voiture ?

— Oui.

— Mais, il est presque l'heure de dîner.

— Je n'ai pas envie de dîner.

— Où est-ce que tu vas ?

— A Herne Bay.

— Pourquoi Herne Bay ?

— Parce que c'est là que se trouve Jeeves. Il est temps qu'il prenne l'affaire en main, et il n'y a pas un instant à perdre.

— Et que peut faire Jeeves ?

— Ça, dis-je, je ne saurais le dire ! Mais il trouvera certainement quelque chose ! S'il a mangé du poisson — ce qu'il aura sans doute fait, puisqu'il est au bord de la mer — son cerveau doit être au sommet de sa forme. Et quand le cerveau de Jeeves est au sommet de sa forme, il suffit d'appuyer sur un bouton, puis il n'y a plus qu'à reculer de quelques pas pour admirer le travail.

CHAPITRE XI

Par contre, il y a considérablement plus d'un pas — fût-ce un grand pas — de Brinkley Court à Herne Bay, l'un étant au cœur du Worcestershire, et l'autre sur la côte du Kent, et, même dans les meilleures conditions possibles, vous ne pouvez guère espérer faire le voyage en un éclair. Or, dans ce cas particulier, je fus en plus retardé par mon coursier arabe qui choisit ce moment-là pour avoir ses vapeurs, et dut être remorqué jusqu'à un garage pour un petit traitement médical. Aussi n'atteignis-je le but de mon voyage que bien après minuit, et lorsque je fis halte à l'adresse de Jeeves le lendemain, on m'informa qu'il était sorti de bonne heure et qu'on ne savait pas quand il rentrerait. Je laissai donc un mot lui disant de me téléphoner au Club des Bourdons, et je regagnai la métropole. J'étais en train de prendre un fortifiant dans le fumoir du Club, lorsqu'il m'appela.

— Monsieur Wooster ? Bonsoir, monsieur. Jeeves à l'appareil.

— Ah ! Ce n'est pas trop tôt ! fis-je avec autant d'émotion dans la voix qu'un petit agneau perdu qui aperçoit enfin, après une longue séparation, sa maman brebis au loin dans la prairie. Où étiez-vous pendant tout ce temps ?

— Je me suis rendu à Folkestone pour déjeuner avec un ami, monsieur, et, là, je me laissai persuader de prolonger ma visite afin de présider à l'élection de la Reine de Beauté locale.

— Vraiment ? vous ne vous ennuyez pas trop, j'espère.

— Non monsieur.

— Comment la chose s'est-elle passée ?

— De manière très satisfaisante, merci, monsieur.

— Qui a gagné ?

— Une certaine Mlle Marlène Higgins de Brixton, monsieur, avec des mentions spéciales pour Mlle Lana Brown, de Tulse Hill et Mlle Marilyn Bouting, de Penge. Toutes trois de charmantes personnes.

— Avec des formes harmonieuses ?

— Extrêmement harmonieuses.

— Eh bien, laissez-moi vous dire, Jeeves, et vous pouvez l'épingler sur votre chapeau, que les formes harmonieuses ne font pas tout dans la vie ! En fait, il me semble parfois que plus leurs formes ont de gracieuses courbes, plus les personnes du beau sexe sont capables de faire trembler l'Enfer sur ses bases. Jeeves, j'ai de très graves difficultés. Vous souvenez-vous m'avoir parlé un jour d'un type qui disait à un autre type qu'il pourrait, s'il voulait, lui raconter quelque chose qui lui donnerait un peu de quoi réfléchir ? Il était question, si j'ai bonne mémoire, de boucles de chaussures, ainsi que de lacets et de porcs-épics…

— Je pense que vous voulez faire allusion à l'Esprit du Père de Hamlet, Prince du Danemark, monsieur. S'adressant à son fils, il dit : Je pourrais dévoiler des choses dont la plus légère angoisserait ton âme, gèlerait ton jeune sang, ferait jaillir tes yeux géminés comme des astres de leur sphère, diviserait les nœuds de tes boucles enlacées et ferait dresser tes cheveux sur la tête comme les dards sur l'irritable porc-espin.

— C'est bien cela, oui. Il voulait dire : « boucles de cheveux », bien sûr. Pas de chaussures. Bizarre, toutefois, qu'il ait dit « porc-espin », à la place de « porc-épic ». Un lapsus, sans doute. Assez fréquent chez les Esprits. Bref, quoi qu'il en soit, mon histoire n'a rien à envier à la sienne. C'est précisément des choses de même nature que je vais vous dévoiler, Jeeves. Vous m'écoutez ?

— Oui monsieur.

— Alors, cramponnez-vous à votre chapeau et ne perdez pas un mot de ce que je vais vous dire.

Quand j'eus fini de dévoiler, il fit :

— Je conçois aisément votre anxiété, monsieur. Les circonstances, ainsi que vous le dites vous-même, sont des plus alarmantes — propos qui montraient, dans la bouche de Jeeves, l'extrême gravité de la situation. Il se limitait d'habitude à un simple : Très ennuyeux, monsieur.

— Je pars immédiatement pour Brinkley, monsieur.

— Vous feriez vraiment cela ? Je suis navré d'interrompre vos vacances.

— Pas du tout, monsieur.

— Enfin, vous pourrez les reprendre un peu plus tard.

— Certainement, monsieur. Si vous n'y voyez pas d'inconvénient.

— Mais, pour l'instant, disons que l'Union...

— Précisément, monsieur. L'Union, si je peux me permettre d'utiliser une expression familière...

— … Fait la Force ?

— Exactement les termes que j'allais employer, monsieur. Je passerai à l'appartement aussitôt que je le pourrai demain matin.

— Et nous nous rendrons ensemble à Brinkley en voiture. Entendu, fis-je. Après quoi, j'allai prendre mon frugal repas du soir…

C'est donc d'un cœur… je ne dirai pas tout à fait « léger », mais plutôt « semi-léger »… que je pris la route de Brinkley l'après-midi suivant. La pensée que Jeeves était à mes côtés, son esprit nourri de poisson tout entier à mon service, faisait certes briller une lueur d'argent dans le ciel chargé de gros nuages noirs — mais ce n'était qu'une faible lueur, car je craignais que Jeeves lui-même ne pût trouver de solution au grave problème dont la face hideuse se dressait devant moi —. Bien qu'il fût un expert reconnu dans l'art de rapprocher les cœurs désunis, il était rare qu'il eût à réparer un luth aussi fêlé que celui dont jouaient le Hareng Saur et Roberta Wickham. Or, ainsi qu'il l'avait dit une fois lui-même, si je me souviens, « ce n'est pas de nous, simples mortels, que dépendent les lois du succès ». A la pensée de ce qu'il adviendrait s'il échouait dans sa mission, je me mis à embler comme de la gelée ! Je ne pouvais oublier en quels termes précis Bobbie Wickham avait exprimé son intention, après avoir donné congé à Réginald, de me traîner jusqu'aux marches de l'autel en faisant signe au Pasteur de faire son boulot… C'est pourquoi, je le redis, j'avais, tandis que je conduisais, le cœur à peine à demi léger…

Une fois sorti de Londres et de ses encombrements, et dès qu'il fut possible de converser sans rentrer dans un autobus ou dans quelques piétons, j'ouvris les débats.

— Vous n'avez pas oublié cette conversation au téléphone que nous eûmes hier sur le tantôt, Jeeves ?

— Non, monsieur.

— Vous en avez gardé les points les plus saillants solidement ancrés dans votre esprit ?

— Oui, monsieur.

— Y avez-vous consacré une part de votre réflexion ?

— Oui, monsieur.

— Et avez-vous déjà eu des touches ?

— Pas encore, monsieur.

— Non. Je ne comptais pas que vous en auriez d'ailleurs. Ces choses-là demandent toujours du temps.

— Oui, monsieur.

— Le fond du problème, dis-je, en tournant le volant afin d'éviter une poule qui passait, c'est qu'avec Roberta Wickham nous sommes devant une fille d'un naturel fier et altier.

— Oui, monsieur.

— Et qu'avec les filles d'un naturel fier et altier, il faut savoir un peu plaisanter ! On n'arrive à rien en les traitant de mélange de Poil-de-Carotte et de Jézabel.

— Non, monsieur.

— Je sais que si quelqu'un me traitait de mélange de Poil-de-Carotte et de Jézabel, j'en prendrais immédiatement ombrage. A propos, qui était Jézabel, Jeeves ? Le nom me semble familier, mais je ne parviens pas très bien à la situer.

— Un personnage de l'Ancien Testament, monsieur, une reine d'Israël.

— Mais, bien sûr ! J'oublierai mon propre nom bientôt ! Mangée par des chiens. C'est ça ?

— Oui, monsieur.

— Pas très agréable, j'imagine ! Et puisque nous parlons de se faire manger par des chiens, il y a un teckel, à Brinkley, qui donne l'impression, la première fois qu'on le voit, de ne vouloir faire de vous qu'une seule bouchée en attendant l'heure du prochain repas. Mais n'y faites pas attention ! Ce n'est que de la poudre aux yeux ! Son attitude belliqueuse se résume...

— ... A beaucoup de bruit pour rien ?

— C'est cela. Uniquement du bluff ! Quelques mots gentils, et il vous serrera... quelle est cette expression dont je vous ai entendu parfois vous servir, Jeeves ?

— ... Me serrera sur son cœur comme un étau d'acier, monsieur ?

— Et en moins de deux minutes ! Il ne ferait pas de mal à une mouche. Mais il faut qu'il se donne une contenance. Il s'appelle Pantin. Je pense que ça vient de là. On imagine sans peine qu'un chien qui se voit traité de pantin à longueur de journée se croit tenu de faire un peu d'esbrouffe ! Sa fierté l'exige.

— Précisément, monsieur.

— Pantin vous plaira ! C'est un brave chien. Il a toujours les oreilles à l'envers. Pourquoi les teckels ont-ils toujours les oreilles à l'envers ?

— Je ne saurais le dire, monsieur.

— Moi non plus. Je me le suis souvent demandé. Mais, trêve de discours, Jeeves. Assez parlé de teckels et autres Jézabel. Nous devrions plutôt concentrer notre esprit sur...

Tout à coup, je me tus. Mon œil venait d'être attiré par une auberge au bord de la route. En fait, moins par l'auberge au bord de la route que par ce qu'il y avait devant — à savoir, un cabriolet de couleur rouge vif que je reconnus aussitôt —. C'était, à n'en pas douter, la propriété de Bobbie Wickham. Il était facile de voir ce qui avait dû se passer. Retournant à Brinkley après une paire de nuits avec maman, elle avait trouvé, chemin faisant, qu'il faisait un peu chaud, et s'était arrêtée dans cette hôtellerie pour boire un petit coup. Très bien jugé de sa part, d'ailleurs, rien de tel qu'un bon petit rinçage pour se remettre d'aplomb par un chaud après-midi d'été…

J'actionnai les freins.

— Pouvez attendre ici une minute, Jeeves ?

— Certainement, monsieur. Vous désirez parler à Mlle Wickham ?

— Ah ! Vous avez aussi repéré sa voiture ?

— Oui, monsieur. Très distinctement reconnaissable.

— Comme sa propriétaire ! J'ai le sentiment qu'une ou deux paroles suaves pourraient agir dans le sens d'une réconciliation. Vaut toujours la peine d'essayer, vous ne pensez pas ?

— Sans aucun doute, monsieur.

— Dans un moment pareil, il ne faut laisser aucune avenue inexplorée.

A l'intérieur, l'auberge en bord de route — *l'Oie et le Renard,* ou *le Renard et l'Oie,* bref, peu importe — était semblable à toutes les autres auberges en bord de route : sombre et fraîche, fleurant bon la bière, le fromage, le café, le vinaigre de malt et la saine sueur de la robuste paysannerie anglaise. En ouvrant la porte, vous entriez dans un refuge douillet, aux murs recouverts de chopes, et parsemé de tables et de chaises. Sur l'une de ces chaises, à l'une de ces tables, Bobbie était assise devant un verre et une bouteille de bière au gingembre.

— Juste ciel, Bertie ! D'où sors-tu ? s'exclama-t-elle, comme je me dirigeais vers elle en lui lançant un cordial « Ohé, Bobbie ! Salut à toi ».

Je lui expliquai que je venais de Londres et que je retournais à Brinkley en voiture.

— Fais attention de ne pas te la faire piquer. Je parie que tu n'as même pas pris les clés.

— Non. Mais il y a Jeeves qui monte la garde avec vigilance, comme l'on dit.

— Ah ? Tu as ramené Jeeves avec toi ? Je le croyais en vacances.

— Il l'était. Il a eu la bonté de les interrompre.

— Un beau geste féodal.

— Très féodal. Dès que je lui ai dit que j'avais besoin de lui à mes côtés, il est venu tout de suite.

— Pourquoi as-tu besoin de lui à tes côtés ?

C'était le moment, pensai-je, de lâcher les paroles suaves. Je baissai la voix pour prendre un ton confidentiel, mais comme elle me demanda si j'avais une laryngite, je dus la rehausser aussitôt.

— J'avais dans l'idée qu'il pourrait faire quelque chose.

— A propos de quoi ?

— A propos de toi et du Hareng Saur, fis-je. J'entrepris alors avec précaution de me frayer un passage vers le cœur du sujet… Il me fallait, j'en étais conscient, choisir mes mots avec le plus grand s. En effet, avec les filles d'un naturel fier et altier, vous devez regarder où vous mettez les pieds, et tout particulièrement lorsqu'elles sont rousses, comme Bobbie. Si elles jugent vos propos déplacés, elles sont promptes à réagir sous l'outrage, ce qui aurait pu facilement la conduire à saisir la bouteille de bière au gingembre pour m'en donner un grand coup sur le cigare ! Je ne dis pas qu'elle l'aurait fait, mais c'était une éventualité à ne pas négliger. Aussi abordai-je l'ordre du jour avec infiniment de douceur.

— Tout d'abord, je dois te dire que le Hareng Saur m'a fourni un témoignage complet — je suppose qu'on dirait, dans ce cas, un témoignage auditif plutôt que visuel, de cette petite discussion que vous avez eue tous les deux au téléphone. Sans doute vas-tu te dire qu'il aurait fait preuve d'un meilleur goût en gardant ça pour lui, mais tu ne dois pas oublier que nous avons été à l'école ensemble. Il est normal qu'un type se confie à un autre type quand ils ont été à l'école ensemble. Bref, de toute façon, il m'a ouvert son âme, et il n'eut pas à l'ouvrir longtemps pour que je visse, si j'ose dire, à quel point il avait été piqué au vif. Sa tension artérielle devait être très élevée. Il roulait de gros yeux en jetant ce qu'on nomme des regards effarés ; bref, on eût dit un homme qui n'attend plus que la Mort libératrice...

Elle fut prise d'un frisson soudain, et je gardai un œil prudent sur la bouteille de bière au gingembre. Toutefois, elle s'en serait saisie et l'aurait brandie en l'air pour l'abattre sur le cigare Woostérien qu'elle ne m'aurait pas plus abasourdi que les mots qui sortirent alors de sa jolie bouche...

— Pauvre biquet !

J'avais commandé un gin-tonic. Du coup, j'en renversai une bonne partie sur la table.

— Tu as dit : « Pauvre Biquet » ?

— J'ai bien dit : « Pauvre Biquet » — quoique « pauvre nouille » en aurait sans doute donné une meilleure description ! Comment a-t-il pu prendre au sérieux tous ces trucs que je lui ai dits ? Il aurait dû savoir qu'il ne fallait pas en croire un mot.

J'essayai de la suivre.

— Tu veux dire que c'était juste pour discuter ?

— Disons, pour lâcher un peu la vapeur ! Bon Sang ! Une fille n'a donc pas le droit de lâcher un peu la vapeur de temps en temps ? Je n'ai jamais pensé que ça le toucherait à ce point ! Reggie prend toujours tout au pied de la lettre.

— Donc, si je comprends bien, la situation est à nouveau telle qu'on peut affirmer que le Dieu de l'Amour s'est joyeusement remis à l'ouvrage.

— Comme un castor.

— En fait, selon l'expression usuelle, on peut dire que vous vous aimez toujours ?

— Bien sûr. J'ai peut-être pensé ce que j'ai dit sur le moment, mais pas plus de cinq minutes.

Je poussai un profond soupir — je n'aurais pas dû, d'ailleurs, car j'avais encore le restant de mon gin-tonic dans la bouche, mais il était trop tard...

— Est-ce que le Hareng Saur est au courant ? fis-je quand j'eus fini de tousser.

— Pas encore. Je rentre à Brinkley pour le lui dire.

Je soulevai un point sur lequel je tenais particulièrement à être rassuré...

— Alors, cela veut dire en clair — les cloches des épousailles ne tinteront pas pour Bertram ?

— Je crains que non.

— Ce n'est pas grave. Tes désirs sont des ordres.

— Je n'ai pas envie de me faire coffrer pour bigamie.

— Non. Ça se comprend. Et, pour aujourd'hui, tu choisis le Hareng Saur. Je ne te donne pas tort. Le partenaire idéal.

— Exactement ce que je me dis. Il est sensationnel, tu ne trouves pas ?

— Colossal.

— Je n'en épouserais pas un autre, viendrait-il à

moi escorté de paons, d'esclaves chargés d'ivoire et de singes savants. Raconte-moi comment il était à l'école.

— Oh, à peu près comme les autres.

— Ne dis pas d'âneries !

— Si ce n'est, bien sûr, qu'il sautait dans les flammes chaque fois qu'il y avait un incendie pour se porter au secours des gens, et qu'il plongeait dans les pattes des chevaux emballés pour sauver les petits enfants.

— Il faisait ça souvent ?

— Pratiquement tous les jours.

— Il faisait la fierté de l'Ecole ?

— Plutôt, oui.

— Note bien, ce n'était pas le genre d'Ecole dont on cherche à faire la fierté, d'après ce qu'il m'a dit. Une sorte de bagne pour enfants, si j'ai bien compris.

— Les conditions de vie sous Aubrey Upjohn étaient effectivement assez dures. C'est surtout les saucisses dominicales qui restent gravées dans l'esprit...

— Reggie m'a fait beaucoup rire avec ça une fois. Il m'a dit qu'elles ne provenaient pas de cochons heureux de vivre, mais de cochons arrachés subitement à l'affection des leurs par la morve, le téniasis et la tuberculose.

— Oui. Je suppose que ça les décrit assez bien. Tu t'en vas ? fis-je, comme elle se levait.

— Je ne peux pas attendre une minute de plus. Je veux me jeter dans les bras de Reggie. Si je ne le vois pas bientôt, je sens que je vais m'évanouir.

— Je sais ce que tu ressens. Le type de la chanson dans *les Noces du Laboureur* pensait à peu près la même chose que toi, bien qu'il le dît d'une autre manière. Il faisait : « Ding Dong, Ding Dong, Ding

Dong, que le chemin est long. » Il m'est arrivé assez souvent d'en donner une interprétation dans des fêtes de village. Je me souviens qu'il y a un passage assez difficile à franchir quand on arrive là : « Car c'est le matin de mes noces », parce qu'il faut rester sur le « no » de « noces » pendant près de dix minutes. Très éprouvant pour les poumons. Je me souviens aussi que le Pasteur me dit un jour (là, elle m'interrompit — il arrive souvent d'ailleurs, que je sois interrompu quand je donne mon point de vue sur la chanson des « Noces du Laboureur » —. Elle dit qu'elle brûlait d'impatience d'en savoir plus, mais qu'elle préférait attendre que j'en parle dans mes Mémoires. Nous sortîmes ensemble de l'Auberge, puis, quand j'eus assisté à son départ, je rejoignis Jeeves toujours de garde dans la voiture, la figure éclairée par un large sourire — c'est moi, veux-je dire, qui avais la figure éclairée par un large sourire, pas Jeeves —. Quand il sourit, il ne va guère au-delà d'un léger frémissement de la lèvre supérieure — généralement du côté gauche —. J'avais à nouveau le cœur dans les étoiles et je me sentais revenu au sommet de ma forme. Je ne connais rien de plus tonique que de se dire qu'en fin de compte, on n'a pas à se marier…)

— Désolé de vous avoir fait attendre, Jeeves, dis-je. Vous êtes pas trop ennuyé, j'espère.

— Oh, non. Monsieur est trop aimable. J'étais en très bonne compagnie avec mon Spinoza, Monsieur.

— Hein ?

— Le volume de Spinoza que vous avez été assez bon pour m'offrir il n'y a pas très longtemps.

— Ah ? Ah, oui. Je me souviens. Il est bien ?

— Extrêmement, Monsieur.

— J'imagine qu'on découvre à la fin que c'est le

Maître d'Hôtel qui a fait le coup. Eh bien, Jeeves, vous serez heureux d'apprendre que tout est rentré dans l'ordre.

— Vraiment, Monsieur ?

— Oui. Luth réparé et cloches des épousailles décommandées d'un instant à l'autre. Elle a encore changé d'avis.

— *Varium et mutabile semper femina,* Monsieur.

— Ça ne m'étonnerait pas. Et maintenant, dis-je, montant en voiture et prenant le volant, je vais vous dévoiler l'histoire de Wilbert et du crémier, et quand vous l'entendrez, si vos boucles enlacées ne jaillissent pas un peu de leur sphère, vous m'en verrez le premier surpris.

CHAPITRE XII

C'était le moment crépusculaire lorsque j'atteignis enfin Brinkley Court. Je mis aussitôt ma vieille machine au garage, et je remarquai que la voiture de Tante Dahlia y était déjà. J'en conclus que la Vénérable Parente était à nouveau quelque part dans les parages, et je ne me trompai point. Je la trouvai dans son boudoir, en train de se remplir la lampe d'une pile de crêpes arrosées d'un grand pot de thé. Je fus accueilli par un « Taïaut » retentissant, comme elle avait appris à en pousser jadis, du temps où elle poursuivait avec ardeur le renard anglais à travers la campagne. On eût dit une explosion de gaz, et j'en fus ébranlé de la poupe à la proue. Personnellement, je n'ai jamais pratiqué la chasse à courre, mais je crois savoir que si vous êtes capable d'émettre des bruits semblables à ceux que fait entendre un fauve dyspepsique au fond de la jungle, vous avez déjà remporté la moitié du combat. Or, si j'ai bien compris, chaque fois que Tante Dahlia, dans sa prime jeunesse, poussait un de ses fameux « Hip, hip, hip, hourra ! », elle désarçonnait tous les autres membres de la Quoon et du Pytchley (1), fussent-ils

(1) Société de chasse à courre. (N.d.T.)

séparés d'elle par deux grands champs de labour et toute la largeur d'un petit bois...

— Tiens, salut, Pas Beau, fit-elle. Déjà revenu, je vois.

— Je franchis à l'instant la ligne d'arrivée.

— Tu as été à Herne Bay, m'a dit le jeune Hareng ?

— Oui. Pour aller chercher Jeeves. Comment va Bonzo ?

— Plein de boutons. Mais le moral est bon. Pourquoi as-tu besoin de Jeeves ?

— Eh bien, il se trouve que sa présence n'est plus nécessaire, mais je ne l'ai appris qu'en venant ici. En fait, j'étais déjà à mi-chemin. Je lui avais demandé d'agir comme éditeur — je veux dire comme médiateur — entre Bobbie Wickham et le Hareng Saur. Tu savais qu'ils s'étaient juré un amour éternel ?

— Oui. Bobbie me l'a dit.

— Et est-ce qu'elle t'a dit qu'elle avait flanqué un machin dans le *Times* annonçant que nous étions fiancés ?

— Oui. C'est à moi qu'elle s'est confiée en premier, j'ai d'ailleurs beaucoup ri quand elle m'a dit ça.

— Alors, tu as davantage ri que le Hareng Saur ! Figure-toi qu'il n'était même pas venu à l'esprit de cette jeune attardée mentale de se confier à lui ! En lisant l'annonce dans son journal du matin, il chancela et tout s'obscurcit autour de lui. Il se mit à bouillir, et il m'a dit que, sur le moment, sa foi en la Bonté de la Femme en avait pris un sérieux coup... Ensuite, quand il eût bouilli quelques instants, il s'assit pour lui écrire, une lettre dans la lignée de Thomas Otway.

— Lignée de qui ?

— Tu ne connais pas Thomas Otway? Auteur

dramatique du XVIIe siècle, resté célèbre pour avoir dit des tas de vacheries sur le beau sexe. A écrit une pièce appelée *l'Orpheline* qui en est remplie.

— Ainsi donc, il t'arrive parfois de lire autre chose que des illustrés pour enfants ?

— Eh bien, en fait, je ne me suis guère plongé dans la production de ce Thom-là, mais c'est le Hareng Saur qui m'a parlé de lui... Il paraît qu'il traînait toutes les femmes dans la boue, et le Hareng Saur a fait suivre l'information à Bobbie dans cette fameuse lettre. Une vraie tornade !

— Et je suppose que tu n'as pas songé à expliquer la situation à Mr. Hareng ?

— Bien sûr que si ! Mais Bobbie avait déjà reçu la lettre.

— Pourquoi cet idiot ne lui a-t-il pas demandé de ne pas l'ouvrir ?

— C'est la première chose qu'il fit. « J'ai ici une lettre de toi, mon adoré, lui dit-elle. Tu ne dois l'ouvrir sous aucun prétexte, mon ange », lui dit-il. Aussi l'ouvrit-elle immédiatement...

Tante Dahlia fit la moue, remua le chef, et grignota un morceau de crêpe d'un air maussade.

— C'est donc pour ça qu'il se traîne comme un poisson mort depuis quelque temps ! Je suppose que Roberta a rompu leurs fiançailles.

— Au cours d'un monologue qui dura cinq bonnes minutes sans qu'elle fît une seule pause pour respirer...

— Et tu as ramené Jeeves pour qu'il joue le rôle de médiateur ?

— C'était mon idée.

— Mais si les choses en sont là...

— Tu doutes que même Jeeves puisse recoller les morceaux ?

Je lui tapotai alors amicalement le citron.

— Sèche cette larme sur ta joue, Vieille Ancêtre, fis-je. Ils sont recollés ! J'ai rencontré Bobbie dans une auberge en venant ici, et elle m'a raconté qu'après être sortie de ses gonds de la façon décrite plus haut, elle avait presque tout de suite changé d'avis. En clair, elle l'aime toujours d'une passion qui ressemble plus que jamais à de l'huile bouillante, et quand je l'ai quittée, elle se mettait en route pour venir le lui dire. A l'heure qu'il est, elle doit lui jurer qu'elle est à lui comme la sardine est à l'huile — ce qui m'ôte un sérieux poids de l'esprit. En effet, lorsqu'ils se sont quittés, comme l'on dit, à couteaux tirés, elle avait clamé son intention de m'épouser...

— Plutôt un coup de chance pour toi, j'aurais cru.

— Pourquoi donc ?

— Tu étais fou de cette fille à une époque.

— Mais plus maintenant ! La fièvre est passée. Les écailles me sont tombées des yeux. Note bien, nous sommes restés bons amis. Vois-tu, Vénérable Parente, le hic, dans toutes ces histoires d'amour, c'est que les éléments du groupe A se trompent souvent dans le choix des éléments du groupe B — leur jugement se trouvant faussé par les charmes des éléments dudit groupe B. Autrement dit, si tu préfères, les mâles de l'espèce se divisent en « lapins » et en « non-lapins », tandis que chez les femelles il y a d'une part les « bolides » et de l'autre les « marmottes ». Or, l'ennui, c'est que le mâle du type « lapin » est d'abord attiré par la femelle du genre « bolide » (qui, elle, si tu me suis, irait très bien avec un « non-lapin »), et réalise toujours trop tard qu'il aurait mieux fait de concentrer ses efforts sur une gentille petite « marmotte » qui l'aurait laissé grignoter sa laitue en paix...

— Bref, si je te comprends, il s'agit dans tous les cas d'un vaste méli-mélo, d'après toi...

— Exactement. Prends mon cas et celui de Bobbie, par exemple. Nul n'apprécie plus que moi, disons, son « espièglerie » ! Mais je suis, et n'ai jamais cessé d'être du genre « lapin », alors qu'elle a le type « bolide » très marqué — on peut même dire qu'en fait de bolide, on trouve guère de bolide qui soit plus bolide chez les bolides ! — Moi, j'ai besoin d'une vie calme. Or, Roberta Wickham ignore ce qu'est une vie calme. Tu lui en servirais une sur une assiette avec du persil dans les narines qu'elle ne saurait pas ce que c'est ! Son principe est de ne jamais laisser le soleil se coucher sans avoir tenté au moins une fois de mettre l'humanité en péril. En un mot, il lui faut l'autorité d'une main ferme pour la guider — chose que je ne pourrais jamais lui offrir — tandis qu'avec le Hareng Saur, elle n'en sera pas privée ! C'est en effet un « non-lapin » des plus coriaces, pour qui faire sentir à une petite bonne femme les limites qu'elle ne doit pas franchir est un simple jeu d'enfant ! C'est pourquoi leur union jouit-elle de toute mon approbation et de mon soutien le plus total ! Quand Bobbie m'a dit ce qu'elle m'a dit dans cette auberge, j'ai failli danser une folle farandole ! Où est donc passé le Hareng Saur ? J'aimerais lui serrer la main et lui taper un peu sur l'épaule.

— Il est allé faire un pique-nique avec Wilbert et Phyllis.

Le sens caché de ces paroles ne m'échappa point...

— Ah ! Toujours sur la piste, hein ? Fidèle au poste, je vois.

— Il ne perd pas Wilbert de vue.

— Et s'il y a un type qu'il ne faut surtout jamais

perdre de vue, c'est bien le kleptomane cité plus haut.

— Le quoi-dis-tu cité plus haut ?

— Comment ! On ne t'a rien dit ? Wilbert a la manie de piquer tout ce qu'il voit.

— Qu'est-ce que tu entends par « piquer » ?

— Eh bien, il pique des trucs ! Dès qu'une chose n'est pas solidement fixée avec un clou, elle devient sienne...

— Ne dis donc pas tant d'âneries.

— Je ne dis jamais d'âneries ! C'est lui qui a le crémier de l'Oncle Tom.

— Je sais.

— Tu sais ?

Son... quel est le mot ?... flegme, je crois qu'on dit... quelque chose, en tout cas, qui commence par un f... me stupéfia ! J'avais pensé geler son jeune sang — ou, disons plutôt, son sang d'âge mûr —, et faire dresser son indéfrisable sur sa tête comme les dards sur l'irritable porc-espin, mais pas un de ses muscles ne bougea.

— Fichtre, fis-je, tu prends ça avec beaucoup de calme.

— Et alors, quelle raison y aurait-il de s'agiter ? C'est Tom qui lui a vendu cet infâme machin.

— Quoi ?

— Wilbert lui a fait une offre, et Tom m'a téléphoné de Harrogate pour me dire de le lui donner. Ce qui te montre à quel point Tom tient à cette affaire avec Homère Cream ! J'aurais cru qu'il se serait plutôt défait de ses canines que de ce crémier.

Je poussai un profond soupir — exempt, cette fois-ci, Dieu merci, de toute présence de gin-tonic — j'étais profondément remué.

— Ne me dis pas, fis-je, d'une voix aussi tremblotante que celle d'une soprano coloratur, que j'ai subi pour rien cette terrible épreuve, dont mon âme est sortie meurtrie à jamais.

— Qui a meurtri ton âme, si tant est que tu en aies une ?

— La Mère Cream ! En me tombant dessus juste au moment où je fouillais la chambre de Wilbert à la recherche de l'affreux bidule. Naturellement, je croyais qu'il l'avait caché quelque part après l'avoir piqué.

— Elle t'a surpris ?

— Pas une fois, mais deux !

— Et qu'a-t-elle dit ?

— Elle m'a conseillé de me faire examiner la tête par Roddy Glossop — on lui a, paraît-il, parlé en termes fort élogieux de son habileté à soigner les esprits dérangés — bien sûr, on comprend pourquoi elle a dit cela ! Je dépassais à moitié de la commode quand elle m'a trouvé, et la chose a dû lui sembler quelque peu bizarre...

— Bertie, tu es absolument impayable.

L'adjectif « impayable » me parut assez mal choisi, et j'étais en train de lui en faire la remarque, quand mes paroles furent emportées au loin par l'expression subite de son hilarité. Je n'avais jamais entendu rire de façon aussi bruyante — même pas Bobbie, la fois où le rateau avait bondi en l'air pour venir me frapper le bout du nez...

— J'aurais bien donné cinquante livres pour voir ça, fit-elle, dès qu'elle eût retrouvé l'usage de ses cordes vocales. Ainsi, dis-tu, tu dépassais à moitié de la commode ?

— Oui. La deuxième fois. Parce que lors de notre

première entrevue, j'étais assis sur le parquet avec une chaise autour du cou.

— Comme une fraise élizabéthaine, pareille à celles que devait porter Thomas Botway ?

— Otway, fis-je, d'une manière plutôt sèche. Ainsi que je crois en avoir déjà fait mention, j'aime la précision. Et j'allais lui dire qu'à la place de ces éclats sonores semblables au crépitement des brindilles dans l'âtre, suivant une expression qui s'emploie de temps en temps, j'aurais souhaité un peu plus de sympathie et de compréhension de la part d'une parente consanguine, lorsque la porte s'ouvrit et Bobbie apparut.

Dès l'instant où mon regard tomba sur elle, son extérieur me parut assez étrange. Normalement, l'aspect de cette accorte personne semble clamer à la face du monde que s'il n'est pas tout à fait à ses yeux le meilleur des mondes possibles, du moins est-il assez bon pour qu'on s'en contente en attendant de trouver mieux. Pleine de verve et d'entrain, veux-je dire, et tout ce qui s'ensuit... Or, je notai qu'elle montrait une certaine apathie. Ce n'était pas, bien sûr, l'apathie du chat Auguste, mais elle me fit songer à la fois où Jeeves m'avait traîné devant le portrait de cette espèce de femme qui se trouve au Louvre, et dont il m'avait dit qu'elle semblait porter toutes les misères du monde sur ses épaules. Il avait attiré mon attention, je me souviens, sur la lourdeur des paupières, et je crus revoir alors la même lourdeur dans les paupières de Bobbie.

Les lèvres pincées, comme si elle venait de sucer un citron qui n'était pas tout à fait mûr, elle dit :

— Bonsoir, madame Travers. Je viens chercher le livre que j'avais commencé de lire. Le livre de Mme Cream.

— Je vous en prie, ma chère enfant, servez-vous, dit l'Ancêtre, plus on verra de gens qui lisent ses bouquins dans les coins, et mieux cela fera dans le tableau.

— Alors, tu es bien rentrée, Bobbie ? fis-je. Et tu as vu le Hareng Saur ?

Je ne dirai pas qu'elle grogna, mais je suis certain qu'elle renifla.

— Bertie, fit-elle d'une voix sortie tout droit du frigidaire, veux-tu me faire plaisir ?

— Bien sûr. En quoi ?

— En ne citant plus le nom de ce rat en ma présence ! dit-elle ; puis elle s'en alla, la paupière toujours aussi lourde…

Je dois dire que je tâtonnai un instant dans le brouillard pour tenter de trouver le sens caché de ces propos ; et je vis, à la façon dont ses yeux sortaient de leur sphère, que Tante Dahlia n'en saisissait pas non plus très bien l'idée directrice.

— Eh bien, fit-elle, qu'est-ce que cela signifie ? Tu m'avais soutenu, je crois, que sa passion pour le jeune Hareng était pareille à l'huile bouillante ?

— Je n'ai fait que te répéter ses propos…

— Alors, il semble que l'huile se soit refroidie ! Oui, mon bon monsieur ! Et si c'est là le langage de l'Amour que Bobbie vient de tenir à l'instant, je veux bien manger mon chapeau, dit la Vieille Parente Consanguine — faisant allusion, je pense, à cet horrible tas de paille qu'elle se met sur la tête quand elle va dans le jardin, et qui est presque aussi répugnant que la casquette à la Sherlock Holmes de l'Oncle Tom — laquelle a semé plus de terreur parmi les corbeaux de Worcestershire qu'aucun autre couvre-chef connu dans le pays —.

— Ils ont dû encore se quereller !

— On dirait bien, acquiesçai-je, et je ne comprends pas comment la chose a pu se produire, étant donné que la flamme de l'Amour brûlait dans les yeux de Bobbie, quand elle m'a quitté, et qu'elle ne peut pas être arrivée ici depuis plus d'une demi-heure ! Qu'est-ce qui a donc pu changer en si peu de temps, est-on en droit de se demander, une fille toute pétillante d'amour et de bière au gingembre en une fille qui dit « ce rat » en parlant de l'objet aimé, et ne veut plus jamais entendre citer son nom ? Nous naviguons là, ma tante, en eau profonde ! Et si je faisais appel à Jeeves ?

— Que diable Jeeves peut-il bien y faire ?

— Eh bien, si tu me le demandes comme ça, je suis bien forcé d'admettre que je n'en sais rien. C'est une sorte d'habitude qu'on prend de faire appel à Jeeves chaque fois qu'il y a un imbroglio. Du moins, je crois que c'est le mot... Je veux parler du mot « imbroglio ». C'est de l'italien, n'est-ce pas ? Ça m'a tout l'air d'être de l'italien. Bref, passons rapidement sur ce sujet. La seule chose à faire quand on a besoin d'un tuyau, c'est d'aller le prendre à la Source, si l'on peut dire. Le Hareng Saur doit pouvoir résoudre ce mystère. Je vais le chercher d'un saut.

Toutefois, je n'eus pas à me donner la peine de sauter, car il entra au même instant côté cour.

— Ah, tu es là, Bertie !, fit-il. On m'a dit que tu étais rentré. Je te cherchais.

Il avait parlé d'une voix caverneuse, un peu comme l'Echo d'une voix venue d'outre-tombe, et je vis aussitôt qu'il offrait tous les signes distinctifs d'un homme à proximité de qui une bombe viendrait juste d'éclater. Les épaules tombantes et le regard vitreux, il avait, en un mot, tout à fait l'air du type qui n'a pas encore pris les pilules pour le foie du bon vieux docteur Carter ! J'attaquai le sujet sans préambule. Pas le temps de faire preuve de tact en feignant de n'avoir rien remarqué...

— Qu'est-ce que c'est que cette histoire de relations tendues entre toi et Bobbie, Hareng Saur ?, fis-je, et lorsqu'il fit : « oh, rien ! » je frappai un grand coup sur la table et lui dis de cesser de faire des simagrées et de cracher tout de suite le morceau...

— Oui, fit à son tour Tante Dahlia. Qu'est-il arrivé, jeune Hareng ?

Je crus un instant qu'il allait se dresser sur ses ergots et nous demander si ça ne nous ferait rien de ne pas nous mêler de ses affaires ; mais, alors, son regard croisa celui de Tante Dahlia et il revint à la position un, car bien qu'il ne soit pas à classer dans la même catégorie que le regard de ma tante Agatha, dont on sait qu'elle dévore sa progéniture et se livre à des sacrifices humains les nuits de pleine lune, le regard de ma tante Dahlia n'en est pas moins autoritaire... Le Hareng Saur s'effondra dans un fauteuil, l'air complètement désossé.

— Eh bien, si vous tenez à le savoir, fit-il, elle a rompu nos fiançailles.

Nous n'étions guère plus avancés. Je dirai même que nous nous en étions un peu doutés. On ne traite pas de « rats » les gens dont on n'a pas cessé d'être passionnément épris...

— Mais il n'y a guère plus d'une heure, dis-je, que je l'ai quittée à l'extérieur de cette hôtellerie appelée *le Renard et l'Oie* où elle venait de me parler de toi en termes on ne peut plus flatteurs ! Qu'y a-t-il qui ne colle plus ? Qu'est-ce que tu as encore fait à cette pauvre fille ?

— Oh, rien.

— Voyons, voyons !

— Eh bien, voici ce qui s'est passé.

Il s'ensuivit une pause, durant laquelle il dit qu'il aurait volontiers donné cent livres pour avoir un whisky bien tassé, mais comme il eût fallu pour cela qu'on sonnât Papa Glossop, qu'il allât chercher le whisky dans le casier du bas, le rapportât, l'opération aurait pris du temps et Tante Dahlia ne voulut rien savoir.

A la place du rafraîchissement souhaité, elle lui offrit une crêpe froide — offre qu'il déclina d'ailleurs — et elle lui dit de poursuivre son histoire.

— L'erreur que j'ai faite, dit-il, en parlant toujours de cette voix rauque de fantôme catarrheux, c'est de m'être fiancé avec Phyllis Mills.

— Quoi ?, m'écriai-je.

— Quoi ?, s'écria tante Dahlia.

— Morbleu !, dis-je.

— Pourquoi diable avoir fait ça ?, dit Tante Dahlia.

Il s'agita sur sa chaise, l'air embarrassé, comme un homme qui aurait eu des fourmis dans son fond de culotte...

— Ça m'a paru une bonne idée sur le moment, fit-il. Bobbie m'avait dit au téléphone qu'elle ne voulait plus jamais me parler, ni dans ce monde, ni dans l'autre. Par ailleurs, Phyllis m'avait avoué que le charme magnétique de Wilbert Cream était si grand qu'elle était sûre, bien que son passé chargé lui fît peur, de ne pas pouvoir refuser s'il se proposait. Or, on m'avait engagé pour l'empêcher de se proposer. Aussi pensai-je que la chose la plus simple était de me proposer moi-même. Nous en parlâmes donc, Phyllis et moi, et nous nous mîmes d'accord sur le fait qu'il n'était question que d'une simple ruse. Après quoi, nous allâmes l'annoncer à Cream.

— Très habile, fit Tante Dahlia. Et comment a-t-il pris ça ?

— En chancelant.

— Beaucoup de gens sont chancelants dans cette histoire, fis-je. N'oublie pas que tu as chancelé, toi aussi, quand tu t'es souvenu de cette lettre écrite à Bobbie...

— Oui, et je chancelai une nouvelle fois lorsqu'elle apparut soudain de nulle part à l'instant où j'embrassais Phyllis.

Je fis la moue. Un peu grivois, cet épisode, pensai-je.

— Ça, ce n'était pas très utile.

— Pas très utile, peut-être, mais c'était pour faire naturel devant Wilbert.

— Ah, je vois. Pour enfoncer le clou, si l'on peut dire.

— C'était l'idée, en gros. Bien sûr, je ne l'aurais pas fait si j'avais su que Bobbie avait changé d'avis, et que tout était arrangé entre nous malgré cette conversation au téléphone. Mais je ne le savais pas ! Enfin, ce sont là les petites ironies du sort ! On retrouve ça chez Thomas Hardy.

Je ne connaissais pas ce T. Hardy dont il parlait, mais je voyais ce qu'il voulait dire. C'était comme dans ces romans dits à suspense où la jeune héroïne tourne en rond en faisant : Ah ! Pourquoi ne l'ai-je donc pas su plus tôt !...

— Et tu ne t'es pas expliqué ?

Il me lança un regard rempli de pitié.

— As-tu jamais tenté d'expliquer quelque chose à une rouquine aussi enragée qu'une tigresse ?

Je vis où il voulait en venir...

— Alors, que s'est-il passé ?

— Oh, tout d'abord, elle se montra très femme du

monde. Bavarda aimablement de tout et de rien jusqu'à ce que Phyllis nous eût quittés, puis elle attaqua... Elle dit qu'elle s'était précipitée ici le cœur débordant d'amour, impatiente de se jeter dans mes bras, tout ça pour avoir la bonne surprise de découvrir en arrivant que ces mêmes bras en serraient une autre à lui couper le souffle ! Et que... Bref, tout un tas d'autres choses du même tonneau. L'ennui, c'est qu'elle a toujours vu Phyllis d'un assez mauvais œil, depuis ce fameux séjour en Suisse où elle nous avait trouvés un peu trop copains pour son goût ! Il n'y avait rien dans tout ça, naturellement.

— Naturellement. Juste une bonne paire d'amis.

— Exactement.

— Eh bien, si vous voulez savoir ce que j'en pense, fit Tante Dahlia.

Mais, nous ne devions jamais savoir ce qu'elle en pensait, car, à ce moment précis, Phyllis entra.

CHAPITRE XIII

Jetant un rapide coup d'œil d'ensemble sur la charmante enfant à l'instant où elle entrait, je compris sans mal pourquoi Bobbie avait explosé de façon aussi tonitruante en la découvrant enchevêtrée avec le Hareng Saur. Je ne suis certes pas, et n'ai jamais été, et ne tiens pas à être, une jeune fille romanesque amoureuse d'un membre du personnel de *la Revue du Jeudi,* mais le serais-je que j'aurais été sans doute fortement secouée en trouvant celui-ci en train de serrer contre lui une aussi ravissante personne — Aubrey Upjohn en fût-il le beau-père —. En effet, bien qu'un peu fragile du côté du Q.I., elle était, par contre, sur le plan physique, ce qu'on nomme une perle de la plus belle eau. Les yeux distinctement plus bleus que le bleu des cieux, elle portait une petite robe d'été toute simple qui soulignait plus qu'elle ne cachait ses formes gracieuses, si vous me suivez, et il n'était pas du tout surprenant qu'en la voyant Wilbert Cream eût bondi sur ce recueil de poésies et filé aussitôt avec elle jusqu'à la verte clairière la plus proche…

— Ah, madame Travers, fit-elle dès qu'elle aperçut Tante Dahlia, je viens juste de parler à Papa au téléphone.

Ces mots détournèrent sur-le-champ l'esprit de la vieille ancêtre du thème plutôt embrouillé de l'affaire Bobbie-Hareng Saur, qui avait occupé un instant plus tôt le plus clair de ses pensées, et je dois dire que je n'en fus pas surpris. A deux jours à peine de la Distribution des Prix au Collège de Market Snodsbury, une réunion mondaine où devait être présente toute la Société la plus distinguée du voisinage, elle avait dû éprouver un certain malaise à la suite de l'absence prolongée de la vedette numéro un prévue au programme, et qui devait parler des grands idéaux et du vaste monde devant la jeune et docte assemblée. Quand vous faites partie des administrateurs d'une école, et quand vous vous êtes engagée à fournir l'orateur qui doit prêcher la bonne parole à l'occasion du Grand Jour de l'année, vous avez bien le droit de vous montrer un peu nerveuse en apprenant qu'il est parti flâner à travers la capitale sans dire quand il reviendrait — à supposer qu'il revînt un jour —. Tante Dahlia ignorait si Upjohn n'avait pas été pris d'une envie subite de batifolage, et s'il n'allait pas jouer les boulevardiers pour une période indéterminée. Or, lorsqu'il y a ainsi une petite fête de prévue, il est certain que rien ne saurait lui en flanquer un pire coup dans la vue que la défection du principal orateur à la dernière minute... Aussi la vîmes-nous tout naturellement s'empourprer comme une rose au mois de juin, en demandant si cet enfant naturel de mère célibataire avait mentionné le jour où il comptait rentrer.

— Il revient ce soir. Il dit qu'il espère que vous ne vous êtes pas trop fait de souci.

La sœur de mon défunt père lâcha un grognement de même puissance qu'une explosion dans un dépôt de munitions.

— Ah, vraiment ? fit-elle. Eh bien, s'il tient à le savoir, je me suis fait du souci ! Qu'est-ce qui l'a retenu à Londres si longtemps ?

— Il est allé voir son avocat au sujet de ce procès en diffamation qu'il va intenter contre *la Revue du Jeudi.*

Je me suis souvent demandé de combien de centimètres le Hareng Saur avait bondi de son siège lorsqu'il entendit ces paroles. Je pense parfois que ce dut être de vingt-cinq centimètres, parfois de quinze seulement, mais, de toute manière, il ne fait aucun doute qu'il décolla de la partie capitonnée de son fauteuil comme un athlète durant l'épreuve olympique du saut en hauteur assis. McColl le Balafré ne se serait pas élevé en l'air avec une plus grande vitesse !

— Contre *la Revue du Jeudi* ? fit tante Dahlia. C'est bien le nom de votre canard, n'est-ce pas, jeune Hareng ? Qu'est-ce que vous lui avez donc fait pour qu'il se pique de la sorte ?

— C'est à cause du livre que Papa a écrit sur les Ecoles Préparatoires. Parce qu'il a écrit un livre sur les Ecoles Préparatoires. Vous saviez qu'il avait écrit un livre sur les Ecoles Préparatoires ?

— Pas le moins du monde. On ne me dit jamais rien.

— Eh bien, il a écrit ce livre sur les Ecoles Préparatoires. Il y parle des Ecoles Préparatoires.

— Ah bon ! Des Ecoles Préparatoires, vous êtes sûre ?

— Oui, des Ecoles Préparatoires.

— Dieu merci, voilà un point enfin tiré au clair ! Je me doutais qu'on arriverait quelque part si on continuait à creuser. Et alors... ?

— Alors, *la Revue du Jeudi* a publié un article

diffamatoire au sujet du livre de Papa. L'avocat de Papa dit que les jurés devraient accorder au moins cinq mille livres à Papa. Parce qu'il a été diffamé. C'est pour ça qu'il est resté tout ce temps à Londres. Pour voir son avocat. Mais il rentre ce soir. Il sera là pour la distribution des Prix et son discours est déjà tout prêt et dactylographié. Ah, voici mon Pantin adoré, fit-elle tout à coup, tandis qu'un aboiement lointain nous parvenait aux oreilles. Il réclame son dîner, le pauvre chéri ! Tout de suite, mon lapin ! Maman arrive ! s'écria-t-elle d'une petite voix flûtée. Puis elle se hâta d'aller remplir sa mission charitable.

Un bref silence suivit son départ.

— On dira ce qu'on voudra, fit tante Dahlia sur un ton où perçait une note de défi, mais le cerveau ne fait pas tout dans la vie. Cette enfant est délicieuse ! Je l'aime comme ma propre fille. Et que ceux qui la traitent de petite sotte aillent se faire pendre ! Eh bien, eh bien ? ajouta-t-elle, en voyant le Hareng Saur prostré dans son fauteuil, la mâchoire pendante. (Il tentait sans grand succès de la tenir en place en se tapotant le menton.)

— Qu'est-ce qui vous chagrine ainsi, jeune Hareng ?

Le Hareng Saur n'étant pas visiblement en état de converser, j'entrepris d'expliquer les choses moi-même...

— Vois-tu, Vénérable Parente, fis-je, il s'est créé une situation plutôt épineuse. Tu as entendu ce qu'a dit P. Mills avant d'aller pourvoir aux besoins de Pantin ? Elle a résumé toute l'histoire.

— Que veux-tu dire ?

— Il n'y a pas grand-chose à dire. Upjohn a écrit ce petit ouvrage, qui traite, si tu t'en souviens, des Ecoles Préparatoires, où il prétend, d'après ce que dit le Hareng Saur, que les années passées dans ces établissements sont les plus belles de notre vie. Ye Ed a refilé le bouquin au Hareng Saur pour qu'il le commente, et lui, en pensant à nos années sombres à Malvern House, Bradley-sur-Mer, où nous effeuillions ensemble les marguerites, l'a proprement éreinté d'une main implacable. Correct, vieil Hareng Saur ?

Il retrouva la parole — si l'on peut appeler « parole » un bruit qui ferait songer à un buffle cherchant à se dégager d'un marécage...

— Mais bon sang ! fit-il — la retrouvant même de plus en plus — il ne s'agit que d'une critique parfaitement légitime ! Je n'ai pas mâché mes mots, bien sûr...

— Il serait intéressant de savoir quels étaient ces mots que vous n'avez pas mâchés, fit Tante Dahlia. Car il me semble qu'il y en ait eu un ou deux dans le lot pour lesquels votre employeur risque fort de se voir délesté de cinq mille beaux billets tout neufs et bien craquants. Bertie, sors ta voiture du garage, et va voir au kiosque de la gare de Market Snodsbury s'ils n'auraient pas un exemplaire de *la Revue du...* Non, attends, ne coupe pas. Annule la commande. J'en ai pour une seconde, fit-elle, et elle fila, me laissant dans le brouillard le plus complet. Je me demandais en effet ce qu'elle mijotait. Ce que mijotent vos tantes n'est jamais chose facile à deviner...

Je me tournai vers le Hareng Saur.

— Sale histoire ! dis-je.

Je vis, à la façon dont il se tortillait, qu'il pouvait difficilement la trouver plus sale.

— Qu'arrive-t-il à un rédacteur adjoint d'un grand hebdomadaire quand ses patrons doivent cracher une somme substantielle en dommages et intérêts à cause de lui ?

Il trouva facilement la réponse.

— Il se fait virer ! Et, ce qui est pire, il a de sacrés problèmes pour dégoter un autre boulot après ça. Il est sur la liste noire.

Je vis ce qu'il voulait dire. Ces gros bonnets de la presse hebdomadaire sont partisans de surveiller leurs deniers. Ils aiment bien ne rien perdre de tout ce qu'ils peuvent glaner ; et quand le fric, au lieu de couler à flots dans leur poche, se met à couler à flots en sens inverse, par suite d'une fausse manœuvre d'un membre de leur personnel, le membre en question ne doit pas s'attendre à un cadeau de leur part ! L'équipe qui emploie le Hareng Saur est financée, me semble-t-il, par un consortium ou un syndicat quelconque, mais les syndicats et les consortiums sont tout aussi réfractaires à l'idée de sortir leurs billes que les particuliers. Comme le Hareng Saur l'avait si bien dit, non contents de virer le membre fautif, ils passaient le mot à tous les autres consortiums et syndicats à la ronde.

— Hareng? font ces derniers quand le Hareng Saur se présente pour du boulot. Ce n'est pas ce type de *la Revue du Jeudi* qui leur a ôté le pain de la bouche il n'y a pas longtemps ? Flanquez-moi vite ce bougre par la fenêtre. Nous voulons voir jusqu'où il rebondit. Si Upjohn donnait suite à sa plainte, les chances pour que le Hareng Saur retrouvât un jour un emploi salarié étaient très minces, pour ne pas dire squelettiques. Il faudrait peut-être des années pour que tout soit pardonné et oublié...

— La vente de crayons dans le caniveau est à peu près ce que je peux espérer de mieux à l'avenir, fit le Hareng Saur. Il venait à peine de s'enfouir le visage dans les mains, comme sont enclins à le faire tous les types dont le futur s'annonce sous des couleurs plutôt sombres, quand la porte s'ouvrit, livrant passage, non pas, ainsi que je l'avais supposé, à tante Dahlia, mais à Bobbie.

— Je me suis trompée de livre, fit-elle. Celui que je voulais était...

Son regard tomba soudain sur le Hareng Saur, et l'on put voir chacun de ses membres se raidir, un peu comme ceux de la femme de Loth — celle qui, vous vous en souvenez sans doute, fit une chose qu'il ne fallait pas faire lorsqu'il y eut tous ces incidents regrettables à propos de cette affaire de Cités de la Plaine, et qui fut transformée en statue de sel... Je dois dire, d'ailleurs, que je n'ai jamais très bien compris le fond de l'histoire. Pourquoi de sel, veux-je dire ! Me paraît plutôt bizarre... Pas du tout ce qu'on attendrait...

— Oh ! fit-elle, prenant un air hautain, comme offusquée par la vision de quelque créature des bas-fonds. C'est alors qu'un grognement sourd s'échappa des entrailles du Hareng Saur. Il leva vers Roberta Wickham un visage couleur de cendre, et, à la vue de ce v. couleur de cendre, Bobbie oublia tout à coup son air hautain. A la place, on vit luire à nouveau le bon vieux reflet de la tendresse féminine, mêlée de compassion, d'affection et de je ne sais quoi encore... Elle bondit sur lui comme un léopard femelle retrouvant ses petits.

— Reggie ! Oh, Reggie ! Reggie chéri, qu'y a-t-il ? s'écria-t-elle, son attitude marquée par une très nette amélioration de son état général ! En un mot, elle avait fondu devant le spectacle de sa détresse ! Cela se produit parfois chez les personnes du beau sexe, ainsi que les poètes l'ont souvent souligné. Vous connaissez probablement celui qui a écrit : « Oh, Femme, dans nos heures de joie, pom pom, pom pom, quelque chose de toi, quand quelque chose - quelque chose - quelque chose - ton front, un quelque chose - quelque chose - quelque chose - ton nom. »

Elle se tourna vers moi, montrant les dents comme un animal prêt à mordre.

— Qu'est-ce que tu as fait à mon pauvre lapin ? demanda-t-elle, en me lançant un des regards les plus furieux qu'on eût vus cet été-là dans tous les Comtés du Centre de l'Angleterre. J'expliquai que ce n'était pas moi, mais le sort, ou, si vous voulez, le Destin, qui avait chassé le soleil de la vie de son pauvre lapin ! A peine avais-je fini de m'expliquer, que Tante Dahlia reparut. Elle tenait un morceau de papier à la main.

— J'avais raison, fit-elle, en pensant que la première chose que ferait Upjohn en publiant un bouquin serait de demander à une agence spécialisée de lui envoyer toutes les coupures de presse le concernant. Voici ce que j'ai trouvé sur la table du vestibule. C'est votre article au sujet de son petit opus, Jeune Hareng, et après l'avoir parcouru du regard, je ne suis pas surprise qu'Upjohn ait été quelque peu ébranlé.

Ainsi que vous pouvez vous en douter, à la suite des diverses allusions dont il a fait l'objet jusqu'ici, l'article était plutôt du genre sévère. Pour ma part, je le classai même dans la catégorie des fruits rares et rafraîchissants, et m'en léchai les doigts avec délice ! La conclusion en était la suivante :

— Aubrey Upjohn aurait peut-être une tout autre vision des Ecoles Préparatoires s'il avait purgé un petit séjour dans ce bagne pour enfants qu'il dirigeait à Malvern House, Bramley-sur-Mer, comme l'ont fait, pour leur malheur, un certain nombre d'entre nous. C'est ainsi que nous n'oublierons jamais les saucisses dominicales, lesquelles ne provenaient pas de cochons heureux de vivre, mais de cochons arrachés subitement à l'affection des leurs par la morve, le téniasis et la tuberculose.

Jusque-là le Hareng Saur était demeuré assis, jouant à placer bout à bout l'extrémité des doigts de ses deux mains, et hochant la tête de temps à autre comme pour dire : « Caustique, certes. Mais critique parfaitement légitime. » Toutefois, lorsqu'il entendit ce dernier extrait sortir des lèvres de la Vieille Ancêtre, il fit un nouveau saut en hauteur assis, battant tous les records antérieurs de la spécialité de plusieurs bons centimètres. Je me souviens d'avoir été tout à coup frappé par l'idée qu'à défaut d'autres sources de revenus, il avait un avenir prometteur comme acrobate de cirque…

— Mais, je n'ai jamais écrit ces mots ! s'écria-t-il, le souffle coupé par la surprise.

— Eh bien, c'est écrit ici, noir sur blanc.

— Mais c'est diffamatoire, ça !

— C'est ce qu'ont l'air de penser Upjohn et ce vautour qui lui sert d'avocat ! Et c'est aussi mon avis, dois-je dire, qu'il y en a bien pour cinq mille livres.

— Permettez que j'y jette un coup d'œil, glapit le Hareng Saur. Je n'y comprends rien du tout ! Non, attends une seconde, chérie. Pas maintenant. Plus tard. J'ai besoin de me concentrer un moment, fit-il à l'intention de Bobbie qui s'était jetée sur lui et s'accrochait à lui comme le lierre sur le vieux mur de pierre du jardin.

— Reggie, gémit-elle — oui « gémir » est le mot qui convient…

— C'est moi qui ai écrit ça !

— Quoi ?

— Cette chose que Mme Travers vient de lire. Tu te souviens m'avoir lu ton papier le jour où nous avons déjeuner ensemble à Londres ? Puis tu m'as dit de le laisser à ton journal en passant parce que tu devais filer en vitesse pour faire une partie de golf. Je l'ai relu après ton départ, et j'ai vu que tu avais oublié ce passage sur les saucisses — accidentellement, pensai-je. Je l'avais trouvé tellement drôle, génial, et tout et tout que... Bref, je l'ai ajouté à la fin. J'ai pensé que ça ferait de l'effet...

CHAPITRE XIV

Il s'ensuivit quelques instants de silence qui furent interrompus par l'exclamation « Sacré nom d'un petit bonhomme ! » lancée par une certaine tante. Le Hareng Saur était immobile et clignait des yeux ainsi que je le lui avais parfois vu faire au cours des rencontres de boxe auxquelles il lui arrivait de participer, à la réception d'un coup de poing touchant quelque endroit sensible, comme le bout du nez, par exemple… L'idée de saisir le cou de Bobbie à deux mains pour en faire une tresse effleura-t-elle son esprit ? Je ne saurais trop le dire. Mais, si tel fut le cas, cela ne dura guère plus que l'espace d'un rêve fugitif. Une ou deux secondes au maximum. L'Amour reprit ses droits presque aussitôt. Elle l'avait appelé « son lapin », et c'est avec toute la douceur bien connue de ce petit animal qu'il parla ainsi :

— Ah, je vois. C'est donc ça !

— Je suis désolée.

— N'y pense plus.

— Pourras-tu jamais me pardonner ?

— Mais bien sûr !

— Je croyais tellement bien faire !

— Mais oui, mais oui…

— Penses-tu que tu auras des ennuis à cause de ça ?

— Il se pourrait qu'il y ait quelque légère friction…

— Oh, Reggie !

— Mais ça ne fait rien.

— J'ai ruiné ta vie !

— Ne dis pas de sottises. *La Revue du Jeudi* n'est pas le seul journal à Londres. S'ils me virent, j'en serai quitte pour accepter une place ailleurs… »

Cela ne collait pas tout à fait avec ce qu'il m'avait dit un peu plus tôt à propos de cette fameuse liste noire, mais je m'abstins d'en faire la remarque, en voyant à quel point Bobbie semblait réconfortée par ces quelques paroles.

Il ne sert à rien, me dis-je, de jeter à terre la coupe remplie de bonheur qu'une jeune fille porte à ses lèvres, après avoir touché le fond du désespoir, à l'instant où elle prend sa première lampée…

— Bien sûr ! fit-elle. N'importe quel journal serait heureux d'avoir un homme de qualité comme toi !

— Ils se battraient tous comme des chacals pour obtenir ses services ! dis-je, pour apporter encore un peu plus d'eau à son moulin. On ne laisse pas en circulation un type d'une pareille valeur plus d'un jour ou deux.

— Tu as tant de talent !

— Je sais !

— Je ne parle pas de toi, idiot ! Je parle de Reggie.

— Ah, bon ! C'est vrai que le Hareng Saur a tout ce qu'il faut pour plaire !

— Tout de même, fit Tante Dahlia, je pense que, dès le retour d'Upjohn, vous devriez faire un effort pour gagner ses bonnes grâces.

Je saisis sa pensée au vol. Elle conseillait en

quelque sorte qu'il le serrât sur son cœur dans un étau d'acier…

— Oui, dis-je. Déploie ton charme, Hareng Saur ! Et il y a des chances pour qu'il oublie tout ça.

— C'est fatal, fit Bobbie. Qui pourrait te résister, mon chéri ?

— C'est ce que tu penses vraiment, ma chérie ?

— Bien sûr, mon chéri !

— Eh bien, espérons que tu as raison, ma chérie ! En attendant, dit le Hareng Saur, si je ne prends pas vite ce whisky-soda, je sens que je vais me désintégrer… Vous permettez que j'aille le chercher, Mme Travers ?

— Précisément ce que j'étais sur le point de suggérer moi-même ! Hâtez-vous d'aller faire le plein, pauvre jeune cerf aux abois.

— Je prendrais bien aussi un petit remontant, dit Bobbie.

— Moi aussi, fis-je, emporté par le flot de l'opinion publique. Quoique, dis-je, une fois à l'extérieur, je préconiserais plutôt un doigt de porto ! Davantage de personnalité ! Allons trouver Swordfish. Il fera le nécessaire…

Nous trouvâmes Papa Glossop à l'Office en train d'astiquer l'argenterie, et lui passâmes notre commande. Il parut quelque peu surpris par l'irruption d'une telle multitude, mais, quand nous lui dîmes que nous avions tous le gosier sec, il eut la bonté d'aller nous chercher une bouteille du meilleur cru, et nous nous restaurâmes les tissus pendant quelques instants sans parler… C'est alors que le Hareng Saur, qui était resté plongé depuis notre arrivée dans une sorte de rêverie silencieuse, se leva et partit, disant que, si ça ne nous faisait rien, il avait envie de rester seul un instant pour méditer. Lorsqu'il sortit, je vis le Père Glossop lui jeter un regard perçant, et je compris que l'attitude du Hareng Saur avait sans doute éveillé son intérêt professionnel... Il avait dû flairer chez l'étrange visiteur un client éventuel, car ces psychiatres sont toujours sur le qui-vive et rien ne leur échappe ! Attendant avec tact que la porte se fût refermée sur lui, il demanda :

— Est-ce que Mr. Hareng est un de vos amis, Mr. Wooster ?

— Bertie.

— Je vous demande pardon, Bertie ! Il y a quelque temps que vous le connaissez ?

— Pratiquement depuis sa sortie de l'œuf.

— Et Mlle Wickham est également une de ses amies ?

— Reggie Hareng et moi sommes fiancés, Sir Roderick, fit Bobbie.

Ces paroles scellèrent un instant les lèvres glossopiennes. Il fit « oh ! » et se mit ensuite à parler du temps qu'il faisait, jusqu'à ce que Bobbie, qui avait montré une certaine nervosité depuis le départ du Hareng Saur, déclarât qu'elle allait voir si la méditation se passait bien. La pièce étant alors, pour ainsi dire, dé-whickhamisée, Roddie descella les lèvres immédiatement.

— Je n'ai pas voulu soulever la question devant Mlle Wickham, puisqu'elle est fiancée à ce Mr. Hareng, car l'on déteste toujours, n'est-ce pas, éveiller quelque inquiétude chez les gens, mais ce jeune homme souffre d'une névrose.

— Oh ! Il n'a pas toujours l'air aussi toqué que ce qu'il semblait l'être à l'instant.

— Néanmoins...

— Et, laissez-moi vous dire une chose, Roddy ! Si

vous étiez aussi profondément plongé dans la purée qu'il l'est en ce moment, vous souffririez également d'une belle névrose.

Et, pensant que cela ne pouvait pas faire de mal d'avoir son point de vue sur l'affaire Hareng Saur-Upjohn, je lui dévoilai toute l'histoire...

— Vous voyez donc quelle est la sit..., fis-je pour conclure, la seule façon pour lui d'échapper au destin pire que la mort qui serait le sien — si ses employeurs étaient forcés de cracher à cause de lui une somme allant au-delà de tout ce dont un avare pourrait rêver — est de gagner les bonnes grâces d'Upjohn, ce qui, au regard de tout être pensant, est une hypothèse lancée totalement à côté de la cible ! S'il a eu quatre ans, veux-je dire, pour gagner les bonnes grâces d'Upjohn à Malvern House sans y parvenir une seule fois, on voit mal comment il s'y prendrait pour y arriver maintenant ! Non, à mon avis, il s'agit là de ce qu'on appelle « une impasse ». Expression française, expliquai-je, pour dire qu'on est bel et bien coincé sans aucun espoir de trouver la sortie...

A ma grande surprise, au lieu de faire claquer sa langue en agitant la tête pour indiquer à quel point il jugeait le dilemme épineux, il se mit tout à coup à glousser, comme s'il voyait dans la chose une certaine drôlerie qui m'avait échappée... Après quoi, il invoqua le Seigneur, ce qui était sa manière à lui de s'écrier : « Sacré Nom de Dieu ! »

— C'est vraiment extraordinaire, mon cher Bertie, dit-il, la façon dont nos relations font revivre ma jeunesse ! La moindre de vos paroles semble ranimer de vieux souvenirs ! Je me surprends à évoquer des épisodes d'un lointain passé auquel je ne pensais plus depuis des années. On dirait que vous avez agité quelque baguette magique. Ce problème dont vous m'avez parlé à propos de votre ami Mr. Hareng en est un exemple. Tandis que vous me racontiez ses déboires, je sentis les brumes se dissiper, les aiguilles de la pendule ont fait marche arrière, et je suis redevenu le jeune homme que j'étais à vingt ans, alors que je me trouvais profondément mêlé à l'étrange affaire de Bertha Simmons, de George Lanchester, et du père de Bertha, le vieux Mr. Simmons, qui résidait alors dans le quartier de Putney.

— De quelle étrange affaire de qui ?

Il me redit la liste des noms inscrits au générique, et demanda si je ne prendrais pas une autre goutte de porto, une proposition à laquelle je souscrivis immédiatement, puis il poursuivit son récit.

— Georges, un jeune homme aux passions volcaniques, rencontra Bertha Simmons dans un bal donné à la Mairie de la Ville au bénéfice des veuves de porteurs de bagages de la gare de Putney, et il en devint aussitôt passionnément amoureux. Et je dois dire qu'il fut non moins aussitôt aimé en retour. Lorsqu'il revit Bertha, le lendemain, dans la grand-rue, et l'amena dans une pâtisserie pour lui offrir une glace, il lui offrit en même temps sa main et son cœur. Et elle les accepta tous trois avec enthousiasme. Elle lui dit qu'en dansant avec lui, la nuit précédente, elle s'était soudain sentie toute drôle. Il lui dit qu'il avait eu exactement la même sensation.

— Des âmes sœurs, quoi !

— La description ne saurait être plus exacte.

— En fait, jusque-là, tout allait bien.

— Précisément. Mais il y avait un obstacle, et même un obstacle des plus sérieux ! George était maître-nageur à la piscine municipale. Or, Mr. Simmons avait de plus grandes ambitions pour sa fille. Aussi, s'opposa-t-il au mariage. Bien sûr, je vous parle d'une époque où un père pouvait encore s'opposer à un mariage ! C'est seulement après que George l'eût sauvé de la noyade qu'il se laissa fléchir et consentit à donner au jeune couple sa bénédiction paternelle.

— Comment cela est-il arrivé ?

— De la façon la plus simple. J'amenai le père Simmons faire une promenade au bord de la rivière, et le poussai dans l'eau. George, qui se tenait prêt à bondir, n'eut qu'à plonger et à le tirer sur la berge. A la suite de cela, je dus naturellement subir un certain nombre de critiques à propos de ma maladresse, et ce n'est que plusieurs semaines plus tard que je fus à nouveau invité à souper à Chatworth, la résidence des Simmons — un châtiment considérable en ces temps lointains où je n'étais encore qu'un étudiant sans le sou, et de surcroît, perpétuellement affamé —. Mais c'est avec joie que je me sacrifiai pour venir en aide à un ami, d'autant plus que le plan, du moins en ce qui concerne George, eut une issue des plus heureuses. Or, l'idée me vint à l'esprit, tandis que vous parliez du désir de Mr. Hareng de gagner les bonnes grâces de Mr. Upjohn, que son cas pourrait être réglé en montant le même genre de scénario — « bidon », je crois, est le terme que les jeunes emploient maintenant ? — Brinkley Court vous offre toutes les facilités pour cela. En flânant dans le parc, j'ai remarqué un petit lac qui ferait tout à fait l'affaire, et... bref, voilà, mon cher Bertie, il ne s'agit, bien sûr, que d'une idée en l'air, une simple suggestion de ma part...

Ses paroles m'avaient, pour ainsi dire, fouetté le sang, et, songeant à la façon dont je m'étais trompé sur son compte à l'époque où nos relations étaient plutôt tendues, je me sentis gagné par le remords et la honte. Il me semblait impensable que j'eusse jamais considéré cet admirable soigneur de dingues comme une menace pour sa profession. Quelle belle leçon n'y avait-il pas là, me dis-je, pour tous ceux d'entre nous qui pensent qu'il n'est pas possible de rester l'un des joyeux boute-en-train de la bande dès lors que l'on a le crâne chauve et le sourcil en broussaille ! Il y avait encore quelques centimètres de rubis liquide au fond de mon verre, et, lorsqu'il eut fini de parler, je levai respectueusement mon gobelet en son honneur. Je lui dis alors qu'il avait mis en plein dans le mille, et qu'il avait le droit de choisir entre un cigare ou une noix de coco...

— Je vais immédiatement soumettre la question aux deux acteurs principaux, ajoutai-je.

— Mr. Hareng sait-il nager ?

— Comme un banc de poissons !

— Alors, je ne vois aucun obstacle sur votre route.

Nous nous séparâmes après quelques derniers échanges de civilités, et ce n'est qu'en émergeant dans l'air tiède de l'après-midi estivale que je me souvins d'avoir omis de lui dire que le crémier n'avait pas été piqué, mais que Wilbert l'avait acheté à l'oncle Tom. Je songeai un instant à faire demi-tour pour l'en informer, mais, après réflexion, je n'en fis rien. Chaque chose en son temps, me dis-je, et, pour l'heure, venait en tête de liste le besoin urgent de rendre tout leur éclat aux yeux du Hareng Saur. Le reste pouvait attendre, pensai-je, et je me dirigeai donc vers l'endroit où il faisait les cent pas avec Bobbie sur la pelouse. Tous deux marchaient tête basse, et je me dis avec joie, en les voyant, que grâce à Bertram, ces deux jeunes têtes allaient bientôt se redresser...

Et je ne me trompai point. Leur enthousiasme ne connut pas de borne. Tous deux convinrent sans réserve que si Upjohn était animé de la plus petite lueur de sentiments humains — ce qui, bien sûr, restait à prouver — l'affaire était dans le sac !

— Mais, tu n'as pas pu trouver ça tout seul, Bertie ! fit Bobbie, toujours portée à sous-estimer l'ingéniosité woostérienne. Tu en as parlé à Jeeves ?

— Non. En fait, c'est Swordfish qui a eu cette idée.

Le Hareng Saur parut surpris.

— Tu veux dire que tu lui as tout raconté ?

— La manœuvre m'a paru relever d'une saine stratégie. Quatre esprits valent mieux que trois.

— Et il a conseillé qu'on flanque Upjohn dans le lac ?

— C'est cela !

— Plutôt bizarre, ce maître d'hôtel.

Je méditai ces propos pendant quelques instants.

— Bizarre ? Oh, je ne trouve pas. Assez ordinaire, à mon avis, oui, plus ou moins modèle courant, fis-je.

CHAPITRE XV

C'est donc l'après-midi suivant que vous retrouvez votre héros, plein d'enthousiasme et d'impatience, et tirant, pour ainsi dire, sur sa laisse, dans sa hâte de mener à bien la tâche entreprise. Ce fut, par conséquent, pour moi, comme une douche froide, lorsque je découvris que Jeeves ne tenait pas l'opération Upjohn en très haute estime. Je lui en parlai juste avant de me rendre à mon petit rendez-vous, croyant que son appui moral pourrait m'être d'un certain secours, et je fus éberlué de le voir prendre soudain une figure sévère, voire même quelque peu bouffie... Il est vrai qu'il était alors lancé dans une vivante évocation des émotions qu'éprouve un juge chargé d'élire une reine de beauté dans une station de bord de mer, et c'est avec regret que je dus l'interrompre, car son récit m'avait tenu en haleine...

— Je suis désolé, Jeeves, fis-je en consultant ma montre, mais il faut que je file. Une affaire urgente. Vous me raconterez la suite plus tard.

— Quand Monsieur voudra, Monsieur.

— Est-ce que vous faites quelque chose de spécial au cours de la prochaine demi-heure ?

— Non, Monsieur.

— Aucune envie de vous caler dans quelque coin ombreux avec une bonne cigarette et votre Spinoza ?

— Non, Monsieur.

— Alors, je vous conseille vivement de vous rendre au bord du lac afin d'être le Témoin visuel de ce qu'on nomme « un drame humain ».

Je lui traçai en deux mots les grandes lignes du programme, ainsi que le cours des événements ayant conduit à son adoption. Il écouta attentivement, puis souleva un sourcil d'une fraction de centimètre.

— Est-ce une idée de Mlle Wickham, Monsieur ?

— Je reconnais que ça fait un peu songer au genre d'idées qui lui viennent à l'esprit ! Non, en fait, la suggestion est de Sir Roderick Glossop. A propos, Jeeves, vous avez été probablement surpris de le retrouver jouant les maîtres d'hôtel à Brinkley...

— Certes, cela m'a tout d'abord causé quelque étonnement passager, mais Sir Roderick m'a expliqué la situation.

— Craignant que, s'il ne vous mettait pas au courant, vous ne le démasquiez devant Mme Cream ?

— Sans aucun doute, Monsieur. Il est naturel qu'il souhaite prendre toutes les précautions possibles. Ses remarques m'ont donné à entendre qu'il n'avait pas encore atteint de conclusion définitive concernant l'état mental de M. Cream.

— Non. Il observe toujours le sujet. Bref, ainsi que je l'ai déjà dit, c'est de son vaste et fertile citron que l'idée a jailli. Qu'en pensez-vous ?

— Assez peu judicieuse, à mon avis, Monsieur.

J'étais interloqué. J'en cr. à peine mes or.

— Assez peu judicieuse ?

— Oui, Monsieur.

— Pourtant, il n'y a pas eu le moindre pépin dans

le cas de Bertha Simmons, de George Lanchester et du vieux Mr. Simmons.

— C'est fort probable, Monsieur.

— Alors, pourquoi cette attitude défaitiste ?

— Il ne s'agit que d'une impression personnelle, Monsieur, due probablement à mon goût pour la diplomatie. Je ne crois guère en ces plans élaborés à l'avance. Ce n'est pas cela *Che move il sole,* comme le dit le poète Dante.

— De l'italien, je suppose.

— Oui, Monsieur.

— Je m'en doutais ! A cause du *che.* Pourquoi les Italiens font-ils si souvent *che,* Jeeves ?

— Je n'ai aucune connaissance spéciale en la matière, Monsieur. Ils n'ont pas daigné se confier à moi.

J'étais maintenant passablement irrité. Je n'aimais pas du tout son air pincé. J'avais compté sur quelques paroles d'encouragement et de sympathie de sa part, m'exhortant à me hâter en chemin, et au lieu de cela, il tentait d'émousser, si je puis dire, le tranchant de mon zèle ! J'étais à peu près dans la situation du petit enfant qui court vers sa maman, dans l'espoir qu'elle va soutenir et approuver quelque chose qu'il vient de faire, et qui se fait tout à coup botter le fond de culotte en guise de récompense... Ce fut donc avec une certaine fougue que je revins à la charge.

— Ainsi, vous pensez que le poète Dante ne verrait pas d'un bon œil notre petite expérience, n'est-ce pas ? Eh bien, vous pouvez lui dire de ma part qu'il n'est qu'un âne ! Nous avons tout prévu jusqu'au plus petit détail ! Mlle Wickham invite Mr. Upjohn à venir faire un tour avec elle. Elle le conduit jusqu'au bord du lac. Là, je me tiens sur la berge, feignant de regarder les poissons qui jouent dans les roseaux. Le Hareng Saur, lui, reste caché derrière un arbre voisin, prêt jusqu'au dernier bouton de guêtre... Au signal : « Oh ! regardez ! », lancé par Mlle Wickham, le doigt tendu comme pour montrer quelque chose dans l'eau, le tout accompagné de manifestations juvéniles, traduisant la plus grande surprise, Upjohn se penche pour jeter un coup d'œil... Je le pousse. Le Hareng Saur plonge, et le tour est joué ! Je ne vois pas ce qui pourrait rater.

— Vous avez sans doute raison, Monsieur. Mais j'éprouve néanmoins cette impression...

Les Wooster ont le sang chaud, et j'étais sur le point de lui dire en termes bien sentis ce que je pensais de sa fichue impression personnelle, lorsque je saisis pourquoi il décriait ainsi le projet ! Il était à son tour victime du monstre aux yeux verts ! Il était vexé que ce ne fût pas lui le cerveau de l'opération, et que le brevet eût été déposé par un concurrent ! Même les grands hommes ont leurs petites faiblesses... C'est pourquoi je retins la remarque acide que j'aurais très bien pu lâcher en la circonstance, pour ne faire qu'un simple : « Ah, ouais ? » Inutile, n'est-ce pas, de remuer le fer dans la plaie.

Je demeurai toutefois passablement échauffé... En effet, lorsque vous êtes tendu ou crispé, ou quelque chose dans ce goût-là, vous n'avez pas besoin qu'on vous perturbe encore davantage en venant mêler le poète Dante à l'affaire ! De plus, je ne le lui avais pas dit, mais notre plan avait déjà failli subir un échec dès le départ, dû au fait qu'Upjohn, durant son petit séjour dans la capitale, avait cru bon de se faire raser la moustache !... à la suite de quoi le Hareng Saur avait été à deux doigts de craquer en laissant tout tomber... La vue de cette vaste steppe de chair nue sous le nez upjohnien, dit-il, lui rappelait trop l'époque où cette vision lui avait si souvent glacé le sang ! J'avais dû alors lui faire une longue série de discours musclés pour rendre à son mâle courage toute sa vigueur première... Cependant, on sait que le garçon ne manquait pas de cran, et bien que ses foies eussent très nettement blanchi l'espace d'un instant, au point de nous faire craindre qu'il devînt aussi peu coopératif que le chat échaudé du fameux adage, il n'en était pas moins à son poste à l'heure dite — 3 h 30, heure de Greenwich —, derrière l'arbre convenu et bien résolu à tenir son rôle jusqu'au bout ! Je vis sa tête apparaître brièvement derrière le tronc comme j'arrivai sur les lieux, et, lorsque je lui fis de loin un petit signe joyeux avec la main, il me fit à son tour un petit signe de la main qui me parut non moins joyeux. Certes je n'eus que le temps de l'entrevoir, mais je fus frappé par la fermeté peinte sur son visage. Comme il n'y avait encore aucune trace visible de l'actrice principale et de son partenaire, j'en conclus que je devais être légèrement en avance. Aussi allumai-je une cigarette dans l'attente de leur entrée en scène, tout en me disant avec plaisir qu'il n'eût guère été possible de souhaiter de meilleures conditions pour notre petite fête aquatique ! Il n'est hélas, que trop fréquent, au cours d'une journée d'été anglaise, que le soleil disparaisse soudain derrière les nuages, et qu'un petit vent frisquet du nord-est se lève subitement... Or, cet après-midi-là était un de ces rares après-midi torrides où rien ne bouge, et où le plus léger mouvement vous couvre le front de perles de trans. — un après-midi, en un mot, où ce serait un vrai plaisir d'être balancé dans un lac — « très rafraîchissant ! » ne manquerait sans doute pas de se dire Upjohn, en sentant l'onde claire jouer le long de son corps...

J'étais donc là, debout, en train de passer en revue dans mon esprit les détails de la mise en scène, afin de voir si tout était bien au point, lorsque je vis s'approcher Wilbert Cream, avec le chien Pantin qui batifolait autour de ses chevilles. Dès qu'il m'aperçut, l'animal se rua sur moi en aboyant furieusement, à son habitude, mais, humant, sans doute, au moment de l'accostage, un relent de Wooster n° 5, il se calma aussitôt, et je pus tout à loisir tourner mon attention vers Wilbert, qui, visiblement, souhaitait s'entretenir avec moi.

Il avait l'air plutôt verdâtre, remarquai-je, et je me souvins, en le voyant, de l'impression que m'avait donnée le Hareng Saur, le jour de son arrivée à Brinkley, qu'il venait d'avaler une huître pas très fraîche... Il était clair que la perte de Phyllis Mills — quelque gourde que fût indéniablement cette dernière — lui avait flanqué une sacrée beigne en pleine figure ! Je présumai donc, en le voyant, qu'il venait à moi en quête de réconfort et d'un peu de baume au cœur — que je n'aurais d'ailleurs été que trop heureux de lui dispenser. J'espérais, bien sûr, qu'il serait bref et débarrasserait vite le plancher, car je ne souhaitais pas, naturellement, être gêné par un quelconque public quand viendrait le moment de lâcher le ballon ! Rien n'est plus embarrassant, veux-je dire, lorsque vous poussez quelqu'un dans un lac, que de voir les premiers rangs garnis de spectateurs qui vous regardent avec des yeux ronds.

Toutefois, il n'aborda pas immédiatement la question de Phyllis Mills.

— Ah, Wooster, dit-il, je discutais avec ma mère l'autre soir.

— Ah, oui ?, fis-je avec un vague geste de la main, destiné à lui faire voir que, s'il lui plaisait de discuter avec sa mère, il avait ma bénédiction pour le faire où et quand il lui plaisait.

— Elle m'a dit que vous vous intéressiez aux souris.

Je n'aimais pas trop la tournure prise par la conversation, mais je ne me départis pas pour autant de mon aplomb.

— Un peu, oui. Pourquoi donc ?

— Elle dit qu'elle vous a trouvé en train d'en chercher une dans ma chambre.

— Oui, c'est exact.

— Très aimable à vous de vous donner tant de mal.

— Absolument pas. C'est toujours avec plaisir !

— Elle dit que vous sembliez chercher partout avec le plus grand soin.

— Ma foi, vous savez, à faire les choses...

— Et vous n'avez pas trouvé de souris ?

— Non. Aucune souris. Je regrette.

— Je me demande si vous n'auriez pas plutôt trouvé, par hasard, un crémier du XVIIIe siècle...

— Hein ?

— Une sorte de récipient en argent en forme de vache.

— Non. Pourquoi ? Il était quelque part sur le plancher ?

— Il était dans un tiroir du secrétaire.

— Ah ! Alors, je n'ai pas pu le voir.

— Et vous ne le verriez pas davantage maintenant. Il a disparu.

— Disparu ?

— Disparu.

— Vous voulez dire, en quelque sorte, qu'il est parti ?

— C'est cela.

— Bizarre !
— Très bizarre !
— Oui. Il semble que ce soit extrêmement bizarre, n'est-ce pas ?

J'avais parlé avec le calme légendaire des Wooster, et je doute fort qu'un spectateur occasionnel se fût douté que Bertram n'était pas tout à fait à son aise... Mais je peux affirmer à mon public qu'il était loin de l'être ! Mon cœur avait bondi de la façon désormais rendue célèbre par le Hareng Saur et McColl le Balafré, et le bruit mou avec lequel il avait heurté mes dents de devant avait dû s'entendre de Market Snodsbury ! Même quelqu'un de beaucoup moins fin qu'un Wooster aurait deviné ce qui s'était passé ! N'étant pas au courant du score final, faute d'avoir lu les derniers gros titres de la presse, et considérant toujours le crémier comme une parcelle du butin amassé par Wilbert Cream au cours de ses nombreux larcins, Papa Glossop s'était lancé avec zèle dans les recherches qu'il s'était promis de faire, et son intuition, développée par des années de chasse au furet, l'avait tout de suite conduit au bon endroit... C'est donc amèrement — mais un peu tard — que je regrettai d'avoir omis — tant l'opération Upjohn m'avait absorbé — de le tenir à jour des faits les plus récents. « Si seulement il avait su... », sont les mots qui résumaient à peu près la sit...

— Je voulais vous demander, fit Wilbert, si vous pensez que je ferais bien d'en informer Mme Travers...

La cigarette que je fumais était heureusement de celles qui vous donnent l'air nonchalant, aussi fut-ce nonchalamment — ou presque nonchalamment — que je pus répondre.

— Oh, je n'en ferais rien, si j'étais vous.
— Et pourquoi ?
— Cela risquerait de la perturber...
— Vous pensez que c'est une plante fragile ?
— Oh, très fragile ! d'aspect rugueux, certes, mais il ne faut pas se fier à l'extérieur ! Non, j'attendrais un peu, si j'étais vous... Vous allez sans doute finir par trouver que vous avez mis le truc à un endroit où vous ne pensiez pas l'avoir mis. C'est souvent, veux-je dire, qu'on met un truc à un endroit, et qu'on pense l'avoir mis ailleurs, puis qu'on découvre qu'on ne l'a pas mis ailleurs, mais à l'endroit où on ne croyait pas l'avoir mis ! Je ne sais pas si vous me suivez...
— Pas du tout.
— Je veux dire : cherchez bien dans les coins, et vous êtes à peu près sûr de trouver le truc quelque part.
— Vous pensez qu'il va revenir ?
— Je le pense.
— Comme un pigeon voyageur ?
— C'est cela.
— Ah ? dit Wilbert. A cet instant, Bobbie et Upjohn apparurent sur le ponton du hangar à bateau, et Wilbert se tourna pour les saluer. J'avais trouvé ses manières plutôt étranges — en particulier, cette façon dont il avait fait : « Ah ! » — j'étais heureux, toutefois, qu'il ne me soupçonnât pas, dans son for intérieur, d'avoir piqué le satané bidule moi-même ! Il aurait très bien pu, en effet, se mettre en tête que l'oncle Tom, regrettant de s'être séparé de son cher trésor, m'avait chargé de le récupérer en secret — chose qui est, je crois, très courante chez les collectionneurs. Néanmoins, j'étais encore en état de choc, et je pris note mentalement de songer à dire au

Père Glossop qu'il devait replacer le machin parmi les effets de Wilbert à la première occasion...

Je me dirigeai donc vers l'endroit où se tenaient Upjohn et Bobbie, et, bien que marchant d'un pas ferme et le cœur vaillant, je ne pouvais m'empêcher d'éprouver la sensation que l'on éprouve toujours dans ces moments-là, d'avoir les genoux en coton détrempé... Mon émotion rappelait un peu celle que j'avais ressentie le jour où j'avais chanté pour la première fois la chanson des *Noces du Laboureur* — en public, veux-je dire, car, bien sûr, je la chantais depuis longtemps dans mon bain !

— Tiens ? Salut, Bobbie, dis-je.

— Tiens ? Salut, Bertie, dit-elle.

— Tiens ? Salut, Upjohn, dis-je.

La réponse correcte qu'aurait alors dû fournir Upjohn était donc : Tiens ? Salut Wooster. Mais il oublia de donner la bonne réplique. Au lieu de cela, il produisit une sorte de bruit qu'aurait émis un loup-garou qui se serait pris le gros orteil dans un piège... Plutôt nerveux, me sembla-t-il, un peu comme s'il eût souhaité se trouver ailleurs...

Bobbie affichait une exubérance toute juvénile.

— J'ai parlé à Mr. Upjohn du gros poisson que nous avons vu hier dans le lac, Bertie.

— Ah, oui ! Le gros poisson.

— C'est bien vrai que c'est un vrai monstre ?

— Particulièrement bien développé.

— Je l'ai amené ici pour le lui montrer.

— Bonne idée. Je suis sûr que le gros poisson vous plaira, Upjohn.

J'avais eu tout à fait raison de supposer qu'il était plutôt nerveux. Il fit à nouveau entendre son imitation de loup-garou...

— Il n'en est pas question, fit-il — et je pense que

le terme « courroucé » n'aurait pas pu être mieux choisi pour décrire le ton de sa voix —. Cela me dérange terriblement de devoir m'absenter de la maison à cette heure-ci ! J'attends un coup de téléphone de mon avocat...

— Oh ! je ne m'en ferais pas trop pour des histoires de coups de téléphone d'avocats, si j'étais vous ! Rien de ce que disent ces aigles du barreau ne vaut vraiment la peine d'être écouté ! Tout ça n'est que du bla-bla-bla ! Mais vous regretteriez toute votre vie de ne pas avoir vu le gros poisson. Vous disiez, Upjohn ? Je m'interrompis aimablement, car il venait de dire quelque chose...

— Je parlais de cette étrange illusion dont Mlle Wickham et vous-même semblez être victimes, selon laquelle je m'intéresserais aux poissons gros ou petits ! Je n'aurais jamais dû m'éloigner de la maison ! D'ailleurs, j'y retourne immédiatement.

— Oh, vous nous quittez déjà ?

— Attendez le gros poisson ! dit Bobbie.

— Devrait être bientôt là, dis-je.

— D'un instant à l'autre, dit Bobbie.

Son regard croisa le mien, et je saisis son message — à savoir, que le moment d'agir était venu —. La chance sourit au moins une fois dans leur vie à tous ceux qui savent la saisir. Ce n'est pas de moi. C'est de Jeeves. Bobbie se pencha, tendit un doigt fébrile en direction du lac, et s'écria :

— Oh ! Regardez.

C'est à ce signal précis, comme je l'avais expliqué à Jeeves, qu'Upjohn devait à son tour se pencher en avant afin de me faciliter le boulot... Mais il ne se pencha pas d'un centimètre ! Et pourquoi donc ? Parce que la gourde Phyllis avait tout à coup surgi parmi nous, en disant :

— Papa chéri, on vous demande au téléphone.

A ces mots, et sans attendre l'ordre de rompre les rangs, Upjohn fila, tel un obus à la sortie du fût du canon ! Il n'aurait pas été plus prompt à se mouvoir s'il avait été le teckel Pantin lui-même, lequel était d'ailleurs momentanément occupé à se courir après, dans le but — si j'interprétai bien sa pensée — de faire descendre le déjeuner un peu trop copieux qu'il avait pris plus tôt dans l'après-midi...

Le sens des propos tenus par le poète Dante commençait à se faire jour... Je ne connais rien de tel pour couper tous ses effets à une séquence dramatique, que la sortie rapide et inopinée de l'un des acteurs principaux à un moment crucial de l'intrigue. Cela me rappelait la fois où nous avions joué *la Tante de Charlie* à la mairie de Market Snodsbury — afin de collecter des fonds pour la réfection de l'orgue de la paroisse —, et où, juste au milieu du deuxième acte, tandis que nous donnions tous le meilleur de nous-mêmes, Catsmeat Potter Pirbright, qui faisait Lord Fancourt Blabberley, quitta brusquement la scène pour aller soigner un saignement de nez que rien ne laissait prévoir...

Il y eut tout d'abord de la part de Bobbie, comme de la mienne, un moment de silence total. Cette nouvelle entorse au scénario initial nous avait laissés cois, ainsi que le veut l'expression ; mais Phyllis, pour sa part, n'avait pas perdu la voix :

— J'ai trouvé cet adorable petit minou dans le parc, fit-elle, et je remarquai alors pour la première fois qu'elle portait le chat Auguste dans ses bras. Il avait l'air plutôt contrarié, et la raison en était facile à deviner. Il devait avoir du sommeil en retard, et les propos affectueux qu'elle lui tenait à l'oreille l'empêchaient probablement de se rendormir.

Elle le déposa sur le sol.

— Je l'ai amené pour qu'il discute avec Pantin. Pantin adore les chats ! N'est-ce pas que mon cher Ange adore les chats ? Viens dire bonjour au gentil petit minou, mon chéri.

Je jetai un coup d'œil en direction de Wilbert Cream, pour voir quelle était sa réaction. Ce genre de remarque aurait très bien pu éteindre la flamme de l'amour dans son sein — car le langage bébé est une chose qui tend très vite à glacer le cœur d'un homme dans sa poitrine — mais, loin de sembler révolté, il la contemplait avec des yeux pleins de tendresse, comme si ses oreilles venaient d'être frappées par la plus douce des musiques ! Très surprenant, pensai-je, et j'étais en train de me dire qu'on ne pouvait vraiment jamais jurer de rien, quand je perçus une certaine agitation dans mon voisinage immédiat...

Dès l'instant où il avait touché le sol, Auguste s'était mis en boule et avait entamé un petit somme. C'est alors que Pantin, qui venait d'achever son dixième tour, et s'apprêtait à se lancer dans le onzième, aperçut Auguste ! Il se figea aussitôt dans sa course, puis, arborant un large sourire, les oreilles retournées, et la queue en l'air, à angle droit, pour ainsi dire, avec l'ensemble du corps, il fit un bond en avant, et se mit à japper joyeusement...

J'aurais pu dire à cette espèce d'âne qu'il commettait là une erreur grossière ; réveillé en sursaut, même le plus conciliant des chats est parfois enclin à montrer quelque mauvaise humeur... Sans doute Auguste avait-il déjà beaucoup souffert d'être si violemment chassé du pays des songes lorsque Phyllis l'avait cueilli dans le parc. Aussi, toutes ces bruyantes manifestations d'allégresse, alors qu'il sombrait à nouveau dans le sommeil, firent-elles déborder le vase de son amertume ! Il cracha une certaine quantité de venin. Il y eut un bref hurlement. Un objet long et brun me fila entre les pieds comme une fusée, me précipitant avec lui dans l'abîme ! Les eaux profondes se refermèrent sur moi, et, pendant un court moment, Bertram n'y fut plus pour personne...

Lorsque je reparus à la surface, je m'aperçus que nous n'étions pas les seuls baigneurs... Nous avions été rejoints par Wilbert Cream. Celui-ci avait déjà plongé, saisi le chien Pantin par la peau du cou, et le remorquait à vive allure vers la berge. C'est alors que, par la plus étrange des coïncidences, je fus moi-même saisi par la peau du cou.

— Ne craignez rien, Mr. Upjohn ! Gardez votre calme, gardez votre... Qu'est-ce que tu fiches là, Bertie ? fit le Hareng Saur — car c'était le Hareng Saur — peut-être me trompai-je, mais je crus sentir une note d'irritation dans sa voix.

J'évacuai un bon demi-litre de H_2O.

— On peut en effet se le demander, fis-je, en rejetant avec humeur un insecte aquatique logé dans mes cheveux. Hareng Saur, je ne sais pas si tu sais ce que veut dire *il sole.* Mais si tu connais quelque chose *che* le *move,* je suis prêt à t'écouter.

CHAPITRE XVI

Atteignant peu après la terre ferme, nous prîmes aussitôt le chemin de la maison, accompagnés de Bobbie, en pataugeant dans nos pompes comme une paire de Napoléon revenant de Moscou. Chemin faisant, nous rencontrâmes tante Dahlia. Elle portait son fameux chapeau, celui qui ressemble à un panier pour transporter le poisson, et s'affairait parmi les hautes herbes en bordure du terrain de tennis. En nous voyant, elle resta cinq bonnes secondes la bouche ouverte, puis lâcha une de ces exclamations — sans doute empruntée jadis à quelque condisciple de Saint Hubert au cours d'une partie de chasse — qui ne sont pas faites pour tomber dans toutes les oreilles... S'étant ainsi en partie soulagée, elle poursuivit :

— Mais à quoi joue-t-on dans ce fichu bled? Wilbert Cream vient juste de passer, trempé jusqu'aux sourcils, et, maintenant, c'est vous qui arrivez en crachant l'eau par toutes les coutures ! Vous avez fait une partie de water-polo tout habillés ?

— Il ne s'agit pas de water-polo, fis-je. Il serait plutôt question de concours de Reines de Beauté dans une station de bord de mer... Mais, c'est une trop longue histoire ! Pour l'instant, il serait plus sage, semble-t-il, que le Hareng Saur et moi-même allions nous mettre quelque chose de sec sur le dos, au lieu de nous attarder ici à discuter. Bien que, m'empressai-je d'ajouter avec courtoisie, ta conversation nous soit toujours, bien sûr, des plus agréables...

— Ce qui est extraordinaire, c'est que j'ai vu Upjohn, il n'y a pas très longtemps, et il m'a paru sec comme un os ! Que s'est-il donc passé ? Il n'a pas voulu jouer avec vous ?

— Il a dû s'absenter pour aller répondre à son avocat au téléphone, dis-je. Nous laissâmes Bobbie lui exposer les faits plus en détail, puis, pataugeant toujours dans nos pompes, nous reprîmes notre marche.

Je me trouvais dans ma chambre, à quelque temps de là, et je venais de me dépouiller de l'épaisse croûte moite dont j'étais enrobé, pour la remplacer par quelque chose en flanelle claire légèrement plus « dry », lorsque j'entendis frapper. Ouvrant tout grand ma porte, je me trouvai devant Bobbie et le Hareng Saur debout sur le paillasson.

La première chose que je notai avec surprise fut l'absence de toute trace de mélancolie, ou d'abattement — appelez ça comme vous voudrez — dans leur comportement. Si l'on considère qu'il ne s'était guère écoulé plus d'un quart d'heure depuis que nos rêves et nos espoirs étaient, pour ainsi dire, tombés à l'eau, on aurait pensé voir leur cœur ployer, en quelque sorte, sous le poids du chagrin. Or, ils semblaient être pleins d'entrain et d'optimisme. La seule réponse à ce problème qui me vint à l'idée fut que, refusant la défaite avec cet esprit tenace qui a fait des bouledogues et des Anglais — et, naturellement, des Anglaises — ce qu'ils sont, ils avaient décidé de faire une autre tentative du même genre, et je leur demandai si tel était bien le cas.

La réponse fut négative. Le Hareng Saur dit que non, qu'il y avait peu de chances pour qu'Upjohn les suivît à nouveau jusqu'au bord du lac, et Bobbie dit que, de toute façon, même s'ils arrivaient à l'y traîner, j'étais sûr de tout faire rater une fois de plus.

Ceci, je l'avoue, me piqua au vif.

— Qu'est-ce que tu entends par : tout faire rater ?

— Avec tes pieds plats, tu vas sans doute te faire encore un croc-en-jambe et te flanquer à l'eau comme aujourd'hui.

— Je te demande pardon, dis-je, en faisant un gros effort pour conserver ce ton de suavité raffinée que l'on attend d'un gentilhomme anglais lorsqu'il en découd avec une personne du beau sexe, mais tu es en train de dire des sottises plus grosses que toi ! je n'ai pas les pieds plats, et je ne me suis pas fait de croc-en-jambe ! J'ai été précipité dans l'abîme par un Acte de Dieu, ou en d'autres termes, par un teckel tout à fait inattendu qui m'a filé entre les pattes ! Si tu veux blâmer quelqu'un, blâme plutôt cette gourde de Phyllis d'avoir amené le chat Auguste avec elle, et de l'avoir traité en sa présence de « gentil petit minou ». Naturellement, ça l'a mis en rogne, et rendu peu enclin à supporter que des chiens lui aboient après avec une telle familiarité...

— C'est vrai, cher Ange, fit le Hareng Saur, toujours prêt à voler au secours d'un ami, ce n'est pas la faute de Bertie ! Quoi qu'on puisse dire en faveur des teckels, ils ont une forme très particulière qui en fait la race de chiens la plus apte à faire trébucher les gens ! Je pense que Bertie ressort blanc comme neige de cette affaire.

— Pas moi, dit Bobbie. Enfin peu importe...

— Oui. En fait cela n'importe même plus du tout, dit le Hareng Saur, « parce que Mme Travers vient de suggérer un nouveau plan tout aussi bon, sinon meilleur que l'opération Lanchester-Simmons. Elle a raconté à Bobbie ce qui s'était passé avec Boko Fittlesworth, la fois où il voulait gagner les bonnes grâces de ton oncle Percy, et où tu t'es si sportivement proposé, paraît-il, pour aller toi-même trouver ton oncle Percy et lui dire ses quatre vérités en face… de sorte que Boko, posté derrière la porte, n'eut plus qu'à intervenir à temps pour prendre sa défense et s'adjuger ainsi sa reconnaissance éternelle… Tu te souviens peut-être de l'incident ?

Je frémis. Je me souvenais très bien de l'incident !

— Ta tante croit que le même traitement réussirait à merveille avec Upjohn, et je suis sûr qu'elle a raison ! Tu sais ce qu'on ressent lorsqu'on se découvre tout à coup un véritable ami, un type qui trouve qu'on est formidable — et qui le dit ! —, et qui ne peut pas tolérer qu'un seul mot soit prononcé contre nous ! On se dit qu'on n'a pas le droit de faire quoi que ce soit qui puisse blesser un allié aussi précieux ! C'est sans doute ce qu'éprouvera Upjohn à mon égard, si j'interviens pour lui offrir ma sympathie et mon soutien après que tu l'auras traité de tous les noms d'oiseaux possibles et imaginables ! Tu as dû en apprendre pas mal avec ta tante ! Elle a fait de la chasse à courre, je crois, dans le temps… Or, quand on fait de la chasse à courre, on est forcé de connaître tous les petits noms d'oiseaux, à cause des chiens qui se mettent dans les pattes de ton cheval, et je ne sais quoi… Dis-lui de t'en marquer quelques-uns, parmi les meilleurs qui lui viennent à l'esprit, sur une demi-feuille de papier.

— Pas la peine, fit Bobbie. Il doit les avoir tous en tête…

— Mais, bien sûr ! Appris dans son giron dès la petite enfance ! Eh bien, voilà le topo, Bertie ! Tu saisis la première occasion de coincer Upjohn dans un coin, tu te dresses devant lui de toute ta hauteur.

— Tandis qu'il se tapit sur sa chaise…

— Tu lui brandis sous le nez un doigt accusateur, et tu l'insultes copieusement ! Et juste au moment où il recule sous les flèches de ton mépris, souhaitant qu'un ami sincère — comme seuls le sont, dit-on, ceux dans la misère — vienne mettre fin à sa terrible épreuve, j'entre… J'ai tout entendu… Là, Bobbie suggère que je t'envoie au tapis, mais je ne crois pas que je pourrais faire ça ! Notre vieille amitié me ferait retenir mon punch ! Je me contenterai de quelques sévères réprimandes — Wooster ! te dirai-je, tu me vois profondément choqué ! En même temps que stupéfait ! Je ne comprends pas que tu puisses parler ainsi à un homme que j'ai toujours considéré avec le plus grand respect, un homme dans l'Ecole Préparatoire duquel j'ai passé les plus belles années formatrices de ma vie ! Tu oublies à qui tu t'adresses, Wooster ! Après quoi, tu n'as plus qu'à t'éclipser furtivement, couvert de honte et de confusion. Upjohn me remercie d'une voix brisée par l'émotion, et me dit que s'il y a une chose qu'il puisse faire pour moi en échange, je n'ai qu'à la nommer.

— Je persiste à croire que tu devrais l'expédier au tapis.

— M'étant ainsi rendu cher à son cœur…

— Il n'y a que ça qui fasse recette de nos jours…

— M'étant ainsi rendu cher à son cœur, je glisse dans la conversation la question du procès.

— Il suffirait d'un bon coup de poing dans l'œil.

— Je lui dis que j'ai vu le dernier numéro de *la Revue du Jeudi,* et que je comprends très bien qu'il veuille obtenir du journal une somme substantielle en dommages et intérêts... Mais : N'oubliez pas, Mr. Upjohn, lui dirai-je, que lorsqu'un hebdomadaire perd un joli paquet d'argent, il lui faut réduire ses frais ! Et que sa façon de les réduire, c'est de se débarrasser des membres les plus jeunes de son personnel ! Vous ne voudriez pas me voir perdre mon emploi, Mr. Upjohn ? C'est alors qu'il s'écriera : Vous travaillez pour *la Revue du Jeudi ?* Oui, pour le moment... ferai-je. Mais si vous donnez suite à ce procès, je ne tarderai pas à vendre des crayons dans la rue. C'est là que se situe le moment crucial ! Je le regarde dans le fond des yeux, et je vois qu'il pense à ces cinq mille guinées... Naturellement, il hésite un moment... Soudain, cédant à l'élan de son cœur, il me saisit la main ! Ses yeux s'emplissent de larmes. Il me dit que ces cinq mille livres lui seraient, bien sûr, aussi utiles qu'à n'importe qui, mais qu'aucune somme au monde ne le ferait trahir un type qui l'a si vaillamment défendu contre cette vermine de Wooster ! Et, dans la scène finale, on nous voit probablement nous diriger, en nous tenant tous les deux par la taille, en direction de l'office de Swordfish pour nous faire servir un doigt de porto... Ensuite, la nuit venue, il écrit une belle lettre à son avocat pour lui dire de laisser tomber le procès... Quelqu'un a-t-il une question à poser ?

— Pas moi. Bien sûr, c'est une chance que l'article n'ait pas été signé ! Il ne pourra jamais savoir qui l'a écrit...

— Non. Il faut remercier le ciel que les exigences de l'éditeur m'en aient empêché...

— Je ne vois aucune faille au scénario. Upjohn ne pourra pas faire autrement que de renoncer à ce procès.

— Il le devrait, s'il a un brin de savoir-vivre... La seule chose qu'il nous reste à faire est de choisir le lieu et l'heure où Bertie pourra entrer en action...

— Il n'y a pas de meilleur moment que le présent.

— Certes, mais où trouver Upjohn ?

— Il est dans le bureau de Mme Travers. Je viens de l'apercevoir par la porte-fenêtre.

— Excellent ! Eh bien, Bertie, si tu es prêt...

Sans doute a-t-on remarqué, au cours de cet échange de répliques, que je n'avais pris aucune part à la conversation ! La raison en est que l'horrible perspective qui s'ouvrait devant moi avait occupé tout mon esprit. Je savais, bien sûr, qu'elle s'ouvrait devant moi de manière inéluctable. Un être ordinaire aurait certainement opposé à pareille suggestion un *nolle prosequi* ferme et définitif, mais une telle chose était rendue impossible par le code des Wooster, lequel, beaucoup de gens le savent à présent, interdit absolument qu'on laisse tomber un copain. Si la seule façon d'éviter à un ami d'enfance de vendre des crayons dans la rue — notez bien, je pense qu'il aurait trouvé plus lucratif de vendre des oranges — était d'agiter un doigt accusateur sous le nez d'Upjohn et de traiter ce dernier de tous les noms d'oiseaux existants, ce doigt devait être brandi et tous ces noms d'oiseaux cités sans exception ! J'allais sortir de cette épreuve entièrement blanc de la racine à la pointe des cheveux, et sans doute ne serais-je plus jamais, après cela, que l'ombre de moi-même, mais c'était une épreuve à laquelle je ne pouvais me dérober. Il ne m'appartenait pas d'en juger les causes, comme disait l'autre.

Aussi murmurai-je : « Allons-y », d'une voix quelque peu enrouée, en m'efforçant de ne pas songer à l'aspect qu'offrait le visage d'Upjohn sans sa moustache (car, ce qui me faisait le plus blanchir les foies, c'était l'image que j'avais gardée à l'esprit de cette figure glabre, telle qu'elle m'était si souvent apparue jadis — ou dans le temps, comme l'on dit —, toute grimaçante et pleine de tics). Très loin, dans un vague brouillard, je crus entendre Bobbie qui disait, comme nous nous mettions en route pour l'arène : « Mon héros ! » et le Hareng Saur qui s'inquiétait de savoir si j'étais en voix. Mais il aurait fallu beaucoup plus que le simple fait d'être promu au rang de héros, et d'une quelconque sollicitude envers mes cordes vocales, pour redonner un certain tonus au système nerveux de Bertram ! Bref, je me sentais comme un novice totalement inexpérimenté sur le point d'affronter le champion du monde des poids lourds. Enfin, le moment venu, je m'arrêtai devant la porte, l'ouvris, et entrai dans le bureau en titubant. Je ne pouvais pas oublier qu'un homme tel qu'Upjohn, qui avait fait fléchir, durant des années, les parents d'élèves les plus durs à cuire, en les regardant droit dans les yeux, et dont le nom était synonyme de « Fermeté » à Bramley-sur-Mer, n'était pas de ceux sous le nez de qui on peut aisément brandir un doigt accusateur…

Le bureau de mon oncle Tom était un endroit où je ne pénétrais pas souvent au cours de mes visites à Brinkley Court. En effet, lorsqu'il m'arrivait d'y pénétrer, il me sautait toujours dessus pour me parler d'argenterie ancienne. Par contre, s'il m'attrapait quand nous étions en plein air, il lui arrivait d'aborder parfois d'autres sujets… Or, je suis d'avis qu'il ne sert à rien de donner le bâton pour se faire battre… Il y avait donc plus d'un an que je n'avais mis les pieds dans ce sanctuaire, et j'avais oublié à quel point son intérieur ressemblait extraordinairement à celui du repaire d'Upjohn à Malvern House ! Devant cette découverte, et voyant Upjohn assis derrière le bureau, comme je l'avais si souvent vu assis, autrefois, lorsqu'il me conviait pour discuter avec lui de mes récents petits écarts de conduite, je sentis le peu de « self-control » qui me restait rendre l'âme dans un dernier sursaut. En même temps, je m'aperçus que le plan dans lequel j'avais accepté de tremper présentait une faille — à savoir, qu'on ne peut pas se précipiter ainsi dans une pièce et traiter les gens de tous les petits noms d'oiseaux, sans crier gare, comme un éclair, pour ainsi dire, dans un ciel serein —. Il faut en quelque sorte amener la chose. Des pourparlers, en un mot, sont essentiels.

Aussi fis-je : Tiens, salut. Ce qui, en guise de pourparlers, me semblait-il, en valait bien d'autres, à titre d'introduction. Je suppose que tous ces hommes d'Etat dont j'ai parlé, abordent toujours ainsi un peu de biais leurs conférences menées dans une ambiance de franche et totale cordialité...

— Vous lisez ?, fis-je.

Il abaissa son livre — un ouvrage de la Mère Cream, remarquai-je —, et, en me voyant, une grimace passa sur son visage glabre...

— Votre sens de l'observation ne vous a point trahi, Wooster. En fait, je lis.

— Bouquin intéressant ?

— Très ! je compte chacune des minutes où quelque chose, ou quelqu'un, m'empêche d'en poursuivre tranquillement la lecture.

J'ai l'esprit très vif, et je ne fus pas long à sentir que l'ambiance n'était pas marquée de franche et totale cordialité. Il n'avait pas mis beaucoup d'affection dans ses propos, et il n'y en avait pas beaucoup non plus dans son regard... Sa façon d'agir semblait insinuer que l'espace occupé par Bertram aurait pu, d'après lui, être employé à des fins plus utiles...

Néanmoins, je poursuivis.

— Je vois que vous avez rasé votre moustache.

— C'est exact. Vous ne pensez pas, j'espère, que j'ai commis là une grave erreur ?

— Oh, non ! Pas du tout ! j'ai moi-même laissé pousser quelque temps ma moustache, l'été dernier, mais j'ai dû m'en séparer...

— Vraiment ?

— Elle n'avait pas la faveur du grand public !

— Je vois ! Eh bien, Wooster, c'est avec grand plaisir que j'écouterais pendant des heures le récit de vos souvenirs mais, pour l'instant, j'attends un coup de téléphone de mon avocat...

— Je croyais que vous l'aviez déjà reçu.

— Je vous demande pardon ?

— Quand vous étiez au bord du lac, ce n'est pas pour lui parler que vous nous avez quitté ?

— Si. Mais avant que ma main ne se pose sur l'appareil, il s'était lassé d'attendre. Il avait déjà raccroché ! Je n'aurais jamais dû me laisser entraîner loin de la maison par Mlle Wickham.

— Elle tenait à vous montrer le gros poisson.

— C'est ce que j'ai cru l'entendre dire...

— En parlant de poisson, vous avez sans doute été surpris en voyant le Hareng Saur.

— Quel Hareng Saur ?

— Monsieur Hareng.

— Ah, Hareng, fit-il, et il était clair, d'après le ton de sa voix, que le sujet offrait à ses yeux une absence à peu près totale d'intérêt... La conversation commençait donc à languir lorsque, soudain, la porte s'ouvrit et la gourde Phyllis bondit dans le bureau, toute débordante de vitalité juvénile.

— Oh, papa ! gazouilla-t-elle. Vous êtes occupé ?

— Non, ma chère.

— Puis-je vous parler ?

— Certainement. Au revoir, Wooster.

Je vis ce qu'il voulait dire. Il ne souhaitait pas ma présence dans les coins. Il ne me restait donc rien de mieux à faire qu'à me couler en douce par la porte-fenêtre. Aussi me coulai-je... A peine fus-je dehors que Bobbie me sauta dessus comme un léopard femelle.

— A quoi diable joues-tu, Bertie ? me siffla-t-elle en aparté. Qu'est-ce que c'est que ces histoires de moustaches ! Je pensais que les choses seraient bien avancées depuis le temps !

Je lui fis remarquer qu'Aubrey Upjohn ne m'avait à aucun moment fourni la bonne réplique...

— Oh ! toi et tes répliques.

— D'accord, moi et mes répliques ! Mais il faut bien, tout de même, orienter la discussion dans le bon sens.

— Je vois ce que Bertie veut dire, chérie, dit le Hareng Saur. Il lui faut un...

— Un *starting block ?*

— Un quoi ? fit Bobbie.

— Une sorte de point d'appui...

— Si tu veux mon avis, dit-elle, il s'est dégonflé ! Je me doutais que ça finirait ainsi ! C'est une cloche ! Et elle ajouta : Qui a les foies blancs.

Là, j'aurais pu aisément foudroyer la damoiselle sur place en attirant son attention sur le fait bien connu que les cloches n'ont pas de foie, pas plus blanc que noir, mais je n'avais aucune envie de discuter.

— Je dois te demander, Hareng Saur, fis-je avec une certaine dignité teintée de froideur, de prier ta petite amie de bien vouloir respecter les règles du débat correct... Mes foies ne sont pas blancs, si j'en ai plusieurs ! Je suis aussi intrépide qu'un lion, et je ne demande qu'à passer aux choses sérieuses le plus vite possible. Mais juste comme j'allais en venir au *factum,* Phyllis est arrivée... Elle avait, semble-t-il, quelque chose à dire à Upjohn...

Bobbie lâcha une sorte de grognement, mêlé d'une note de désespoir.

— Alors, inutile d'attendre ! Elle en a pour des heures...

— Oui, dit le Hareng Saur. Mieux vaut peut-être tout décommander pour le moment ! Nous te ferons savoir le lieu et l'heure de la prochaine rencontre, Bertie.

— Oh, merci bien, lâchai-je, et ils disparurent...

Environ deux minutes plus tard, tandis que je méditais toujours sur la sombre histoire du Hareng Saur, je vis arriver Tante Dahlia. J'étais heureux de la voir. Je pensais qu'elle pourrait peut-être m'apporter un peu de chaleur et de réconfort. En effet, bien qu'aussi tendre, j'imagine, qu'une noix de coco dans ces « heures de joie » dont parlait le poète déjà cité, vous pouviez généralement compter sur elle pour panser vos blessures lorsque vous en aviez pris un coup au moral.

Mais, en la voyant approcher, j'eus l'impression que, cette fois-ci, pour une raison ou pour une autre, son propre moral venait également d'en prendre un bon coup sous le menton. Il y avait dans son attitude un certain côté - Et - Maintenant - la - Terre - Peut - Bien - s'arrêter - De - Tourner... Du moins, me sembla-t-il.

Et je ne me trompai point !

— Bobbie, fit-elle, m'accostant par bâbord, tout en brandissant un déplantoir d'une façon qui trahissait une très grande agitation, tu veux que je te dise quoi ?

— Dis-moi quoi.

— Je vais te dire quoi, dit la Vénérable Ancêtre, et elle fit sonner le mot à l'image, si je puis dire, de ces monosyllabes dont elle devait user jadis, du temps où elle chassait avec la Quorn et le Pytchley, lorsqu'elle voyait un chien de meute partir derrière un lapin…

— Cette gourde de Phyllis est allée se fiancer à Wilbert Cream !

CHAPITRE XVII

Ces paroles, je dois l'admettre, m'en flanquèrent à mon tour un sérieux coup... Je ne dirai pas que je chancelai, ni que tout s'obscurcit réellement autour de moi, mais je fus tout de même fortement secoué. Et quel neveu ne l'aurait pas été ? Lorsqu'une de vos tantes bien-aimées, après avoir remué ciel et terre pour tenter de sauver sa filleule des griffes d'un playboy new-yorkais, voit tous ses efforts les plus méritoires aboutir à un fiasco total, il est normal que le fils de son défunt frère frissonne un peu en signe de compassion...

— Tu veux rire ! fis-je. Qui t'a dit ça ?

— Elle.

— En personne ?

— En chair et en os ! Elle est arrivée, il y a un instant, en sautillant sur un pied, et en frappant dans ses mignonnes petites mains, pour m'annoncer, en bêlant comme une brebis, qu'elle était « très, très heureuse, chère madame Travers ». Je me suis retenue pour ne pas lui en flanquer une sur le coin de l'oreille avec mon arrachoir ! J'ai toujours dit que cette fille n'était pas tout à fait finie ! Maintenant, je suis sûre que c'est à peine si elle a été commencée.

— Comment est-ce arrivé ?

— Il semble que son fichu clébard vous ait rejoints dans les eaux du lac.

— C'est exact. Il a fait son petit plongeon comme tout le monde ! Pourquoi ? Où est le lien ?

— Wilbert Cream a plongé pour le sauver.

— Mais le chien Pantin aurait très bien regagné la rive par ses propres moyens ! D'ailleurs, je me souviens qu'il avait déjà fait une bonne partie du chemin ! J'ai même trouvé qu'il nageait assez bien ! Une sorte de crawl australien, m'a-t-il semblé...

— Bien sûr ! Mais c'était trop difficile à prévoir pour une cervelle d'oiseau comme notre Phyllis ! Pour elle, Wilbert Cream est l'homme qui a sauvé son cher Toutou de « l'onde qui allait être son tombeau » ! C'est pourquoi elle va se marier avec lui.

— Mais on ne se marie pas avec des types parce qu'ils sauvent des toutous !

— Si, quand on a l'esprit aussi puissant que le sien...

— Semble bizarre.

— Mais, c'est bizarre ! Enfin, c'est comme ça ! Je lis dans le cœur de ce genre de linottes comme dans un livre ! Ce n'est pas pour rien que j'ai dirigé pendant quatre ans, si tu t'en souviens, un grand magazine féminin ! — Elle faisait allusion à ce périodique, intitulé *le Boudoir de Milady* auquel j'avais contribué, une fois, sous la forme d'un article, ou, disons plutôt, d'un « précis », sur ce-que-Doit-Porter-l'Homme-Bien-Habillé, paru à la page destinée aux frères et maris de ces dames... Elle avait fini par trouver un pigeon, du côté de Liverpool, qui avait bien voulu le racheter ! (Je ne me souviens pas d'avoir jamais vu l'oncle Tom plus guilleret, lui qui, durant toutes ces années, avait dû payer les factures —, que le jour où le marché avait été conclu...)

— Je ne pense pas, poursuivit-elle, que tu aies été un lecteur assidu. Aussi, te dirai-je, pour ton information, qu'il paraissait une nouvelle dans chaque numéro, et que, dans soixante-dix pour cent de ces nouvelles, le héros gagnait le cœur de l'héroïne en se portant au secours de son chien, ou de son chat, ou de son canari, ou de quelque autre sale bête qui se trouvait en sa possession. Ce n'est pas Phyllis, certes, qui a écrit toutes ces histoires, mais elle aurait très bien pu le faire. C'est tout à fait la façon dont son esprit fonctionne. Quand je dis « esprit », fit la vieille parente consanguine, je veux parler du quart de cuillerée à café de cervelle qu'on trouverait peut-être si on lui creusait un puits artésien dans le crâne. Pauvre Jane.

— Pauvre qui ?

— Sa mère. Jane Mills.

— Oh ! Ah, oui. C'était une de tes bonnes copines, tu m'as dit.

— La meilleure que j'aie jamais eue ! Et elle me disait toujours : « Dahlia, ma vieille, si je casse ma pipe avant toi, au nom du ciel, promets-moi de bien surveiller Phyllis. Fais en sorte qu'elle n'épouse pas un de ces bons à rien sortis d'on ne sait où. Je suis sûre que c'est ce qu'elle voudra faire ! C'est ce que veulent faire toutes les jeunes filles ! Dieu seul sait pourquoi ! » disait-elle, et je savais qu'elle pensait alors à son premier mari, une crapule finie, qui lui en avait fait voir de toutes les couleurs, jusqu'au jour — ou plutôt, la nuit — où, probablement éméché comme d'habitude, il avait trébuché dans la Tamise et n'était pas remonté d'une semaine. « Je t'en prie, épargne-lui ça ! » m'avait-elle dit. Et je lui avais dit : « Jane, tu peux compter sur moi. » Et, maintenant, voilà ce qui arrive...

Je m'efforçai de passer un peu de baume...

— Personne ne peut te reprocher quoi que ce soit.

— Moi, je peux.

— Mais, ce n'est pas ta faute.

— C'est moi qui ai invité Wilbert Cream.

— Uniquement dans le but fort louable de rendre service à l'oncle Tom, en bonne épouse que tu es.

— J'ai aussi permis que Upjohn s'incruste ici, et qu'il soit toujours derrière Phyllis, à lui dire de faire ceci ou de faire cela.

— Oui. Je pense que tout ça, c'est à cause de ce vieux singe d'Upjohn.

— Moi aussi.

— Sans son influence néfaste, — je crois que c'est le terme —, Phyllis serait restée célibataire, ou vieille fille, ou quelque chose dans ce goût-là. « Upjohn, tu es coupable ! » me semble assez bien résumer la sit... Il devrait avoir honte.

— C'est bien ce que je m'en vais lui dire ! Je donnerais bien dix livres pour l'avoir devant moi en ce moment.

— Tu peux l'avoir pour rien. Il est dans le bureau de l'Oncle Tom.

Son visage s'éclaira.

— C'est vrai ? Et, rejetant la tête en arrière, elle s'emplit les poumons d'air frais. « Upjohn ! » tonna-t-elle. On eût dit un fermier appelant son bétail par-delà l'estuaire de la Dee. Je me permis de lui donner un petit conseil amical.

— Prends garde à ta tension, vénérable Ancêtre, fis-je.

— Ne t'en fais pas pour ma tension. Laisse-la tranquille, et elle te laissera tranquille. Upjohn !

Il apparut à la porte-fenêtre. Il avait cet air froid et sévère, que je lui avais vu prendre tant de fois, lorsque nous arpentions ensemble son bureau de Malvern House — non que votre serviteur fût volontaire pour ces visites de courtoisie, mais parce qu'il m'y conviait lui-même — (« Je désirerais voir Wooster dans mon bureau immédiatement après le service du matin », telle était la formule.)

— Qui est-ce qui fait cet horrible vacarme ? Ah, c'est vous, Dahlia ?

— Oui, c'est moi.

— Vous souhaitiez me voir ?

— Oui, mais pas dans l'état où vous êtes actuellement... J'aurais préféré que ce fût avec la colonne vertébrale brisée, ou, à défaut, une paire de chevilles cassées et un début de lèpre.

— Ma chère Dahlia !

— Je ne suis pas votre chère Dahlia ! Je suis un volcan en éruption. Vous avez vu Phyllis ?

— Elle vient de me quitter à l'instant.

— Elle vous a raconté ?

— Qu'elle était fiancée avec Wilbert Cream ? Certainement.

— Et, j'imagine que vous êtes ravi.

— Naturellement.

— Mais, naturellement ! Je ne doute pas que votre souhait le plus cher soit de voir cette pauvre petite cruche épouser un homme qui jette des boules puantes dans les night-clubs, qui pique les cuillères, qui a déjà trois divorces derrière lui, et qui, si les autorités compétentes font correctement leur boulot, devrait finir ses jours en cassant des cailloux à Sing-Sing. A moins, bien sûr, que l'asile d'aliénés n'y mette le grappin dessus en premier. Bref, ce qu'on appelle un vrai Prince Charmant.

— Je ne vous comprends pas.

— C'est que vous êtes un âne !

— Ça, c'est un peu fort ! fit Aubrey Upjohn. Et il y avait une note de menace dans sa voix. Je voyais bien que, par ses manières peu aimables, et ses propos démunis de cordialité, la vieille parente consanguine avait fini par le mettre en rogne ! Il y avait gros à parier, semblait-il, qu'il allait en moins de deux lui donner la Prière du Jour à copier dix fois, et lui ordonner de ne pas bouger le temps qu'il aille chercher sa canne en bambou... Il y a des limites à ne pas franchir avec ces maîtres d'Ecole Préparatoire.

— Une belle destinée pour la fille de Jane. Mme Willie de Broadway !

— Villie de Broadway ?

— C'est le nom qu'on lui donne dans le milieu où il évolue ! Je le vois très bien disant : « Vous connaissiez pas ma poule ? » quand il va la présenter à ses amis et relations ! Après quoi, il lui fera un petit cours rapide en douze leçons sur l'art de confectionner des boules puantes, et, plus tard, s'ils ont des enfants, il leur fera voir comment on pique le portefeuille des gens pendant qu'ils vous font sauter sur leurs genoux ! Et c'est vous qui serez responsable, Upjohn.

Je n'aimais pas trop la tournure que prenaient les choses... Il ne faisait aucun doute que la Vénérable Ancêtre offrait un magnifique spectacle. C'était un vrai plaisir de l'écouter. Mais je venais de voir la bouche d'Upjohn grimacer dans son visage glabre... Il avait pris maintenant cet air suffisant et narquois que je lui avais vu tant de fois, lorsqu'il tenait le rôle d'avocat pour le Ministère Public dans l'une des diverses affaires où j'étais impliqué, et venait de détecter une faille révélatrice dans mon système de défense, comme le jour où — pour citer le premier cas qui me vient à l'esprit — je fus jugé pour avoir brisé une fenêtre du salon avec une balle de cricket. Il était évident, pour quelqu'un d'aussi clairvoyant que moi, que la Vénérable Ancêtre n'allait pas tarder à se faire assaisonner de telle façon qu'elle regretterait d'avoir ouvert le feu... Je ne voyais pas encore comment, mais tous les symptômes étaient présents...

Je ne me trompai point. Je n'avais pas fait erreur sur le sens de cette bouche grimaçante dans ce visage glabre...

— Si je puis me permettre une remarque, ma chère Dahlia, fit-il, je pense qu'il doit s'agir d'un malentendu. Vous semblez commettre l'erreur de croire que Phyllis épouse le jeune frère de Wilbert, Wilfred, le célèbre play-boy dont les frasques ont causé tant de chagrin à ses parents et proches, et que ses relations — au demeurant fort douteuses — connaissent, en effet, comme vous le dites si justement — sous le nom de Willie de Broadway. Wilfred, je l'admets, ferait un époux fort peu recommandable — ainsi, d'aillcurs, qu'il l'a déjà prouvé à trois reprises —. Mais, personne, à ma connaissance, n'a jamais exprimé la moindre critique à l'encontre de Wilbert. Il professe dans une des plus grandes universités américaines, et il est venu passer son année sabbatique en Angleterre. Je connais, en fait, fort peu de jeunes gens qui soient aussi unanimement respectés. Il enseigne les langues romanes.

Vous m'arrêtez si vous la connaissez déjà — je crois l'avoir racontée quelque part — mais, une fois, lorsque j'étais à Oxford, je bavardais au bord de la rivière avec une fille dont j'ai oublié le nom, quand, soudain, des aboiements se firent entendre et un énorme chien — un peu comme les chiens des Baskerville, si vous voyez le modèle — se rua sur moi, visiblement animé d'intentions meurtrières. A le voir, il avait tout l'air d'un chien qui ne peut pas sentir les Wooster. J'étais en train de recommander mon âme à Dieu, et je voyais le moment venu où le molosse allait emporter dans sa gueule pour une trentaine de shillings de flanelle de première qualité arrachée à mon pantalon neuf, lorsque la fille, avec une présence d'esprit remarquable, et attendant pratiquement pour cela de sentir le souffle de l'animal sur sa figure, lui ouvrit sous le nez une ombrelle japonaise richement colorée... à la suite de quoi, le chien poussa une exclamation de surprise, fit trois sauts périlleux en arrière, et se retira dans ses appartements...

Et la raison pour laquelle je vous raconte cela est que tante Dahlia — hormis les trois sauts périlleux en arrière — réagit exactement à ce communiqué comme le chien des Baskerville devant l'ombrelle japonaise ! La même attitude de recul, veux-je dire. Elle m'a dit, depuis, qu'elle avait éprouvé, à cette occasion, une sensation comparable à celle qu'elle avait eue, la fois où, chassant avec le Pytchley, elle avait traversé un champ de labour sous une pluie battante, et où le cheval d'un autre disciple de St. Hubert, qui la précédait, lui avait envoyé tout à coup un bon kilo de boue détrempée en pleine figure...

Elle suffoqua comme un bouledogue qui essaierait d'avaler un aloyau de bœuf trois fois plus gros que sa cage thoracique...

— Vous voulez dire qu'il y en a deux ?

— Exactement.

— Et que Wilbert n'est pas celui que je croyais être Wilbert ?

— Vous avez admirablement saisi les données du

problème. Vous comprendrez à présent, ma chère Dahlia, dit Upjohn, en parlant sur le même ton onctueux — si tel est bien le mot — qu'il avait employé jadis pour découvrir ses batteries, et exposer ses preuves irréfutables (comme quoi c'est bien votre main, Wooster, qui a propulsé cette balle de cricket...) — que votre inquiétude, bien qu'elle soit toute en votre honneur, soit sans fondement. Je ne pouvais souhaiter meilleur mari pour Phyllis. Wilbert présente bien. C'est un cerveau. Il a du caractère... et un avenir des plus prometteurs, ajouta-t-il, en faisant rouler les mots sur sa langue comme s'il savourait un porto de grand cru. Son père, j'imagine, vaut au moins vingt millions de dollars, et Wilbert est l'aîné des deux fils. Oui, oui, un parti tout à fait remarquable, tout à fait...

Ses paroles furent interrompues par la sonnerie du téléphone. Il fit : Ah ! et se précipita dans le bureau avec la vitesse d'un lapin qui rentre au terrier après une journée bien remplie...

CHAPITRE XVIII

Durant un bon quart de minute après qu'il fut sorti du décor, la Vénérable Ancêtre demeura sans voix. Ce n'est qu'à la fin de ce laps de temps qu'elle recouvra l'usage de la parole.

— A-t-on jamais vu des crétins pareils ! vocifératelle — je pense que c'est le mot juste. Alors qu'ils avaient le choix entre des milliers de prénoms pour leurs deux idiots de fils, il a fallu que ces idiots de Cream choisissent d'appeler leur idiot de fils aîné Wilbert, et leur autre idiot de fils Wilfred, et que ces deux idiots soient connus sous le nom de Willie ! Ils font vraiment tout pour égarer le pauvre monde, ces deux-là ! Il y a des gens qui pourraient montrer un peu plus de considération pour autrui...

Je la suppliai à nouveau de penser à sa tension artérielle et de ne pas se mettre dans un tel état, et, une fois de plus, elle écarta ma remarque d'un revers de main, me demandant, en outre, avec brusquerie, d'aller me faire cuire un œuf au plat...

— J'aimerais bien savoir dans quel état tu te mettrais si Aubrey Upjohn venait de te faire passer pour le Roi des imbéciles, en te toisant, en plus, avec ce regard plein de morgue qui lui donne l'air si odieux ! On aurait dit qu'il accusait un de ces affreux moutards tout couverts de boutons d'avoir fait racler ses pieds par terre pendant l'office, à l'époque où il dirigeait cette abominable école préparatoire.

— Tiens ? comme c'est curieux, fis-je, frappé par la coïncidence. C'est justement ce dont il m'a accusé plusieurs fois ! Et j'étais justement couvert de boutons à ce moment-là...

— Espèce de cuistre !

— Ça montre combien le monde est petit.

— Qu'est-ce qu'il fiche ici de toute façon ? Je ne l'ai pas invité.

— Flanque-le dehors. Nous avons déjà soulevé la question ensemble, si tu te souviens. Expédie-le dans les ténèbres de l'au-delà, où tout n'est que lamentations et grincements de dents...

— C'est ce que je ferai, s'il ramène encore sa fraise.

— Je vois que tu es d'humeur belliqueuse.

— Tu parles si je suis belliqueuse... Nom d'un chien ! Le voilà qui rapplique de nouveau.

Et, de fait, c'était bien A. Upjohn lui-même qui filtrait à travers la porte-fenêtre. Mais il avait perdu cet air dont la Vieille Ancêtre s'était plainte précédemment. Celui qu'il avait maintenant suggérait plutôt, semblait-il, que, depuis notre dernière entrevue, certains événements avaient éveillé le démon qui sommeillait en lui.

Il... oui, mieux vaut reprendre le terme : « vocifera ». Je suis à peu près certain que c'est le mot juste. « Dahlia », vociféra-t-il donc.

Mais le démon qui sommeillait en elle s'était dressé de toute sa hauteur. Elle lui lança un regard qui, s'il avait visé un élément de la Quorn et du Pytchley réunis, surpris en train de commettre quelque faute, l'aurait fait ramper, la queue entre les jambes, en se jurant de rester désormais dans le droit chemin...

— Quoi encore !

Exactement comme l'avait fait Tante Dahlia, Aubrey Upjohn demeura un instant sans voix. Il y avait eu pas mal d'extinctions de voix tout au long de ce bel après-midi d'été...

— Je viens de parler avec mon avocat au téléphone, fit-il, se remettant à fonctionner après un bref temps mort. Je lui avais demandé de mener une enquête pour se procurer le nom de la personne qui est l'auteur de cet article diffamatoire paru dans les colonnes de la « Revue du Jeudi », c'est ce qu'il a fait, et il vient de m'informer à l'instant qu'il s'agissait de l'œuvre de mon ancien disciple, Réginald Hareng.

Là, il fit une courte halte, le temps pour nous de digérer la chose, le cœur pris dans un étau — le mien, veux-je dire —. Tante Dahlia ne parut pas tellement touchée. Elle se gratta le menton avec son arrachoir, puis elle fit :

— Ah, oui ?

Les yeux d'Upjohn clignotèrent comme s'il avait espéré mieux en guise de témoignage de compassion.

— C'est tout ce que vous en dites ?

— Ça s'arrête là.

— Ah ? Eh bien, je vais poursuivre le journal en dommages et intérêts, et, en outre, je refuse de rester sous le même toit que Réginald Hareng. Ou bien, il s'en va, ou c'est moi qui m'en vais.

Il y eut une ou deux secondes de silence, pareil à celui que l'on perçoit dans l'air peu avant qu'un cyclone ne s'abatte sur les populations. Pesant ? Oui, « pesant » serait assez bien choisi pour le décrire. De même que le mot « électrique », d'ailleurs. Et si vous vouliez aussi le qualifier de « sinistre », je dois dire que vous auriez mon accord le plus total. C'était le genre de silence qui vous glace les orteils dans les chaussures, et vous envoie des frissons le long de l'épine dorsale, tandis que vous vous raidissez en attendant l'explosion. Je vis tante Dahlia gonfler comme une bulle de chewing-gum, et un neveu moins prudent que Bertram Wooster lui aurait à nouveau conseillé de surveiller sa tension.

— Je vous demande pardon ? fit-elle.

Il répéta les mots clés de son énoncé.

— Ah ! fit alors la Parente Consanguine, et elle éclata tout à coup comme un bouchon qui saute ! J'aurais pu avertir Upjohn qu'il allait au-devant de sérieux ennuis... Bien qu'il n'y ait pas, d'ordinaire, meilleure âme qui vive, cette tante-là est capable, quand on la provoque, de se transformer en l'une de ces grandes Dames altières dont le juste courroux peut faire trembler les plus forts d'entre nous. Elle n'a même pas besoin, comme certaines, de se servir d'un face-à-main pour réduire en bouillie la populace ! Elle le fait très bien à l'œil nu. Ah ? fit-elle. Ainsi vous avez décidé de modifier la liste de mes invités à ma place ? Vous avez le culot, le — la — le...

Je vis qu'elle avait besoin qu'on l'aide à sortir le mot.

— L'impudence, dis-je, lui tendant la perche.

— L'impudence de me dicter quels sont les gens qui je dois accueillir chez moi.

Elle aurait dû dire « que », bien sûr, mais je ne la repris pas.

— Vous avez le...

— Toupet.

— … la colossale houppe, fit-elle, en exagérant un peu les choses, mais il ne fait pas de doute que sa formule avait plus de force que la mienne, de me dire qui — cette fois, elle ne s'était pas trompée — je peux recevoir à Brinkley Court et ceux qui — encore faux ! — je ne peux pas ? Très bien, s'il ne vous est pas possible de respirer le même air que certains de mes hôtes, vous êtes libre d'aller où vous voulez. Je crois savoir que *le Taureau et le Buisson,* à Market Snodsbury, est tout ce qu'il y a de confortable ».

— Chaudement recommandé par le *Guide de l'Automobiliste,* fis-je.

— Eh bien, j'y vais, dit Upjohn. J'y vais dès que mes bagages seront prêts. Peut-être aurez-vous la bonté de demander à votre maître d'hôtel de me les préparer ?

Il s'éloigna d'un pas digne, et tante Dahlia, toujours en grognant, entra dans le bureau de l'oncle Tom, avec votre serviteur sur ses talons. Elle sonna.

Jeeves apparut.

— Jeeves ? fit la vieille Parente, surprise. J'ai sonné pour que…

— C'est l'après-midi de congé de Sir Roderick, Milady.

— Ah ? Bon. Pourriez-vous préparer les bagages de Mr. Upjohn, Jeeves ? Il nous quitte.

— Très bien, Milady.

— Et tu peux, si tu veux, le conduire à Market Snodsbury, Bertie.

— Tout de suite, fis-je. Je n'aimais guère la mission qui m'était dévolue, mais j'aimais encore moins l'idée de contrarier une tante dans un tel état d'ébullition mentale.

— Sécurité d'abord. C'est la devise des Wooster.

CHAPITRE XIX

La balade de Brinkley Court à Market Snodsbury n'est pas très longue. Je déposai donc Upjohn devant *le Taureau et le Buisson,* et me remis à dévorer les Km/h dans l'autre sens, en ce qu'on pourrait appeler « un clin d'œil ». Nous nous quittâmes, bien sûr, plutôt fraîchement ; mais l'important, quand on a un Upjohn sur les bras, c'est de le quitter — sans trop se soucier de la façon dont on le fait — et n'eût-ce été l'inquiétude causée par l'affaire Hareng Saur, pour qui mon cœur saignait maintenant plus que jamais, je me serais senti au mieux de ma forme. Je ne voyais pas que le Hareng eût quoi que ce soit de bon à tirer de la purée dans laquelle il s'était plongé. Aucun mot n'avait été échangé entre Upjohn et votre héros pendant le transport, mais, d'après les petits coups d'œil en coin que je lui avais jetés de temps à autre, son visage m'était apparu sombre et résolu, et il s'en manquait visiblement de quelques décalitres pour qu'il fût rempli du lait de la Bonté Humaine ! Aucun espoir, me semblait-il, de le détourner de son noir dessein...

Ayant mis la voiture au garage, je me rendis dans le sanctuaire de Tante Dahlia, pour m'assurer qu'elle s'était un peu calmée depuis mon départ, car j'étais toujours inquiet au sujet de cette pression artérielle... On ne désire pas, n'est-ce pas, voir ses tantes s'enflammer comme des torches aux quatre coins de la maison...

Elle n'y était pas, s'étant, ainsi que je l'appris plus tard, retirée dans sa chambre pour se passer de l'eau de Cologne sur les tempes et se livrer à quelques exercices de yoga... Mais il y avait Bobbie. Et non seulement il y avait Bobbie, mais elle était avec Jeeves. Il lui remit quelque chose dans une enveloppe, et elle lui dit : « Oh, merci Jeeves ! Vous avez sauvé une vie humaine ! » Et il dit « Pas du tout, Mademoiselle ». Naturellement, je ne saisis pas très bien à quoi rimait leur manège, mais je n'avais pas de temps à perdre à chercher des rimes de manège...

— Où est le Hareng Saur ?, m'écriai-je, et je fus surpris de voir Bobbie danser tout autour de la pièce en faisant des pointes et en poussant des petits cris d'animaux dont la nature extatique ne semblait faire aucun doute...

— Reggie ? fit-elle, interrompant quelques instants son imitation d'une basse-cour en folie. Il est parti faire un tour.

— Est-ce qu'il est au courant qu'Upjohn a découvert qui a écrit ce machin ?

— Oui. Ta tante le lui a dit.

— Alors, tu ne crois pas qu'il serait temps de tenir une petite conférence ?

— A propos du procès d'Upjohn ? Tout est arrangé ! Jeeves lui a piqué son discours...

Je ne voyais pas très bien le rapport. La jouvencelle me semblait parler par énigmes !

— Vous avez une extinction de voix, Jeeves ?

— Non, Monsieur.

— Alors, pouvez-vous me dire où veut en venir, si

tant est qu'elle le sache elle-même, cette espèce de laideron que voici ?

— Mademoiselle Wickham fait allusion à la copie dactylographiée du discours que M. Upjohn doit faire, demain, devant la docte assemblée du Collège de Market Snodsbury, Monsieur.

— Elle a dit que vous l'aviez piqué.

— Précisément, Monsieur.

Soudain, je bondis.

— Vous ne voulez pas dire que —

— Si, il veut !, fit Bobbie, reprenant son numéro de Ballet russe. Ta Tante lui a demandé de faire les bagages d'Upjohn, et quelle est la première chose qu'il voit en se mettant au boulot ? Le discours !

Je soulevai un sourcil...

— Qu'est-ce à dire, Jeeves ?

— J'ai jugé que cela serait préférable, Monsieur.

— Et vous avez bien jugé, Jeeves !, fit Bobbie, en exécutant un Nijinski — comment — nomme — t'on — ça ?

— Soit Upjohn accepte de laisser tomber son procès, soit il ne retrouve plus ses « notes », comme il dit. Et, sans elles, il ne sera pas capable de sortir un mot ! Il lui faudra payer le prix s'il veut revoir ses papiers, n'est-ce pas, Jeeves ?

— Il semblerait qu'il n'ait pas le choix, Mademoiselle.

— A moins qu'il ne veuille se retrouver planté sur cette estrade en train d'ouvrir et de fermer la bouche comme un poisson rouge tombé du bocal. Il est fait comme un rat.

— Oui, mais, une petite seconde, fis-je avec une note de regret dans la voix. Je ne voulais certes pas ternir l'éclat lumineux de cet instant de joie, mais je venais soudain d'avoir une idée.

— Je saisis le principe, bien sûr, fis-je donc ! Tante Dahlia m'a parlé, je me souviens, de l'incapacité d'Upjohn de trouver les fortes paroles du tribun s'il n'est pas solidement accroché à son bout de papier. Mais il peut toujours dire qu'il est malade, et refuser de se produire.

— Il ne le fera pas.

— Moi, je le ferais...

— Mais, toi, tu ne cherches pas à être choisi comme représentant local du Parti Conservateur aux prochaines élections partielles de Market Snodsbury ! Upjohn, lui, si ! Il est d'une importance vitale pour lui qu'il fasse bonne impression, demain, lorsqu'il haranguera les foules ! La moitié des membres du Comité de Sélection du Parti ont leurs fils au Collège, et ils seront là pour l'écouter, et se faire une idée sur ses qualités d'orateur. Leur dernier représentant était bègue, et ils ne s'en sont aperçus qu'au moment où il lui fallut remercier les chers électeurs... Ils ne veulent pas commettre d'erreur cette fois-ci.

— Ah ! Maintenant, je vous suis, fis-je. Je me souvins que Tante Dahlia m'avait parlé des ambitions politiques d'Upjohn.

— Voilà donc qui arrange tout, dit Bobbie. Son avenir dépend de son discours. Nous l'avons, et lui ne l'a plus. Tout part de là.

— Et quelle est la marche à suivre exacte ?

— Tout a été prévu ! Il va sans doute téléphoner d'un moment à l'autre pour se renseigner. Dès qu'il le fait, tu prends le téléphone, et tu lui exposes la situation.

— Moi ?

— C'est ça.

— Pourquoi moi ?

— Jeeves juge que cela serait préférable.

— Vraiment, Jeeves… Pourquoi pas le Hareng Saur ?

— Mr. Hareng et Mr. Upjohn ne se parlent plus, Monsieur.

— Tu imagines ce qui se passerait s'il entendait la voix de Reggie ! Il raccrocherait brutalement, et toute la sale besogne serait à refaire, tandis qu'il sera prêt à boire chacune de tes paroles.

— Mais, bon sang —

— De toute manière, Reggie est parti faire une promenade, et il n'est pas disponible. J'aimerais bien que tu ne sois pas toujours en train de faire des difficultés, Bertie ! Ta tante dit que c'était pareil quand tu étais petit. Quand il fallait que tu manges ta bouillie, tu rabattais tes oreilles en arrière, comme l'âne de Jonas dont parle la Bible, et tu étais aussi têtu et aussi peu coopératif que lui.

Je ne pouvais pas laisser passer une erreur aussi grossière. C'est une chose assez connue du grand public que j'ai gagné, une fois, un prix de catéchisme à mon école.

— L'Ane de Balaam. Jonas est cet autre type avec la baleine. Jeeves !

— Monsieur ?

— Dites-moi, Jeeves, juste pour régler une affaire de pari, c'est bien l'âne de Balaam qui a opposé un *nolle prosequi ?*

— Oui, Monsieur.

— Je te l'avais bien dit, dis-je à Bobbie, et j'étais sur le point de la traîner un peu plus dans la boue, quand, à cet instant précis, la sonnerie du téléphone retentit, détournant mon esprit de la question. A ce bruit, un courant glacé parcourut les membres woostériens, car je savais ce qui attendait Bertram…

— Ah ! Ah !, fit-elle. Sauf erreur de ma part, mon

cher Watson, voici notre client. En piste, Bertie. Par-dessus bord, bonne chance, et tout le reste.

J'ai déjà mentionné plus haut que Bertram Wooster, bien qu'il soit en acier trempé dès qu'il traite avec le sexe fort, fond toujours comme neige au soleil entre les mains des dames, et le cas présent ne fit pas exception à la r... Hormis la descente du Niagara dans un tonneau, je ne vois pas ce qui aurait pu moins me tenter en pareilles circonstances qu'un brin de causette avec Aubrey Upjohn — en particulier sur le thème indiqué —. Mais, cette sinistre tâche m'ayant été commandée par une gracieuse personne, je n'avais pas le choix. Ou bien vous êtes un preux, si vous me suivez, ou vous ne l'êtes pas, comme disait le chevalier Bayard. Mais, tandis que je m'approchais de l'instrument pour décrocher le truc qu'il faut décrocher, j'avoue que ma nonchalance n'était pas, loin s'en fallait, à son degré le plus élevé... Et lorsque j'entendis Upjohn « Qui-est-à-l'appareil-ler » à l'autre bout du fil, je sentis très distinctement que mon mâle courage, comme l'on dit parfois, avait les fusibles qui fondaient... j'avais, en effet, d'après le ton de sa voix, la très nette impression qu'il était d'une humeur on ne peut plus irritable. Même au cours de notre entretien privé, la fois où j'avais mis de la crème glacée dans les encriers, je n'avais pas senti chez lui un tel état d'agitation.

— Allô ! Allô ! Allô ! Qui est à l'appareil ? Ici, Mr. Upjohn. Voulez-vous avoir l'obligeance de me répondre ?

Lorsque le système nerveux ne marche pas tout à fait comme il le devrait, on dit toujours qu'il faut respirer deux fois profondément. Je respirai six fois. Cela, bien sûr, me prit un certain temps, et le retard ainsi enregistré augmenta sensiblement le côté sombre de son humeur. Même à cette distance, je le sentais exsuder — je crois que c'est ainsi qu'on dit — l'hostilité par tous les pores.

— Suis-je bien à Brinkley Court ?

Sur ce point, je pouvais le renseigner. Nulle part ailleurs, lui dis-je.

— Qui êtes-vous ?

Je dus réfléchir un instant. Puis, enfin, ça me revint.

— Je suis Wooster, Mr. Upjohn.

— Eh bien, écoutez-moi attentivement, Wooster.

— Oui, monsieur Upjohn. Comment trouvez-vous *le Taureau et le Buisson ?* Assez douillet pour vous ?

— Qu'est-ce que vous dites ?

— Je vous demandais si *le Taureau et le Buisson* vous plaisait.

— Peu importe *le Taureau et le Buisson !*

— Oui, Mr. Upjohn.

— Ceci est d'une importance vitale ! Je désire parler à l'individu qui a fait mes bagages.

— Jeeves.

— Pardon ?

— Jeeves.

— Qu'est-ce que ça veut dire : « Jeeves » ?

— Jeeves.

— Pourquoi faites-vous ! Jeeves, Jeeves ! Ça n'a pas de sens. Qui a mis mes affaires dans mes valises ?

— Jeeves.

— Ah ! « Jeeves » est le nom de l'individu ?

— Oui, Mr. Upjohn.

— Eh bien, il a omis, sans doute par inadvertance, d'enfermer les notes pour mon discours de demain au Collège de Market Snodsbury.

— Non ! Vous m'en direz tant ! Pas surprenant que vous soyez amer.

— Quoi ? je suis sa mère ?

— Non. Pas sa « mère ». « Amer », sans e.

— Comment ?

— Pardon. Sans e., mais avec un a.

— Wooster !

— Oui, Mr. Upjohn ?

— Vous êtes ivre !

— Non, Mr. Upjohn.

— Alors, vous faites le niais. Cessez de faire le niais, Wooster.

— Oui, Mr. Upjohn.

— Appelez cet individu, Jeeves, immédiatement, et demandez-lui ce qu'il a fait de mes notes pour le discours.

— Oui, Mr. Upjohn.

— Tout de suite ! Ne restez pas là, planté, à faire oui, Mr. Upjohn.

— Non, Mr. Upjohn.

— Il est impératif que ces notes me soient remises immédiatement.

— Oui, Mr. Upjohn.

Certes, je suppose que d'un point de vue objectif, je n'avais guère fait avancer les choses, et qu'un témoin, placé à une certaine distance de la scène, aurait très bien pu s'imaginer que je m'étais quelque peu dégonflé, voire même que j'avais tout laissé tomber. Mais cela ne justifie en rien, à mon avis, la subite intervention de Bobbie qui, à ce stade de la discussion, arracha le combiné que je tenais fermement serré d'une main de fer, en hurlant les mots « Plat de nouilles ! » à mon intention.

— De quoi m'avez-vous traité ? s'enquit Upjohn.

— Je ne vous ai traité de rien du tout, dis-je.

C'est quelqu'un qui m'a traité de quelque chose.

— Je désire parler à cet individu Jeeves.

— C'est ça ! Vous désirez lui parler, n'est-ce pas ? lança Bobbie. Eh bien, c'est à moi que vous allez devoir parler ! Ici, Roberta Wickham, Upjohn ! Si vous voulez bien m'accorder quelques instants de votre précieuse attention…

Bien que je fusse sur beaucoup de points en désaccord avec ce mélange de Jézabel et de Poil de Carotte, ainsi qu'on la décrivait parfois, force m'est de reconnaître qu'elle était passée maître dans l'art de parler aux Directeurs d'Ecole Préparatoire à la retraite. Ses paroles d'or coulaient avec toute la richesse onctueuse d'un sirop. Bien sûr, elle n'était pas handicapée, comme je l'avais été, par le fait d'avoir séjourné durant plusieurs années sous le toit de Malvern House, Bramley-sur-Mer, ni d'avoir fréquenté, à l'âge où l'on n'est encore qu'un petit être malléable, cette créature de Frankenstein au sommet de sa forme. Mais, néanmoins, sa performance méritait quelque éloge. Ouvrant le feu avec un « Ecoutez-moi bien, Joe la Terreur ! » qui me parut assez brusque, elle poursuivit en faisant ressortir avec une netteté admirable les points les plus saillants de la situation telle qu'elle lui apparaissait. A en juger d'après le bourdonnement diffus provenant de l'autre extrémité du fil, et que je percevais clairement, bien que je me tinsse maintenant dans l'arrière-plan du décor, il ne faisait aucun doute qu'il voyait très bien le cœur du problème. Il s'agissait du bourdonnement caractéristique émis par l'homme qui sent une main de Femme le saisir lentement au collet…

Il n'y eut bientôt plus de bourdonnement du tout, et Bobbie parla.

— Très bien, fit-elle. Je savais que vous vous rallieriez à notre point de vue ! je vous rejoins dans un instant. Veillez à ce qu'il y ait suffisamment d'encre dans votre stylo.

Elle raccrocha, et décampa aussitôt, en poussant sa série de cris d'animaux. Je me tournai alors vers Jeeves, comme je m'étais déjà tant de fois tourné vers lui, lorsqu'il m'arrive de méditer sur les agissements du beau sexe.

— Ah ! Les femmes, Jeeves !

— Oui, Monsieur.

— Vous avez tout suivi ?

— Oui, Monsieur.

— Je crois comprendre qu'Upjohn après s'être juré... Quelle est la suite, Jeeves ?

— Après s'être juré de ne jamais consentir, consentit, Monsieur.

— Il laisse tomber le procès.

— Oui, Monsieur. Et Mlle Wickham a été très avisée d'exiger qu'il le fasse par écrit.

— Pour éviter toute future manigance ?

— Exactement, Monsieur.

— Elle pense à tout.

— Oui, Monsieur.

— Je l'ai trouvée d'une fermeté assez remarquable.

— Oui, Monsieur.

— Due au fait qu'elle est rousse, j'imagine.

— Oui, monsieur.

— Si on m'avait dit que je vivrais assez vieux pour entendre un jour Aubrey Upjohn se faire traiter de « Joe la Terreur »...

J'aurais volontiers développé le sujet, mais avant que je pusse aller plus loin, la porte s'ouvrit, livrant passage à la Mère Cream, et Jeeves s'évanouit comme un mirage. A moins qu'il ne lui soit clairement spécifié de rester, il s'évanouit toujours comme un mirage, dès qu'apparaît un membre de ce qu'on nomme la Bonne Société.

CHAPITRE XX

Je n'avais pas encore vu la Mère Cream de la journée, car elle était partie, peu avant midi, déjeuner à Birmingham avec des amis, et j'aurais volontiers continué à ne pas la voir d'un certain temps... En effet, quelque chose dans son aspect semblait indiquer qu'elle était sur le sentier de la guerre. Elle faisait plus que jamais songer à Sherlock Holmes... Vous lui auriez flanqué une robe de chambre sur le dos, et un violon sous le bras, qu'elle aurait eu ses entrées à Baker Street sans l'ombre d'un problème. Me fixant de son regard pénétrant, elle fit :

— Ah, vous voilà, M. Wooster ! Je vous cherchais.

— Désiriez-vous un entretien avec moi ?

— Oui. Pour vous dire ceci : peut-être, maintenant, me croirez-vous ?

— Je vous demande pardon ?

— A propos de ce maître d'hôtel.

— Qu'est-ce qu'il a, ce maître d'hôtel ?

— Je vais vous dire ce qu'il a ! Je prendrais un siège, si j'étais vous. C'est une longue histoire.

Je m'assis. Avec plaisir, en fait. Je me sentais les jambes un peu faibles.

— Je vous avais dit, vous vous souvenez, qu'il m'avait paru suspect au premier abord.

— Euh ! Ah, oui ? C'est ce que vous aviez dit ?

— Et, également, qu'il avait une figure de criminel.

— Sa figure est ce qu'elle est…

— Oui. Mais, lui, il pourrait être autre chose qu'un filou et un imposteur ! Ainsi, il se fait passer pour un maître d'hôtel ! Eh bien, je suis curieuse de voir ce que la police dira de cette histoire ! Il n'est pas plus maître d'hôtel que moi !

Je fis de mon mieux.

— Que faites-vous de ses références ?

— Vous voulez savoir ce que j'en fais ?

— Il n'aurait pas été longtemps majordome chez un homme tel que sir Roderick Glossop s'il n'avait pas été honnête.

— C'est justement qu'il ne l'a jamais été…

— Mais, Bobbie a dit que…

— Je me souviens très clairement de ce qu'a dit Mlle Wickham ! Elle a dit qu'il était resté chez sir Roderick Glossop pendant des années.

— Eh bien, alors.

— Vous pensez que cela suffit pour le laver de tout soupçon ?

— Certainement !

— Pas moi. Et je vais vous dire pourquoi ! Sir Roderick Glossop dirige une importante clinique dans le Comté du Somerset, dans un endroit appelé Chuffnel Regis, et j'ai une amie qui s'y trouve. Je lui ai écrit pour lui demander de parler à Lady Glossop, et se procurer tous les renseignements possibles sur un de ses anciens maîtres d'hôtel appelé Swordfish. En rentrant de Birmingham, il y a un instant, j'ai trouvé sa lettre… Elle dit que Lady Glossop lui a certifié n'avoir jamais eu de maître d'hôtel du nom de Swordfish !

Essayez donc ça, jeune homme, et dites-moi si la pointure vous va !, conclut-elle.

Je persistai à faire de mon mieux... Un Wooster ne renonce jamais.

— Vous ne connaissez pas lady Glossop, semble-t-il.

— Naturellement. Sinon, je lui aurais écrit sans intermédiaire.

— Une femme charmante, fis-je, mais avec une mémoire de lièvre ! De celles qui oublient toujours un gant au théâtre... Bien sûr, elle ne peut pas se souvenir du nom d'un maître d'hôtel ! Elle n'a sans doute jamais cessé de croire qu'il se nommait Fotheringay ou Binks, ou quelque chose dans ce goût-là ! Très courant, ces sortes de trous de mémoire... Ainsi, moi, j'étais à Oxford avec un type appelé Robinson. Je cherchais son nom, l'autre jour, et sur le moment, je ne parvins pas à trouver mieux que : Fosdyke ! C'est seulement en lisant dans le *Times,* il y a quelque temps, qu'on avait traduit devant le Tribunal de Police de Bosher Street un certain Herbert Robinson, 26 rue du Bosquet, Ponder's End, pour avoir volé une paire de pantalons à carreaux verts et jaunes, que le nom m'est revenu tout à coup ! Pas le même type, bien sûr... Mais vous me suivez ! Je ne doute pas qu'un de ces matins lady Glossop va se lever en se frappant le front : Swordfish ! s'écriera-t-elle. Mais oui ! Et dire que j'ai toujours cru que le brave garçon s'appelait Catbird.

Elle renifla. Prétendre que sa façon de renifler me ravit, serait abuser délibérément de la confiance de mon public. Elle renifla comme l'aurait fait Sherlock Holmes sur le point de passer une paire de bracelets aux poignets du type qui avait piqué le rubis du Maharajah !

— Brave garçon, avez-vous dit ? Alors comment expliquez-vous ceci ? Je viens de voir Willie à l'instant, et il m'a dit qu'un crémier du XVIIIe siècle, qu'il avait acheté à M. Travers pour une forte somme, avait disparu. Et où est-il allé ? Je vous le demande ! Au moment précis où je vous parle, il est planqué sous une pile de chemises propres dans le placard de la chambre de votre Swordfish.

En certifiant qu'un Wooster ne renonce jamais, j'avais fait une légère erreur... J'admets que ces paroles m'en flanquèrent un sacré coup en travers de la coque, m'ôtant, par là même, tout esprit d'attaque, et me laissant, pour ainsi dire, vidé de mes forces...

— Ah ? C'est vrai ?, fis-je faiblement. Pas fameux, je l'avoue. Mais, sur le coup, je ne trouvai rien de mieux.

— Oui, monsieur ! Voilà où il est ! Dès que j'appris par Willie que l'objet en question était parti, je sus tout de suite où il était allé ! Je me rendis sur-le-champ dans la chambre de ce Swordfish pour la fouiller, et l'objet y était ! J'ai aussitôt alerté la police...

Une fois de plus, j'eus la très nette sensation mentalement parlant, bien sûr, d'avoir été posé sur le sol la tête en bas... Je regardai la Cream avec stupeur.

— Alerté la police ?

— C'est cela ! Et ils vont envoyer un de leurs hommes. Il devrait être ici d'un instant à l'autre... Et, vous voulez que je vous dise ? Je vais moi-même faire le guet devant la porte de ce Swordfish, pour veiller à ce que personne ne vienne toucher à quoi que ce soit ! Je ne veux prendre aucun risque avec cet homme-là. Et je ne voudrais pas avoir l'air d'insinuer que je ne vous fais pas trop confiance, M. Wooster, mais je n'ai guère aimé la façon dont vous avez parlé en faveur de cet individu... Vous avez fait preuve d'une trop grande complaisance à son égard, à mon avis ! J'avoue que je n'aime pas ça du tout.

— Je pense qu'il n'a peut-être fait que céder à la tentation du moment... Vous savez bien, l'occasion, l'herbe tendre...

— Ne dites donc pas de sottises ! Il a sans doute fait ça toute sa vie ! Je parie qu'il chipait déjà des trucs quand il n'était pas plus haut que ça...

— Uniquement des biscuits.

— Pardon ?

— Des *crackers,* comme vous dites en Amérique. Vous dites bien des *crackers,* n'est-ce pas ? Il me disait l'autre jour qu'il piquait parfois un « cracker » ou deux dans sa verte jeunesse.

— Eh bien, voilà ! vous voyez ? Je vous le disais ! On commence toujours par des *crackers* et on finit avec des crémiers en argent ! Ainsi va la vie, fit-elle, puis elle fila prendre son tour de garde... Une fois seul, je me serais giflé à l'idée que j'avais omis de dire un mot sur le besoin de Pardonner à Autrui pour qu'il nous soit Beaucoup Pardonné ! Ce qui est très vrai, d'ailleurs, comme vous devez le savoir. Une petite remarque dans ce sens aurait peut-être suffi pour tout arranger...

Tandis que je méditais sur cet oubli stupide de ma part, cherchant ce que je pouvais encore faire pour faciliter les choses, Tante Dahlia fit irruption, accompagnée de Bobbie... Toutes deux, matrone et jouvencelle, avaient l'air positivement aux anges.

— Roberta me dit qu'elle a persuadé Upjohn de laisser tomber le procès, clama Tante Dahlia. Rien ne saurait me faire plus plaisir, ça va de soi, mais je voudrais bien savoir comment diable, elle s'y est prise.

— Oh ! Je n'ai eu qu'à faire appel à son bon cœur, fit Bobbie, en me jetant l'un de ces coups d'œil que l'on dit pleins de sous-entendus… je saisis le message au rebond : la Vénérable Ancêtre — voulait-elle me faire sentir — devrait à jamais ignorer qu'elle avait dû, pour que le rêve devînt réalité, menacer Upjohn de torpiller le discours qu'il s'apprêtait à faire le lendemain devant la jeune et docte assemblée du Collège de Market Snodsbury ! Je lui ai parlé du Besoin qu'il y a de Pardonner à Autrui… Quelque chose ne va pas, Bertie ?

— Moi ? Non, non. J'ai fait un petit bond, c'est tout.

— Et, qu'est-ce qui te fait faire des petits bonds ?

— On a encore le droit, à Brinkley Court, j'espère, de faire des petits bonds à cette heure-ci de la journée si on en a envie ? Tu parlais donc du Besoin de Pardonner à Autrui ?

— Oui. Pour qu'il nous soit beaucoup pardonné.

— Je le crois aussi…

— Et, au cas où tu ne le saurais pas, le Pardon est deux fois Béni, et sied mieux au Monarque sur son Trône que la Couronne sur sa tête ! J'ai pris la voiture. J'ai fait un saut jusqu'à Market Snodsbury (je vis ce qu'elle voulait dire par « un saut »…), j'ai parlé avec Papa Upjohn, et il m'a comprise. Et voilà. Maintenant, tout est parfait.

Je ne pus retenir un léger ricanement.

— Non, dis-je, à une réponse posée par Tante Dahlia. Je ne viens pas d'avaler une amygdale ! Je ne faisais que ricaner. Je trouve cocasse d'entendre cette jeune verrue plantaire dire que tout est parfait, quant à l'instant où je vous parle, le spectre de la ruine complète plane sur nos têtes. J'ai une histoire à vous narrer qui, je pense que vous en conviendrez, n'a rien à envier à celle de l'irritable porc-espin, dis-je. Puis sans plus de préambules, je déballai mon récit. J'avais prévu que ce dernier leur filerait une secousse qui se propagerait jusqu'à leurs vêtements les plus intimes... Et c'est ce qui se produisit. Tante Dahlia chancela comme une tante frappée derrière l'oreille par quelque instrument contondant, et Bobbie tituba comme une jeune rouquine touchée à bout portant...

— Vous voyez la sit..., poursuivis-je, sans trop vouloir m'appesantir sur le sujet, mais jugeant de mon devoir de les informer de façon complète, quoique brève, Glossop va bientôt regagner son nid, son après-midi de congé bien rempli. Il y trouvera un digne représentant de la loi, dans l'exercice de ses fonctions, qui l'attend, menottes en poche, dans le grand salon. On a du mal à croire qu'il sera prêt à subir une peine exemplaire sans un murmure... Aussi, sa première réaction sera-t-elle de prouver son innocence en passant à des aveux complets. C'est vrai, fera-t-il, j'ai bien piqué ce fichu crémier mais seulement parce que je croyais que Wilbert l'avait déjà piqué et qu'il fallait quelqu'un pour ramener le bidule au bercail ! Puis il parlera de sa position réelle à Brinkley — et tout ça, ne l'oubliez pas, se fera devant Maman Cream ! Et, que va-t-il s'ensuivre ? Le policier ôte les bracelets des poignets d'Upjohn, et Maman Cream demande si elle peut se servir un instant du téléphone, parce qu'elle désire passer un coup de fil à longue distance. Papa Cream, à longue distance, écoute attentivement le récit qu'elle lui fait, et, quand l'oncle Tom vient le voir, un petit peu plus tard, il l'attend les bras croisés, le regard sombre et le sourcil froncé. Travers, lui dit-il, l'affaire est à l'eau.

L'affaire ? chevrote l'oncle Tom. L'affaire ! fait Cream. Avec deux foutus f. et un r. ! je ne traite pas avec des types dont les femmes font appel à des soigneurs de dingues pour surveiller les allées et venues de mon fils. — Il n'y a pas très longtemps, la Mère Cream a conclu un de ses discours en me disant : Essayez ça, jeune homme, et dites-moi si la pointure vous va ! Je suggère à mon tour que vous en fassiez autant.

Tante Dahlia avait sombré dans un fauteuil et commençait à prendre une teinte mauve... Les émotions fortes lui font toujours ce genre d'effet.

— Il ne nous reste plus, dis-je, qu'à placer notre sort entre les mains de la Providence !

— Tu as raison, fit la Vénérable Parente, en s'éventant le front avec ardeur. Roberta, allez chercher Jeeves ! Et toi, Bertie, voici ce que tu vas faire ! Tu vas sortir cette espèce de voiture que tu as au garage, et battre la campagne à la recherche de Glossop ! Il se peut encore que nous le prenions de vitesse. Allons ! Pressons ! Que ça saute ! Qu'est-ce que tu attends ?

Attends n'était pas tout à fait le mot juste. A vrai dire, j'étais en train de méditer. L'opération Upjohn, me disais-je, revenait à plus d'un titre, à chercher une aiguille dans un tas de foin. Il ne suffit pas, veux-je dire, pour trouver où vont les soigneurs de dingues quand ils ont leur après-midi libre, de parcourir le Worcestershire dans tous les sens. Vous avez besoin de quelques fins limiers, de mouchoirs pour leur en faire flairer l'odeur, et de tout un tas de matériel de professionnel de même ordre. Enfin, c'était ainsi...

— D'accord, fis-je, toujours prêt à faire plaisir, telle est la devise des Wooster.

CHAPITRE XXI

Bien entendu, comme je l'avais prédit au départ, l'idée se solda par un nouveau bide pour Bertram... Je tins bon pendant à peu près une demi-heure, puis, informé par la présence d'un vague creux au niveau du diaphragme que l'heure du dîner ne devait plus être loin, je mis le cap sur la maison.

A mon arrivée, je trouvai Bobbie dans le salon. Elle avait tout l'air d'une fille qui attend quelque chose, et quand elle m'eut dit, en me voyant, que les cocktails n'allaient pas tarder à arriver, je compris ce qu'elle attendait...

— Les cocktails, hein ? Je prendrais bien un petit cocktail, même plusieurs, si c'est le cas, fis-je, cette chasse au trésor m'a littéralement laissé à plat. Je n'ai pas vu le moindre Glossop. Il doit sans doute se trouver quelque part, mais le Worcestershire a jalousement gardé son secret.

— Glossop ? fit-elle, l'air surprise, oh, il y a des siècles qu'il est revenu !

Ma surprise fut deux fois plus grande que la sienne. Je restai stupéfait devant tant de calme.

— Bon sang ! m'écriai-je, cette fois, c'est la fin.

— Où ça ?

— Ici ! Et est-ce qu'ils l'ont pincé ?

— Pincé où ça ?

— Mais ici !

— Bien sûr que non ! Quand ils ont su qui c'était, ainsi que la raison de sa présence à Brinkley, ils ont compris.

— Oh ! Non ! !

— Mais, qu'est-ce que tu as ? Ah, oui, j'oubliais. Tu n'es pas au courant des derniers développements ! Jeeves a tout arrangé.

— C'est vrai ?

— D'un simple revers de main ! Rien de plus facile. On se demande pourquoi personne n'y avait songé plus tôt. Sur ses conseils, Glossop a donc révélé son identité. Puis il a dit que ta tante l'avait fait venir ici pour t'observer...

Je titubai, et serais peut-être tombé, n'eussé-je eu la présence d'esprit de m'agripper à une photographie de l'oncle Tom en tenue de Chef Boy Scout qui se trouvait sur une table voisine.

— Pourquoi, *moi ?* m'écriai-je.

— Et, il va de soi que Mme Cream l'a cru tout de suite. Ta tante a expliqué qu'il y avait déjà quelque temps qu'elle s'interrogeait à ton sujet, parce que tu faisais toujours des choses bizarres — comme passer par les fenêtres, par exemple, ou encore enfermer vingt-trois chats dans ta chambre. Enfin, que des trucs comme ça ! Mme Cream a aussitôt évoqué la fois où elle t'avait surpris dans la chambre de son fils en train de chasser des souris sous la commode. Aussi a-t-elle convenu qu'il était grand temps de te faire examiner par un homme aussi compétent que Glossop. Elle a été soulagée d'apprendre que Glossop avait bon espoir d'obtenir ta guérison d'ici quelque temps, et elle a même dit que nous devions tous être très, très gentils avec toi. Bref, comme tu vois, tout baigne à nouveau dans l'huile. N'est-ce pas merveilleux, fit-elle, la façon dont les choses finissent toujours par s'arranger ? puis elle partit d'un joyeux éclat de rire.

Eus-je, ou n'eus-je pas envie, sur le moment, de la saisir d'une main d'acier pour la secouer jusqu'à ce qu'elle fît des bulles ? C'est un point sur lequel je ne saurais être formel. L'esprit chevaleresque des Wooster m'en aurait probablement dissuadé, bien que ce rire joyeux me parût fort déplaisant, mais il se trouve que le problème ne se posa pas, car Jeeves apparut alors, portant un plateau chargé de verres, et d'un gigantesque shaker plein à ras bord de ce précieux liquide que parfume la baie de gingembre... Bobbie, après avoir vidé sa timbale avec une extrême célérité, nous quitta, en disant que, si elle n'allait pas vite se changer, elle serait en retard pour le dîner. Nous restâmes donc seuls, Jeeves et moi, pareils à ces types qu'on voit dans les films, qui s'observent, debout, face à face, jusqu'à ce que ce soit le plus faible des deux qui cède le premier...

— Alors, Jeeves ? fis-je.

— Monsieur ?

— Mlle Wickham m'a tout dit.

— Ah oui, Monsieur ?

— Permettez-moi de vous dire, Jeeves, que les mots « Ah oui, Monsieur ? sont très loin d'être un commentaire en accord avec la sit. Un sacré imb... un sacré imb... quoi ? commence par imb... quelque chose, je sais. »

— Imbroglio, monsieur ?

— C'est exact. Un sacré imbroglio qui s'est formé, à cause de vous ! Grâce à votre bonne idée...

— Oui, Monsieur ?

— Ne faites plus tout le temps : « Oui, Monsieur. » Grâce à votre bonne idée, il va être désormais largement admis par le grand public que je suis mûr pour la camisole de force !

— Pas par le grand public, monsieur. Uniquement auprès du cercle restreint des personnes résidant actuellement à Brinkley Court.

— Vous m'avez fait passer devant le Tribunal de l'opinion publique pour un homme auquel il manquerait une paire de vis.

— Il n'était guère facile de trouver une alternative, Monsieur.

— Et laissez-moi vous dire une chose, lui dis-je — et je comptais bien que cela le piquerait au vif —, je suis très surpris que votre plan ait marché...

— Monsieur ?

— Il ne sert à rien de rester planté à faire : Monsieur, Monsieur, Jeeves ! C'est évident ! Le crémier se trouvait dans la chambre de Glossop, n'est-ce pas ? Qu'a-t-il pu trouver pour expliquer ça ?

— Je lui suggérai, monsieur, de dire qu'il l'avait pris dans votre chambre, où il avait découvert que vous l'aviez caché après l'avoir emprunté à M. Cream.

Je bondis.

— Vous voulez dire !..., je... oui, « Tonner », je crois, serait le mot juste.

— Vous voulez dire, tonnai-je donc, qu'à l'avenir, non content de passer pour un cinglé, au sens large du terme, les gens vont aussi me prendre pour un klep — quelque chose ?

— Uniquement le cercle restreint des personnes résidant actuellement à Brinkley Court, Monsieur.

— Vous n'arrêtez pas de dire ça, mais vous savez bien qu'il s'agit là de pures salades ! Vous ne pensez pas que les Cream vont faire preuve de tact, et de discrétion ? Ils vont en parler pendant des années, chaque fois qu'ils iront dîner chez des amis. De retour en Amérique, ils vont répandre la nouvelle depuis les côtes rocheuses du Maine jusqu'aux terres marécageuses de Floride, si bien que la prochaine fois que j'irai là-bas, des yeux perçants me suivront partout dans toutes les maisons où je serai reçu, et que les gens compteront les cuillères devant moi avant que je m'en aille ! Et songez-vous que, dans quelques instants, je vais devoir me montrer à table, et que la Mère Cream va être très, très gentille avec moi ? Ces choses-là blessent la fierté d'un Wooster, Jeeves.

— Je conseillerais à Monsieur de se donner des forces avant l'épreuve.

— Comment ?

— Il reste toujours les cocktails, Monsieur. Dois-je vous en servir un autre ?

— Vous devez.

— Et il ne faut jamais oublier ce qu'a dit le poète Longfellow, Monsieur.

— Qu'est-ce que c'était ?

— *Chose dite, chose faite, encore une nuit de repos bien gagnée.* Du moins avez-vous la satisfaction de vous être sacrifié pour la cause de M. Travers.

L'argument était bien choisi. Je songeai à ces nombreux mandats, dont certains s'élevaient jusqu'à dix shillings, que l'oncle Tom m'expédiait jadis à Malvern House, et mon cœur s'attendrit. Est-il vrai que mes yeux s'embuèrent de larmes, je ne saurais le dire de façon certaine. Mais ce qui peut être tenu pour officiel, c'est que mon cœur s'attendrit…

— Vous avez tout à fait raison, Jeeves ! fis-je.

Du même auteur
aux Éditions 10/18

Si vous désirez être régulièrement tenu au courant de nos publications, merci de bien vouloir remplir ce questionnaire et nous le retourner :

Éditions 10/18
c/o 10 Mailing
29, rue Claude Decaen
75012 Paris

NOM : ------------------------------

PRENOM : ------------------------------

ADRESSE : ------------------------------

CODE POSTAL : ------------------------------

VILLE : ------------------------------

PAYS : ------------------------------

AGE : ------------------------------

PROFESSION : ------------------------------

TITRE de l'ouvrage dans lequel est insérée cette page :

Jeeves dans la coulisse, n° 1793

Imprimé en France sur Presse Offset par

BRODARD & TAUPIN

GROUPE CPI

La Flèche (Sarthe), 14461

N° d'édition : 1691
Dépôt légal : juin 1986
Nouvelle édition : septembre 2002